www.b-books.co.kr

유턴 후
직진 ♥
입니다

유턴 후 직진입니다

초판 1쇄 찍음 2018년 04월 13일
초판 1쇄 펴냄 2018년 04월 20일

지은이 | 허도윤
펴낸이 | 정 필
펴낸곳 | **(주)뿔미디어**

기획 · 편집 | 심은지
표지 디자인 | 박현진

출판등록 | 2002년 9월 11일 (제1081-1-132호)
주소 | 경기도 부천시 원미구 소향로 17, 303(두성프라자)
전화 | 032)651-6513 / 팩스 | 032)651-6094
E-mail | dahyangs@naver.com
블로그 | http://blog.naver.com/dahyangs
비북스 | http://b-books.co.kr

값 7,000원

ISBN 979-11-315-8972-4 03810

DAHYANG ROMANCE STORY

유턴 후 직진입니다

허도윤 중편 소설

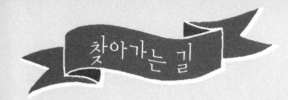
찾아가는 길

프롤로그 - 9

1. 신호등 앞 - 19

2. 차로 변경 - 73

3. 비보호 유턴 - 131

4. 그대로 직진 - 173

에필로그

• 이야기 속의 이야기 – 241

• 이야기 밖의 이야기 1 – 246

• 이야기 밖의 이야기 2 – 252

• 이야기 뒤의 이야기 1 – 257

• 이야기 뒤의 이야기 2 – 265

『애인이 미남입니다』에 이은
「기하고등학교 4대 천왕」 그 두 번째 이야기

기하고등학교의 4대 천왕이라 하면, 다음과 같다.

전형적인 마이웨이 스타일의 싹수머리 없는 '박사' 서재필, 늘 혼자 움직이는 대체 불가 짱 '대장' 민주한, 피아노 치는 우아한 뇌섹녀 '강신' 강우연, 그리고 매너 좋기로 유명한 영재 초식남 '퀸' 우해강. 그러니까 외모부터 재능까지 신이 특별히 신경 써서 어루만진 다음 세상에 내놓은 인종들. 하지만 사랑 앞에서만큼은 그들도 하늘의 덕을 누릴 수 없었으니, 다시 말해서 순전히 제 할 노릇이었던 것이었던 거시다.

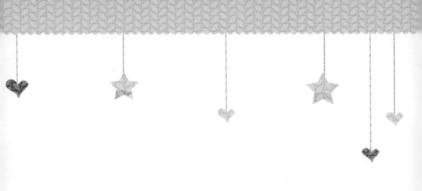

프롤로그

압록강 변의 송주를 근거로 한 송주 민씨는 고려조 금자광록대부(金紫光祿大夫), 그러니까 고려시대에 아주 높은 벼슬을 지낸 민숭선으로부터 시작되었다. 얼마나 대단한 벼슬이었는가 하면, 무려 총 29계로 이루어진 관제 중에서 '개부의동삼사(開府儀同三司)'와 '특진(特進)'에 이은 제3계였던 것으로 알려져 있다. 서열 3위라니, 그만큼 송주 민씨는 뜨르르한 집안이었다.

그런데 이 송주 민씨가 고려가 망하고 조선이 세워지던 무렵, 집안싸움에 휘말려 들었다. 형제지간인 이혁공 격과 문찬공 홍의 뜻이 극명하게 갈린 것이다.

"완전히 들어엎어야 함세. 썩을 대로 썩어 빠진 고려를 무너뜨리고 새 나라를 세워 새 세상을 만드는 데 힘을 보태야 함세. 오직 혁명만이 답이라 이것이네. 우리 시조께서도 개국 1등 공신이셨네. 그 피가 우리에게도 흐르고 있네."

"그래 봐야 한패거리인 것을. 다만 권력이 이 손에서 저 손으로 옮겨 가는 것일 뿐. 고치고 바꾸는 힘이 백성에게 있거늘, 고작 나라 이름을 바꾸고 임금을 갈아 버린다 하여 될 일은 아닌 것을. 흘려야 할 피가 아까울 따름인 것을."

이혁공은 문찬공을 향해 이상에 젖어 세상의 이치와 순리를 읽을 줄 모른다며 조롱했고, 문찬공은 이혁공을 향해 야망에 눈이 멀어 충심과 합리를 잊었다며 비난했다. 설득은 통하지 않았고, 타협도 이루어지지 않았다. 이로써 이혁공은 조선의 공신으로, 문찬공은 고려의 충신으로 기록에 남았다.

이후 두 집안은 한 지붕 아래 머리를 같이 두고는 절대 살 수 없는 관계가 되었다. 게다가 문찬공의 집안이 새 정부로부터 말할 수 없는 고초를 당할 때, 이혁공이 전혀 도와주지 않고 나 몰라라 함으로써 두 집안은 급기야 원수로 거듭나게 되었다.

그런데 안 그래도 냉기가 풀풀 오고 가던 두 집안의 관계가 더 심각해지는 상황이 조선 후기에 일어나고야 말았다. 한겨울 시베리아 기단에서 빚어진 한랭 건조한 북서풍이랄까, 늦은 봄 오호츠크해 기단에서 비롯된 한랭 습윤한 북동풍이랄까, 아무튼 그런 차디찬 바람 말이다.

바로 산송(山訟)이었다. 조상의 묘를 두고 벌이는 소송, 산송.

나라가 바뀌는 과정에서 은둔에 들어갔다가 실종돼, 끝내 흔적조차 찾지 못했던 문찬공의 묘가 난데없이 송주에서 발견된 것이다. 압록강 변의 송주가 아니라 낙동강 변의 송주였다. 문제는 낙동강 변의 송주가 이혁공파의 집성촌이라는 사실이었다. 이혁공집안이 조선 개국 이후 통째로 이동해 와 자리를 잡은 때문이었다. 게다가 문찬공의 후손들은 뿔뿔이 흩어져 살고 있었던 바, 송주 민씨라 하면 으레 이혁공파가 먼저 언급되는 형편이기도 했다.

어쨌든 후손들로서는 난감하기가 이루 말할 수 없는 일이었다. 왜냐하면 문찬공이 잠든 곳이 송주에서도 하필 이혁공 장남의 가족묘 자리였던 것이다. 묘석도 없고 표석도 없어, 그저 조상 중 한 사람이겠거니 하고 제를 잊지 않았던 이혁공 후손들은 자신들이 모셔 온 묘가 문찬공의 것임을 알고 경악을 금치 못했다.

큰 홍수가 나지 않았다면, 그 결에 토사가 이리저리 쓸려 내려가지 않았다면, 그 과정에서 묘가 훼손되지 않았다면, 그 틈으로 묘 주인이 누구인지를 적어 둔 작은 석판이 비어져 나오지 않았다면, 결코 알지 못했을 사실이었다.

이혁공 후손들이 일제히 들고일어났다. 파내 가라, 그것이었다.

문찬공의 후손들은 곤혹스러웠다. 문찬공이 왜 거기에 누워 있는지 정확한 연유도 모르는 마당에, 묘를 함부로 옮긴다는 것은 자손 된 도리로 불효라는 공감대가 형성된 때문이었다. 그리고 상식적으로 볼 때, 누운 순서를 따지자면 문찬공이 먼저가 아니겠느냐는 논리였다. 그러니 못 파 간다, 그것이었다.

싸움이 벌어졌다. 당시 그들이 조정에 대고 번차례로 올린 상소가 얼마나 많았던지, 임금이었던 이반이 송주의 '소나무 송(松)'을 '다툴 송(訟)'으로 바꿔 버리겠다, 민격과 민홍 두 선조의 이름을 기록이란 기록에서 싹 다 없애 버리겠다, 두루두루 엄포도 놓았다. 그래도 소용이 없자 진절머리를 내며 일렀다.

"입, 입, 입. 시끄럽고, 시끄럽고, 또 시끄럽다. 차라리 혀를 깨물고 죽으라 하라."

소송은 이반이 죽고 그의 아들 이경이 임금이 되어 화해를 도모했을 때도 별반 달라지지 않았다. 집안싸움을 조정에까지 끌고 들어와 분란을 일으킨다 하여, 결국 양쪽에서 고령의 최고 어른들이 유배를 가기도 했다.

결코 끝나지 않을 것 같았던 소송이었다. 하지만 마지막은 어이없이 찾아왔다. 그로부터 약 180여 년이 흐른 1970년대에 송주댐 건설이 시작되면서 송주의 7할이 물에 잠기게 된 것이다. 그런데 묘지가 자리한 땅이 바로 그 7할에 들어 있었다. 보상이 문제가 아니었다. 이쪽이고 저쪽이고 간에 조상을 물에 묻어 버릴 작정이 아니라면 다 이장할 수밖에 없었다. 전쟁 통에도 굳건했던 묘지로서는 허무한 결말이었다.

길일을 따지다 보니 공교롭게도 하필 같은 날 묘를 옮기게 된 이혁공파의 대표 민효엽과 문찬공파의 대표 민유학은 이쪽과 저쪽 끝에 서서 단 한 번도 눈을 마주치지 않았다. 문중의 최고 어른을 모시고 나온 행동 대장 입장에서, 개인적인 생각이나 감정은 금물이었던 것이다. 두 사람이 명심해야 할 것은 단 하나였다. '천지가 개벽을 해도 서로 간에 인연이 닿아서는 아니 될 것이다.'라는, 6백 년도 훨씬 더 전 조상님의 유지, 바로 그것이었다.

◆ 이혁공파

민효엽+정갑연→ 1남 1녀
⇒ 민학철+송맑음 → 정금、정호(11살 차이)

◆ 문찬공파

민유학+최숙분 → 3남 2녀
⇒ 민찬기+①한주은 → 주담、주한(11살 차이),
　　민찬기+②공태란 → 3남 1녀

가계도

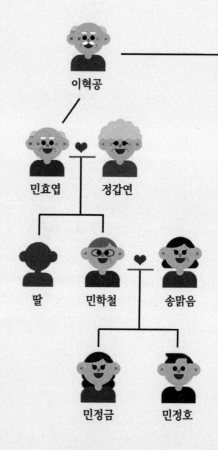

이혁공

민효엽 ♥ 정갑연

딸 민학철 ♥ 송맑음

민정금 민정호

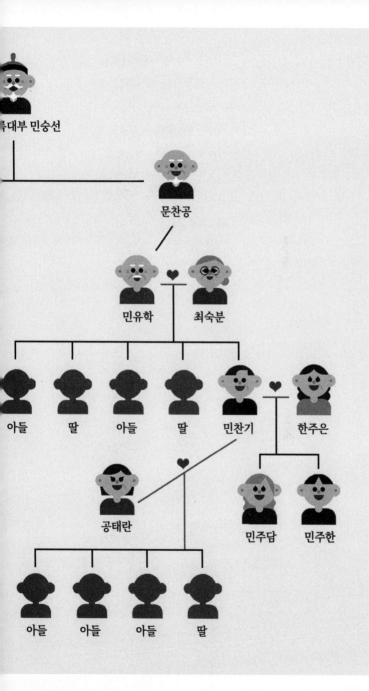

1. 신호등 앞

I

배롱산 앞자락 언덕배기에 자리한 장자빌딩에서 가장 눈에 띄는 건 1층 북카페 〈프롤로그〉의 나무 간판이었다. 자작나무 판에 한글과 알파벳, 두 가지 모양의 글씨를 조각칼 삐치는 대로 자연스럽게 새겼는데, 조경사 고춘호 실장의 솜씨였다.

그리고 그 나무 간판을 틈틈이 한 번씩 물끄러미 바라보다 들어가는 〈프롤로그〉의 주인은 민주한이었다. 맞다. 기하고등학교 4대 천왕 중의 하나로 '늘 혼자 움직이는 대체 불가 짱'이라는 수식어를 달고 다녔던 '대장', 바로 그였다. 무려 10년도 전의 일이기는 했지만 말이다.

주한은 장자빌딩의 세입자이기도 했다. 5년 전, 장자빌딩 301호가 나왔다는 소리에 재빨리 계약에 들어가서는 집이 비자마자 신속하게 짐을 옮겨 온 때문이었다. 누나 주담 집에서의 더부살이로부터 해방된 날이었다. 전역하고 나서 주담의 일을 도와주던 와중에 얼결에 반강제로 시작한 동거였는데, 불편하기가 내내 이루 말할 수 없었다. 아닌 게 아니라 주담은 가정이 있는 사람이었으니까 말이다. 하지만 주담은 한동안 주한을 놔주지 않았고, 어머니 주은의 집으로 들어가는 것도 허락하지 않았다.

'안 돼. 사건 사고 만들지 마.'

물론 독립했다고 해서 주담의 레이더망으로부터도 완전히 벗어났다는 뜻은 아니었다. 북카페 〈프롤로그〉가 주담이 운영하는 독립 출판사 〈프롤로그〉 바로 옆에 붙어 있는 때문이었다. 공간을 분리해 주는 장치도 고작 불투명한 강화 유리 벽이 전부였다. 그럴 수밖에 없는 것이 북카페가 본디 주담의 소유였던 것이다. 출판사와 함께 시작했다가 채 며칠도 지나지 않아 후회하기 시작했고, 바리스타를 두고 근근이 이어 오던 중 주한에게 넘긴 것이었다. 물론 거저는 아니었다. 돈 계산은 정확히 이루어졌다.

어쨌든 이사 이후로 주한의 오전 시간이 훨씬 여유로워진 건 사실이었다. 주한은 카페의 문을 꽤 일찍 열었다. 근처에 여대가 있는 관계로 올망졸망한 원룸 건물이 잔뜩 들어서 있는 지리적인 여건상, 이른 아침에 커피를 원하는 손님이 제법 많다는 시장 조사 결과에 따라서였다.

그러다 보니 이사 전엔 늘 피곤할 수밖에 없었다. 누나 주담은 매형의 출근과 조카들의 등교까지 마무리한 다음 10시까지 나와도 업무에 지장이 없었지만, 7시부터 손님을 맞이해야 하는 주한은 늦어도 6시 반까지는 나와야 한 때문이었다. 그러려면 5시에는 일어나 준비해야 했다.

무뚝뚝한 성격에 손놀림마저 섬세하지 못해 근심 반 염려 반으로 시작한 생활이었지만, 그럭저럭 6년이 흘렀다. 그러는 동안 커피머신과는 혼연일체의 경지에 이르렀고, 나이도 어느덧 삼십 줄에 접어들었다. 주담이 간혹 지나가는 말로 결혼 이야기를 꺼내긴 했지만, 결혼은커녕 강희와의 연애는 지지부진하기만 했다.

"저 왔습니다. 고생 많으셨어요."

한바탕 손님들이 지나가고 유일한 직원인 기범이 예의 상큼한 미소로 출근을 했다. 주한은 한숨 돌리는 차원에서 여느 때처럼 동네를 한 바퀴 돌기 위해 카페를 나섰다.

그런데 막 한 발짝을 떼자마자 핸드폰이 진동했다. 승욱이었다.

— 산책 나갈 참이었지?

"귀신이다 아주. 아침 댓바람부터 웬일인데?"

— 이따가 갑돌이 만나기로 했는데, 껴라.

"이번엔 또 뭐가 궁금해서 만나는 건데?"

— 요새 우리 집 보스가 좀 이상해서, 이것저것 물어보려고.

"보건 교사한테 어지간히도 한다, 너도."

— 갑돌이가 그냥 보건 교사냐? 갑돌이 어느 학교 나왔는지 몰라? 웬만한 인턴보다 아는 게 더 많을걸?

"임상이 부족한데 알아 봐야 얼마나 안다고…… 다 이론이지. 그냥 병원을 가라, 괜히 일 키우지 말고."

— 그래도 일단 갑돌이 의견 먼저 들어 보고. 좌우당간 우좌지간, 그래서 뭐, 낄 거야 말 거야?

"낀다."

승욱이 그럴 줄 알았다며 뒷말을 이어 가는데, 갑자기 귓속에서 위웅위웅…… 하는 소리가 생기더니 조금씩 데시벨을 올려 갔다. 들끓는 것이 마치 한여름 매미 떼 소리 같아서, 주한은 자신도 모르게 검지로 한쪽 귓구멍을 막아 버렸다. 승욱이 하는 말들이 다른 세계에서 던져 온 찢어진 메모 같았다.

〈해부루시절〉은 기하고등학교 고적 탐구반의 또 다른 이름이었다. 학교에서 아이들 웃기는 걸로는 최고인 역사과 남태문 선생이 지었는데, '그런 건 해부루 시절에나 있던 일이고…….' 라는 본인 입버릇에서 비롯된 별명이었다.

'해부루(解夫婁)'가 누구인가. 고대 부여의 전설적인 왕 아니던가. 그럼 그 시절이라 하면, 도대체 구체적으로 언제를 가리키는 것이란 말인가. 기원전? 기원후? 어쨌거나 주한과 승욱이 바로 그 〈해부루시절〉의 부원이었다. 당연히 배구반에 들 줄 알았던 주한이 〈해부루시절〉을 선택하자, 승욱이 미친 듯이 환호하며 따라갔다는 속사정이 둘 사이에 있었다.

여기서 승욱, 그러니까 김승욱은 '대장' 민주한과 유일하게 말을 편히 트고 지내는 아이였다. 옛 성당 친구라는 타이틀이 붙어 있었는데, 둘 다 성당에 발을 끊은 지 꽤 되어서 '옛'이었다.

실제로 주한은 나름 엄격한 가풍에 반항 좀 해 보겠다는 의미에서 열심히 성당을 드나든 적이 있었다. 하지만 반항으로 받아들여 주는 사람이 하나도 없었던 데다, 심지어 노발대발할 줄 알았던 할아버지 유학이 누나 주담을 통해 전해 온 말은 의외이기까지 했다.

'천주학도 익혀 둘 만한 학문이다.'

맥이 풀렸다. 그래서 그만두어 버렸다.

주한이 성당에 나타나기 훨씬 전부터 보스, 그러니까 엄마를 따라 신앙생활을 하고 있던 승욱은 주한이 더 이상 성당에 모습을 드러내지 않자 따라서 그만둔 경우였다. 그것이 승욱이 주한을 쫓아 무언가를 저지른 첫 번째 사건이었다. 그 일로 보스가 승욱을 쥐 잡듯 했음에도 불구하고 승욱은 다시는 성당에 나가지 않았다.

'늘 혼자 움직이는 대체 불가 짱'이라면서 승욱은 무슨 존재인가 싶겠지만, 혼자 움직인다는 건 주한이 패거리를 달고 다니지 않는다는 뜻이지, 모든 일에서 한 마리 고독한 늑대로 살았다는 의미는 아니었다.

아무튼, 두 사람이 고2가 되어 〈해부루시절〉의 신입 부원을 맞이하던 날이었다. 앞에 나와 차례로 인사하는 후배들 중에 유독 한 아이가 눈에 띄었다. 귀가 시원하게 드러난 짧은 상고머리에 바지 교복을 입고 있어 당연히 남자인 줄 알았는데, 암만 봐도 보면 볼수록 여자 같았던 것이다.

승욱이 고개를 좌우로 까딱거리며 그 아이에게 집중했다.

"저는 민정금이지 말입니다."

동시다발적으로 '쿡쿡…….'과 '킥킥…….'이 터져 나왔다.

승욱이 한 소리 했다.

"너, 잘생긴 여자냐, 예쁘게 생긴 남자냐?"

정금이 천연덕스럽게 대꾸했다.

"보시다시피 예쁘게 생긴 여자지 말입니다."

그러자 이번엔 가당치도 않다는 듯 커다란 웃음소리들이 교실을 채웠다. 웃음 많은 승욱이 뒤로 넘어갔음은 물론이었다.

"뭐야 저거, 꺼억꺼억…… 아, **뻔뻔해**. 꺼억꺼억…… 예쁜 게 뭔지를, 꺼억꺼억…… 모르는 거지, 꺼억꺼억……."

잠시 후 커다란 웃음을 여전히 입에 문 채로 승욱이 한 가지를 더 물었다.

"근데, 너. 키가 몇이냐?"

"168이지 말입니다."

"예스! 난 반올림해서 170. 아이 윈!"

하지만 주한은 다른 이유에서 정금에게 시선을 꽂았고, 모임이 끝나고 흩어지는 무리들 틈바구니에서 정금만 따로 불러냈다.

"민정금이라고?"

"예, 선배님."

"어디 민씨지?"

"송주 민씨입니다."

정금이 차렷, 자세로 서서 한 자 한 자 또박또박 대답했다.

"흠…… 더 자세히."

"송주 민씨 이혁공파 32대손입니다."

"하아……."

"혹시……."

"그래. 나는 송주 민씨 문찬공파 27대손이다."

주한의 말이 끝나자마자 정금이 슬그머니 오른쪽 다리를 뒤로 빼고 주먹을 내밀며 공격 자세를 취했다.

"저 맞고만 있지는 않겠습니다."

"야, 이 녀석아. 내가 팥알만 한 너 때려서 뭐 하게. 우리 둘이

치고받으면 몇백 년 묵은 원한이 눈 녹듯 사라지기라도 한대?"

"아닙니다."

"그럼, 차렷!"

정금의 자세가 원래대로 돌아갔다.

"서로 알아서 조용히 살자. 집에 가서는 아무 말 말고."

"예, 선배님."

옆에 있던 승욱이 물었다.

"뭔 소리야?"

주한이 심드렁히 대꾸했다.

"집안끼리 원수거든."

"내 귀 양쪽 다 2.0이야. 똑똑히 들었는데 뭐래? 아까 송 뭐였더라? 암튼 같은 민씨라며?"

"그런 게 있다."

주한은 거기서 입을 다물었다. 그러자 호기심이 폭발한 승욱이 정금을 향해 검지를 내밀었다.

"민정금. 여기 선배님 입이 힘드시단다. 그러니까 네가 말해."

"예. 여기 덩치 큰 선배님이랑 저랑 같은 송주 민씨로 엄밀히 말하자면 한집안 맞지 말입니다."

자신 앞에선 딱딱하게 '습니다' 하더니 승욱에겐 다시 말랑말랑한 '말입니다' 였다. 자신이 정금을 긴장시켰나 싶어 주한은 마음이 좋지 않았다.

"그런데 옛날 옛적에 저희 이혁공파 조상님들과 여기 덩치 큰 선배님의 문찬공파 조상님들 간에 큰 다툼이 벌어지는 바람에 지금까지 거의 원수로 지내고 있지 말입니다."

"허우, 대박. 왜 싸웠는데?"

"산송 때문이지 말입니다."

"산송? 그게 뭔데?"

"묏자리 문제로 소송을 주고받는 거지 말입니다."

"묏자리? 무덤 쓰는 거?"

"그렇지 말입니다."

"그게 그럴 정도로 그렇게 중요한 일이냐?"

"예. 정말 그렇지 말입니다."

승욱이 허우, 하고 받은 충격을 나름대로 희석시키고 있는 동안, 꼼지락거리는 정금의 발가락 끝에 시선을 두고 묵묵히 듣고만 있던 주한이 고개를 들어 다시금 정금에게 시선을 꽂았다.

"근데 너, 혹시 군인 집안?"

"예, 그렇지 말입니다."

"높으셔?"

"육군○○○여단 부대장 민학철 대령이 제 부친 되시지 말입니다."

"높으시네. 다른 뜻은 없고, 건너 건너 들은 것 같아서 물어봤다."

승욱이 끼어들었다.

"민정금. 그럼 너 혹시 아버지 대령님한테 맞아 봤냐?"

"저희 부친께선 폭력을 싫어하시지 말입니다."

주한이 승욱을 툭, 쳤다.

"갑자기 그 소리가 왜 나와?"

"전에 송현기가 그러더라고. 집에 갔는데 아버지가 정복 차림으로 정좌하고 계시면, 그날은 맞는 날이라고. 그 자식 아버지가 전투기 모는 공군 장교 아니냐. 허우…… 정복에 정좌, 가오 쩔지 않냐? 그렇지. 참교육은 그렇게 하는 거지. 무르팍 나온 추리닝 바람으로 아구창 날리는 건 참교육이 아니지."

승욱이 씨익, 웃으며 주한과 정금을 번갈아 쳐다보았다.

"좌우당간 우좌지간, 둘이 동성동본에 원수지간이라 이거지. 완전 로미오와 줄리엣인데? 아니지, 걔넨 동성동본이 아니지. 오, 나 지금 굿 아이디어가 떠올랐어. 앞으로 이렇게 하자."

주한은 평소의 과묵한 그답게 바지 주머니에 손을 넣은 채 그냥 있었지만, 호기심이 받친 정금은 자신도 모르게 고개를 앞으로 쭈욱 내밀었다. 승욱이 웃음을 빼물었다. 정금이 몹시 귀여웠던 것이다.

"너네 둘. 갑돌이와 갑순이 하자."

주한이 픽, 정금은 헉, 했다.

"민정금. 앞으로 넌 갑돌이다. 갑순이는 당연히 여기 민주한. 난 갑돌이보다 갑순이가 더 좋으니까, 좋은 건 친구한테 넘기는 걸로."

2

연리초등학교 보건실에 5학년 2반 담임 선생님이 한 여자아이를 데리고 들어왔다.

"샘. 우리 예쁜이 좀 봐 주세요. 농구 뛰다가 손가락을 다쳤는데, 무조건 안 아프다고만 해서요. 전 다른 아가들 때문에 운동장에 가 있을 테니까 연락 주세요."

담임 선생님이 보건실을 나간 것과 동시에 정금이 아이를 맞은편에 앉혔다. 짙은 속눈썹이 바르르 떨리고 있었다. 놀라긴 한 모양이었다.

"이름이 뭐야?"

"윤주현이요."

"그래, 주현아. 어디 볼까?"

손가락을 살피면서 정금이 물었다.

"농구하다가 다쳤다고?"

"네."

"피구가 아니고?"

"피구는 피구대로 했고요. 이번엔 여자들도 농구 한번 해 보자고 해서요. 그렇게 됐어요."

다행히 차분하게 대꾸를 해 왔다. 부러진 건 아닌 모양이었다. 부러진 경우, 심하게는 토하거나 기절하는 아이들도 있었다.

"그랬구나. 근데 어쩌다가 다쳤어?"

"오늘이 체육 대회 예선이었거든요, 1, 2반 대 3, 4반. 근데 4반에 진짜 농구하는 애가 있단 말이에요. 걔 이모도 전에 농구 선수였대요. 그래서 이거저거 더 많이 배웠대요. 하는 게 완전 어른 같아요. 그래서 걔 따라다니면서 막는 게 제 임무였는데, 공 쳐 낸다고 손 뻗다가 정통으로 맞았어요."

"일대일 대인 방어 한 거야?"

"네."

"주현이도 농구 잘하는구나. 그런 거 아무한테나 안 시키잖아."

"잘해서가 아니라요, 지독해서 맡은 거예요."

"지독해?"

"제가 지고는 못 사는 성격이라서요."

정금이 웃었다. 오래전 자신의 모습이 떠오른 것이다.

"샘도 옛날에 승부 기질 엄청났었는데."

"진짜요?"

"말도 못 했지. 공부는 안 그런데, 운동 시합이나 게임에서 지면 분해서 잠이 안 오더라고."

"저도요."

정금이 아이의 손을 감싸 쥐었다. 아이는 이제 안정을 찾은 듯

했다. 평시의 기운도.

"엄마, 집에 계셔?"

"아니요, 출근했어요."

정금은 아이에게 엄마가 학교로 올 수 있겠느냐고 묻지 않았다. 출근이 아니라 더한 것을 했대도, 엄마가 달려올 형편이면 아이들이 먼저 이야기를 꺼낸다는 것을 경험으로 알고 있었다.

"그럼 다른 어른은?"

"아무도 안 계세요. 왜요? 저 병원 가야 해요?"

"응. 아무래도 엑스레이는 찍어 봐야 할 거 같아. 혹시 실금이라도 갔으면 큰일이니까."

"혼자 갈 수 있어요."

"정말? 대단하네."

"5학년이에요. 병원도 혼자 못 가면 그건 바보예요."

정금이 웃었다. 조그만 상처 하나에도 자지러지는 아이들이 있는 반면, 꽤 큰 상처임에도 죽지 않는 이상 큰일 아니라는 식으로 담대한 아이들도 있었다. 그건 나이나 학년보다는 성향의 차이였는데, 아이를 데리러 오는 보호자, 주로 엄마의 말이나 행동거지를 보면 유전자와 가정 환경의 힘이 얼마나 강력한지 알 수 있었다.

"씩씩해서 예쁘네. 그런데, 어쩌지? 너 혼자는 못 보내거든. 그랬다간 샘이랑 담임 샘이 엄청 곤란해져. 학교에서 다친 건 원래 좀 복잡해서 말이야. 샘 좀 봐줘야겠는데? 나 잘리면 안 되거든. 샘은 저 아래 시골에 늙으신 부모님과 더 늙으신 조부모님이 계시단 말이지. 거기다 엄청 많이 먹는 큰 개 두 마리도 있고. 샘이 안 벌면……."

"아, 샘. 알았어요."

"그럼 잠시 기다려. 교감 샘한테 허락받으러 같이 가자."

"교감 샘이요? 아우⋯⋯."

정금은 속으로 웃었다. 교감 선생님의 악명은 해마다 드높아지
는 모양이었다. 아이들 반응이 점점 거세지는 게 피부로 느껴졌다.

"네. 어쩔 수 없죠. 보건 샘도 참 안되신 거 같아요."

"왜?"

"무슨 저처럼 다 큰 애를 데리고 귀찮게⋯⋯."

정금은 아이의 말이 도통 남 얘기 같지 않았다. 자신도 어려서
병원은 혼자 가야 하는 곳이라며 종종 고집을 부리곤 했던 것이다.
그때마다 고모가 얼마나 진땀을 뺐던지.

"그런 거 하라고 학교에서 나 뽑은 거야."

"그러니까 안됐다고 말한 거예요. 전 세상에서 애들 뒤치다꺼리
하는 사람들이 제일 불쌍해 보여요. 전 애들 싫어요. 사촌들 한번
다녀갈 적마다 10년씩 늙어요."

정금이 웃음을 터뜨렸다.

"10년씩 늙었으면 넌 아직 만들어지지도 않았어."

"말이 그렇다는 거예요. 샘은 엄마한테 배운 말 없어요?"

"음, 난 엄마보다는 할아버지한테 배운 말이 더 많아."

"아⋯⋯."

정금이 아이의 머리를 쓰다듬었다. 철이 너무 일찍 들어서 그렇
든, 독립심이 너무 일찍 자리 잡아서 그렇든, 그렇게 혼자 해결하
려는 아이들을 보면 정금은 어쩐지 가슴이 아렸다. 나이가 들어간
다는 증거인 걸까. 부임해서 2, 3년이 지날 때까지만 해도 그런 아
이들이 신통하기만 했는데, 요즘은 신통보다는 안쓰럽다는 마음이
더 많이 들고 있었다.

'나도 많이 변했지.'

아이를 데리고 나와 보건실 문을 잠갔다. 혹시나 해서 핸드폰을 들여다보니 승욱에게서 톡 한 개가 와 있었다.

[갑순이도 참석.]

정금이 담담한 얼굴로 핸드폰을 가방에 넣었다.

'맞아. 생각은 변해. 마음도 변할 수 있어. 단지……'

정금이 아이의 어깨에 손을 얹었다. 그리고 함께 앞을 향해 걸었다.

'시간이 걸릴 뿐이야.'

기하고등학교 개교기념일 하루 전날이었다. 언제나 그랬듯이 기념식에 이어 체육 대회가 바로 진행되었다. 여러 예선이 차례대로 치러지는 가운데, 정금이 피구 경기에 투입되었다. 수월한 통과였다. 주한도 마찬가지였다. 농구 예선을 넘은 것이다.

그렇게 시끌시끌 요란뻑적지근했던 오전이 지나가고 여러 결승이 남은 오후가 되었다. 피구 결승에서 매트릭스 권법을 시전하며 끝까지 살아남아 우승의 주역이 된 정금은 다른 아이들과 함께 스탠드에 앉아 농구 결승전을 뚫어져라 보고 있었다. 주한이 선수로 뛰고 있었던 것이다. 〈해부루시절〉 모임 때 말고는 딱히 자주 마주치는 얼굴은 아니었지만, 어쩐지 남다르게 다가오는 존재였다.

물론 정금은 복잡하게 생각하지 않았다. 이혁공이건 문찬공이

건, 막상 닥치니 그건 아주 먼 나라 일일 뿐이라고, 그저 보기 드 문 한집안 사람이라 반가워 그런 거라고, 그렇게 여길 따름이었다. 실제로 송주 민씨는 그리 흔하지 않은 편이었다.

'이겨야지 말입니다. 송주 민씨의 자존심이 걸렸지 말입니다.'

주한은 예선 때부터 주전이었다. 초등학교와 중학교 때 배구 선 수로 활약했던 내공이 농구 경기에서도 십분 발휘되고 있었다. 종 목은 달라도 다른 아이들에 비해 월등할 수밖에 없었던 것이다. 게 다가 195센티미터의 장신이었다. 천하무적에 다름없었다.

문제는 그 사실을 상대편이 너무 잘 알고 대비했다는 사실이었 다. 철저한 일대일 대인 방어가 집중적으로 이루어진 것이다. 다리 의 움직임이 여의치 않아 팔을 움직이는 것 외에는 공격이 어려운 주한을 보며 정금은 안타까움의 장탄식을 연달아 내뱉었다.

그러다 지나친 수비에 밀려 3점 숏까지 실패로 돌아가자 정금이 벌떡 일어났다. 그러곤 코트까지 한달음에 뛰어 내려가 주한의 방 어를 전담하고 있던 상대 팀 선수를 향해 소리를 질렀다.

"완전 치사 빤쓰지 말입니다. 사나이가 정정당당해야지 말입니 다."

복식 호흡이라도 한 것처럼 목청이 어마무시하게 울려 퍼지면서 선수들이 뛰다 말고 죄다 고개를 돌려 정금을 바라보았다. 주한도 물론이었다. 그렇다고 시합이 중단된 것은 아니어서 다시 공이 왔 다 갔다 하기 시작했고, 그 공을 따라서 정금도 각 방향으로 움직 이기 시작했다. 그런데 그 모습이 어찌나 결사적이던지, 게다가 우 습기는 또 얼마나 우습던지, 심판 나온 선생님은 쫓아내지 않고 구 경하는 걸로 결정을 지었다.

"계속 그러면 안 되지 말입니다. 어어…… 젠장, 빨리 풀지 말입니다."

그렇게 코트 주변을 겅중겅중 뛰어다니며 삿대질을 하고, 알아들을 수 없는 소리를 **빽빽거리던** 정금이 급기야 상대 팀 골대 밑에 서서는 주먹 쥔 오른손을 번쩍 치켜들었다.

"후회 없고 후퇴 없다. 오직 전진하고, 오직 승리할 뿐이다. 으악!"

그리고 양손을 허리에 얹고는 허리를 좌우로 야무지게 흔들며 목청껏 노래를 부르기 시작했다. 승부 외에는 머릿속에 아무것도 떠오르지 않는, 승부 말고는 눈앞에 아무것도 보이지 않는, 그런 자의 적나라한 모델이었다.

> 삼천 리 반도 금수강산 아름다운 이 강토에
> 사나이 붉은 피 걸고 매일을 산다
> 총성이 빗발치고 포탄이 작렬하는
> 불바다도 무릅쓰고 달려 나간다
> 내 고향 내 가족 내 사랑 위해
> 멸공의 횃불 들고 전진을 한다
> 전우여, 아 전우여,
> 우리는야 자랑스러운 대한의 건아

첫 소절에 이미 몇몇 남자 선생님들이 배를 잡고 허리를 숙인 가운데, 가사를 통해 군가임을 이해한 남학생들이 "아, 존나!" 하고 낄낄거림과 동시에 여학생들이 "뭐야, 뭐야!" 하며 술렁거렸다.

승욱이 뒤로 넘어갔다.

"갑돌이 저거, 꺼억꺼억…… 아 웃겨, 꺼억꺼억…… 멸공의 횃불을, 꺼억꺼억…… 왜 지가 들어, 꺼억꺼억…… 나 죽네, 꺼억꺼억……."

군가를 끝까지 마친 정금이 고래고래 외쳤다.

"송주, 송주, 으악! 민주한, 민주한, 으악!"

주한과 정금이 같은 '송주 민씨'라는 사실을 전교생이 알게 된 날이었다. 그 사실은 이후 주한과 정금의 관계에 꽤 큰 영향을 미쳤다. '대(對)주한 접근 금지령'이 해제된 것이다.

물론 접근 금지령이 엄격하게 지켜지고 있던 그전에도 정금만큼은 개의치 않고 주한을 따라다니곤 했었다. 너무 거리낌이 없어서 오히려 무어라 보탤 말이 없을 정도였다. 팬클럽도 팬클럽이었지만, 당사자인 주한에게 있어서도 그런 캐릭터는 처음이었다. 승욱조차도 처음에는 주한을 꽤 어려워했으니까 말이다.

그래도 주한의 팬클럽으로부터 '너는 프리패스다!'라고 공식적으로 인정을 받은 건 나름 의미가 있었다. 그 이유가 정금이 주한과 한집안 사람이어서든, 정금이 다른 여학생들의 수비선 밖에 존재하는 선머슴이어서든, 그건 중요치 않았다. 정금이 '열외'가 되었다는 거, 그게 중요할 따름이었다. 주한이 한시름 덜었던 것이다. 퀸 우해강에게 다가가려고 시도했다가 무자비하게 잘려 나간 여러 케이스를 통해 배운 바가 있던 때문이었다.

물론 대장 주한의 팬클럽은 퀸 해강의 팬클럽에 비하면 조용하고 묵직한 편이긴 했다. 대신 '힘'을 경외하는 아이들이 다수 있어서인지 무시할 수 없는 '한 방'이라는 게 있었다. 혹여 그 '한 방'에 정금이 넘어가기라도 한다면 결코 참지 못할 것이라고, 주한은 그렇게 생각하고 있었다. 왜인지는 몰랐다. 알고 지낸 지 고작 얼마나 됐다고, 왜 그렇게 자꾸만 마음이 쓰이는지, 정말이지 알 수 없었다.

어쨌거나 열과 성의를 다한 정금의 응원이 효과를 발휘했는지, 그때부터 주한의 3점 슛이 폭발하기 시작했다. 그러자 사기가 오른 다른 선수들도 덩달아 날아올랐고, 결국 주한의 팀이 우승을 거머쥐었다.

호루라기가 울림과 동시에 정금이 코트 안으로 달려 들어갔다. 그러곤 주한의 허리춤을 양손으로 꽉 붙들고는 "꺄오! 오호호! 꺄오!" 원숭이 소리를 내지르며 펄쩍펄쩍 뛰었다.

"이겼지 말입니다. 역시 승부는 이겨야 맛이지 말입니다."

주한이 발갛게 달아오른 정금의 낯을 가만히 들여다보다 말고, 이리 뛰고 저리 뛰느라 땀에 떡이 된 정금의 머리카락을 완전히 헝클어뜨렸다. 그러면서 정직하게 웃었다.

"어이구, 녀석아."

말은 그게 다였다. 하지만 그 안에는 엄청나게 복잡한 감정과 무수한 단어들이 담겨 있었다.

3

느물느물 웃으며 맞은편 자리에 앉는 승욱을 향해 주한이 눈썹을 찡그렸다.

"왜 그런 식으로 웃지?"

"반가워서 그런다. 불만 있냐?"

승욱은 말하지 않았다. 주한은 자각 못 하고 있겠지만, 정금과 만나는 날이면 주한은 한참 전에 미리 와 대기하고 있는 게 습관이었다. 승욱과 단둘이 만날 때는 항상 칼같이 정시에 나타나면서 말이다.

그 사실을 알게 된 건 꽤 오래전이었다. 그때도 오늘처럼 셋이 만나기로 한 날이었다. 갑자기 잡힌 외근으로 약속을 틀어야 하나 고민하던 승욱은 예상외로 업무가 너무 순조롭게 마무리된 바람에 시간이 두 시간 가까이나 공중에 떠 버리게 되었다. 그렇다고 다른 일을 보기에는 또 애매한지라 그냥 책이나 읽으며 기다려야겠다고 생각하며 약속 장소로 향했다. 대략 1시간 10여 분 정도만 기다리면 될 듯싶었다.

그런데 들어가 앉은 지 얼마 지나지 않아 주한이 나타났다. 얼마나 놀랐는지 몰랐다. 말을 걸려던 승욱은 순간 뭔가 짚이는 바가 있어 구석에서 지켜보기 시작했다.

아니나 다를까, 처진 어깨로 하염없이 밖을 내다보고 있는 주한의 모습이 진심으로 안쓰러웠다. 그래 놓고는 정금이 나타나자마자 언제 그랬냐는 듯 살아났었고. 방금 전에도 그랬다. '역시겠지?' 하며 2층으로 올라온 승욱의 눈에 주한의 뒷모습이 바로 들어왔었다, 창밖을 내려다보고 있는 주한의 커다란 뒷모습이. 승욱이 도착한 때가 약속 시간 20분 전이었는데도 말이다.

"뒤쪽으로 들어왔어? 오는 거 못 봤는데?"

"어. 넌 언제 왔냐?"

"방금 전에."

'방금 좋아하시네. 저기 서 있는 직원한테 벌써 물어봤다, 새끼야.'

'저 친구, 온 지 얼마나 됐어요?'

'한참 되셨어요.'

주한의 눈길이 다시 바깥의 아래로 향했다.

'새끼. 그러려고 여기서 보자 그랬지?'

지금 두 사람이 마주하고 있는 곳은 너른 마당을 가진 한식 전문점으로 세 사람의 단골집이었다. 맛도 맛이지만, 후식을 먹으며 뭉개고 앉아 있어도 눈치 같은 건 전혀 주지 않는 분위기였다.

물론 주한을 사로잡은 장점은 그것이 아니었다. 2층 창가에 앉아 있으면 음식점 안으로 들어오는 차량과 사람이 죄다 보인다는 것, 바로 그것이었다. 당연히 건물 뒷마당 쪽에도 출입구가 있기는 했다. 하지만 대부분의 사람들은 주로 정문을 이용하는 편이었다. 그리고 그 대부분에 정금도 속해 있었다.

승욱은 개의치 않고 말을 이어 갔다. 옆얼굴에 대고 말하는 게 한두 번 있는 일이 아니었으므로. 그래도 대답은 꼬박꼬박 해 준다는 걸 잘 알고 있었으므로.

"그나저나 프롤로그에서 만나자니까 굳이……."

"누나 시끄러워져."

"하긴……."

독립 출판사 〈프롤로그〉의 대표이자 주한의 누나인 주담은 정금을 아주 좋아했다. 그런 여동생이라면 무얼 줘도 아깝지 않을 거라고도 했고, 그런 여동생이라면 주한과 바꿀 용의가 있다고도 했다. 그것이 주담의 공식적인 입장이었다. 물론 주담은 정금을 주한의 고등학교 후배이자 한집안 아우로만 대할 뿐, 다른 말은 일절 더얹지 않았다. 주담은 주한을 알아도 너무 잘 알았다.

'배 아파서 낳은 건 엄마지만, 네 머릿속을 들락거릴 수 있는 사람은 엄마가 아니라 나야. 초등학교 5학년 때부터 민주한 육아의 현장에서 잔뼈가 굵은 사람이 바로 나라고. 까불지 마.'

다행인 것은 주담이 '경솔'이 아닌 '신중' 쪽 사람이라는 점이었다. 그러니까 묵묵히 지켜보다가 결정적인 순간에 도움의 손길을 내미는 사람이지, 처음부터 무작정 끼어드는 사람이 아니라는 사실이었다.

"살이 조금 더 빠진 거 같다?"

"어."

'조금 더'가 아니었다. 키가 195를 찍은 이후로 83킬로그램 안 팎에서 고르게 유지되던 체중이 얼마 전부터 70대 초반으로 내려간 상태였다. 군대 시절을 제외하면 초유의 사태라 아니할 수 없었다.

승욱은 호들갑 떨지 않았다. 주한의 이상 증상은 정금이 현철과 헤어졌다는 소식을 들은 이후부터 부쩍 심해지고 있었다. 말하다 말고 순간적으로 넋을 놓는다든가, 질문에 엉뚱한 대답을 한다든가, 갑자기 한쪽 귀를 틀어막는다든가, 그리고 방금 전에 말한 대로 체중이 눈에 띌 정도로 계속 줄고 있다든가 하는.

그렇다고 그 이야기를 대놓고 할 수는 없어 승욱은 다른 이야기에 초점을 맞췄다.

"왜. 강희 씨랑 문제 생겼냐?"

"강희하고는 뭐……."

"강희 씨하고는 뭐?"

"생길 문제가 없지."

"그러니까 그게 이상하다고. 너희 두 사람은 아무리 봐도 연인 같지가 않아."

창밖에 시선을 고정한 채로 주한이 별다른 대꾸를 하지 않자, 승욱이 작정한 듯 말을 이었다.

"겉으로만 보면 분명히 강희 씨가 여자 친구고, 갑돌이는 후배라는 이름의 그냥 친군데. 자세히 들여다보면 말이야. 연인 아우라는 갑돌이하고 있을 때 뿜어져 나오거든. 외려 강희 씨가 그냥 친구 같다고."

"그런 말, 전혀 도움 안 된다."

"도움 되라고 하는 말이겠냐? 민주 국가의 파란 하늘 아래서 내 생각 내 주둥이로 떠드는 거지?"

"승욱아."

"알아, 안다고. 너, 조용히 살고 싶어 하는 거. 할아버님 넘어갈 일 만들 생각 없다는 거."

"그럼 그냥 좀 있어라, 제발."

"네 인생이 가여워서 그런다."

"가여울 건 또 뭐야."

"가엽지. 어떻게 안 가여워. 덩치는 산만 한 게 가여워 죽겠다, 아주."

그때였다. 어두운 방에 들어가 조명 스위치를 눌렀을 때처럼 주한의 눈 안에 반짝, 하고 불이 들어오더니 곧이어 얼굴 전체로 빛이 꽉꽉 들어찼다. 순식간이었다.

'오셨군. 허유…… 그래서 네가 가여울 수밖에 없는 거라고, 새끼야.'

답사 계획을 잡기 위한 〈해부루시절〉 임시 회의가 있다고 해서 주한은 느긋하게 시청각실로 향하고 있었다. 수업이 끝난 뒤이기도 했고, 시청각실이 있는 별관엔 일반 교실이 없어서 조용하기가 이루 말할 수 없었다. 시간이 좀 이른 듯했지만, 승욱이 미리 가 있겠다 했기에 별생각은 없었다. 아니나 다를까, 계단을 오르는데 승욱의 목소리가 들려왔다.

'그새 또 누구를…… 어디서나 조용한 법이 없지.'

그런데 계단을 마저 다 올라 왼쪽으로 꺾어지자마자 주한의 눈에 먼저 들어온 사람은 승욱이 아닌 정금이었다. 나란히 걸어가며 한창 이야기 중인 두 사람의 모습에 주한의 발걸음이 빨라졌다.

그때였다. 승욱이 갑자기 정금의 목에 팔을 걸어 일명 헤드록 자세를 취하더니 정금의 이마에 제 이마를 비비적거리기 시작했다. 주한이 날았다. 퍽.

"선배님!"

비명에 가까운 정금의 목소리였다.

'선배님이라니. 어느 선배. 나? 아님 김승욱? 야, 갑돌. 헷갈리잖아. 평소에 난 좀 다르게 불러 줬어야지. 그래야 이럴 때 내가 바로 알아듣지.'

따위의 얼토당토않은 생각들이 와글거리는 가운데 정신이 들고 보니, 승욱이 나자빠져 있고 그런 승욱을 정금이 부축해 일으키고 있었다.

"민주한. 너 지금 나 쳤냐?"

승욱이 '세상에 이렇게나 황당한 일은 태어나 처음이야!' 하는 얼굴로 주한을 노려보았다. 주한은 당황했다. 중학교 3학년 때부터 '대장'으로 불리기 시작했다. 지금은 고2임에도 불구하고 같은 학년뿐만 아니라 전교생이 '대장'으로 대접해 주는 짱이었다.

그렇다고 해도 주한이 사람을 상대로 주먹을 쓴 적은 없었다. 중학교 시절까지 배구 선수로 활약했던 195의 거구를 먼저 나서서 건드리는 하룻강아지가 있을 리 없던 때문이었다. 프로 선수로 키우겠다고 여러 곳에서 접촉해 왔던 주한이었다. 유명세답게, 그 넓

적하고 두툼한 손에 한 대 맞으면 그 즉시로 뼈가 나간다는 소문이 돌고 있었던 것이다.

주한이 승욱에게 천천히 다가갔다. 그러곤 머뭇거리며 팔을 뻗어선 승욱의 어깨에 손을 얹었다.

"나 미쳤나 보다. 미안. 너도 나 쳐라."

"새끼야. 내가 친다고 네가 쥐똥만큼이라도 밀리기나 하겠냐?"

"밀릴게. 아니, 뭐라도 해라. 다 받을 테니까."

"새끼야. 생각 좀 해라. 뭘 하든 아픈 건 내가 될 거란 거 모르냐?"

승욱 입장에서는 그런 말이 나올 수밖에 없었다. 본인 말대로 반올림해서 170. 남자치고는 작고 호리호리한 편이라, 바람만 불어도 날아가게 생겼단 소리를 종종 듣는 형편이었다. 주한을 친구로 두지 않았다면 악동들에게 적잖이 시달릴 수도 있었을 정도였다. 승욱과 비슷한 체격을 가진 남학생들이 종종 겪곤 하듯이 말이다.

"마른하늘에 날벼락이 뭔지 오늘 제대로 깨우쳤다, 새끼야. 아, 놀래라."

승욱이 고개를 들어 주한을 정면으로 응시했다. 눈이 마주쳤다. 주한은 여전히 혼란스러운 모양이었지만, 승욱은 완벽하게 이성을 찾은 뒤였다.

잠시 후 승욱이 피식, 했다.

"진짜 높네. 내려다보고 살아서 좋겠다, 새끼야. 남들하고 다른 공기 마시고 살아서 좋겠다, 새끼야."

그러곤 주한의 앞주머니에서 체크카드를 꺼내 바짝 긴장한 채로 옆에 서 있는 정금에게 건넸다.

"오구오구, 갑돌이 놀래쩌여? 걱정 마라. 너처럼 단순한 것들은 감도 잡을 수 없는 엉아들만의 심오한 세계라는 게 있단다. 갑돌은 이제 매점으로 튀어 가서 부원 머릿수만큼 음료수 사 와라. 올가닉으로. 질풍노도 갑순 씨가 쏘시겠단다. 실시."

쭈뼛거리며 눈치를 보던 정금은 주한이 아무 소리 하지 않자, 카드를 들고 매점을 향해 뛰어갔다. 기하고등학교 매점은 기하재단 이사장이 사모해 마지않는 '선진형', '첨단' 그런 시스템이 가장 먼저 적용된 곳이어서, 티머니 단말기와 카드 단말기는 물론 구비되어 있는 상품도 편의점 못지않은 수준이었다. 그리고 그중에서 '제일 비싼 거'가 바로 승욱이 말한 '올가닉'이었다.

정금의 모습이 완전히 사라지자마자 승욱이 펄쩍 뛰어선 주한의 등에 대롱대롱 매달렸다. 그러곤 들릴락 말락, 아주 작은 목소리로 말했다.

"강신이고 나발이고 너 딱 걸렸어, 새끼야."

주한은 대꾸하지 않았다. 아니, 대꾸하지 못했다.

4

승욱이 고개를 돌려 아래를 보자, 반듯하게 걸어오는 정금이 보였다. 검은색 통바지에 잿빛 니트라는 지극히 무난한 옷차림인데도 분위기가 좋았다.

"갑돌이 저 녀석, 갈수록 근사해지지 않냐? 중성적인 매력이 뭔지를 내가 저 녀석 때문에 깨달았다 이거거든."

"그렇게 근사한데 왜 한 번도 내색을 안 하지?"

"몰라서 묻냐? 어?"

주한이 입을 다물었다. 그리고 곧 정금이 모습을 드러냈다. 정금이 자연스럽게 승욱의 옆에 몸을 내렸다.

"근래안부문여하…… 형님, 선배님."

형님 주한은 고개를 끄덕였고, 선배님 승욱은 "오냐!" 했다.

'근래안부문여하(近來安否問如何)'는 '요즈음 어찌 지내시는지요!' 라는 뜻으로, 조선시대 여류 시인 이옥봉의 시「몽혼(夢魂)」의

첫 구절이었다. 몽혼, 그러니까 꿈속의 넋이라니, 제목만으로도 슬프다고 했던 정금은 언제부터인가 오랜만에 만나는 날이면 으레 그 문구로 인사를 했다. 이를테면, '잘 있었지요?'를 뜻하는 정금만의 표현이었다.

近來安否問如何(근래안부문여하)
月到紗窓妾恨多(월도사창첩한다)
若使夢魂行有跡(약사몽혼행유적)
門前石路半成沙(문전석로반성사)
요즈음 어찌 지내시는지요
달 드는 비단 창에 한이 더욱 서립니다
만약에 넋이 오간 흔적이 꿈속에 남는다면
문 앞 돌길이 반은 모래가 되었을 텐데요

'제목만으로도 이미 슬픈데, 내용은 더 슬퍼요. 세상에! 그냥 돌이 모래만큼 작아질 때까지 닳아지려면, 대체 얼마나 오고 가야 한다는 걸까요. 안 그래요. 형님? 그렇죠, 선배님?'

승욱이 정금의 얼굴을 자세하게 훑었다.
"우리 갑돌이. 아직도 얼굴이 좀 그러네."
"그래요? 나 멀쩡한데."
'이것들이 아주 쌍으로 살이 죽죽 빠져 가지고는…… 허유…….'
승욱이 앞에 놓인 물을 단숨에 들이켜고는 메뉴판을 내밀었다.
"일단 먹자."

주한과 정금이 뚝배기불고기 정식을, 승욱은 양념흑돼지구이를 주문했다. 승욱은 두 사람이 고른 메뉴를 보며 다시 한번 속으로 혀를 찼다.

'입맛까지 똑같은 것들이…… 허유…….'

현철과 헤어진 지 얼마 되지 않은 정금이었다. 말을 안 해서 전혀 몰랐는데, 승욱이 회사 동료의 결혼식장에 갔다가 다른 여자와 사이좋게 앉아 있는 현철을 발견하면서 정금에게 바로 확인했고, 그 시점에서 17초 만에 주한도 알게 된 사실이었다.

사법고시 준비하다가 그만두고 개업하는 변호사 사무실에 사무장으로 들어간 지 반년도 안 돼, 거기 막내 변호사와 눈이 맞았다고 했다. 정금도 청첩장을 받아 들고서야 전후 내막을 알았다고 했다. 대학교 1학년 말부터 사귀어 온 사이였는데 말이다.

"나 잠깐……."

동료에게서 걸려 온 전화를 받느라 승욱이 잠시 자리를 비운 바람에 주한과 정금, 둘만 있게 되었다. 주한이 나지막한 목소리로 물었다.

"아직 힘들어? 그래서 얼굴이 그래?"

"형님 눈에도 그래요? 생각보다 맘고생 별로 없었는데 희한하네."

주한이 군에 있을 땐 늘 빈손으로 찾아왔던 정금이 그 친구 면회 갈 때는 바리바리 싸 들고 갔다는 걸 알고 몹시 서운했던 기억이 바로 어제 일 같은데, 그 오랜 역사에 종지부를 찍고 만 정금이었다.

'막장 새끼.'

주한에게 다시금 살의가 치솟았다. 어머니를 버리고 둘째 마나님에게 정착한 아버지가 덧입혀지면서 주한의 분노는 몸피를 더 키웠다. 내색할 수 없는 분노여서 더 지독했다.

"요즘 교육이다 뭐다 일이 많아서 그럴 거예요. 놀라울 정도로 담담하니까 걱정 마요."

"그래."

'그래'라. 그랬다. '그래' 말고 달리 무어라 할 것인가. 걱정이 된다고 우길 수도 없는 일이었고, 걱정을 만든 자식을 찾아가 물고를 내겠다고 거품을 물 수도 없는 일이었다. 그것이 주한의 위치였다. 물론 승욱은 걱정도 했고, 길 가다 만나면 뒤에서 박아 버리겠다고 침이 튀도록 욕도 했다. 순수한 선배이기에 할 수 있는 반응이었다.

하지만 주한은 아니었다. 아닌 척하고 있다고 해서 진짜 아닌 건 아니었다. 시작하면 멈출 자신이 없었다. 걱정이고 보복이고 간에, 일단 시작하면 끝장을 보게 될 거라는 걸 너무 잘 알아서 시작을 할 수 없었다.

'그래…… 그래…….'

밥을 먹고 후식으로 나온 식혜를 앞에 놓고 앉아, 승욱이 보스라고 일컫는 제 어머니의 건강 상태를 집요하게 상담하는 동안, 주한은 테이블 위에 놓인 정금의 손을 물끄러미 쳐다보았다. 전체적으로 길쭉길쭉한 정금에게서 유일하게 작은 곳이 바로 손이었다. 주한 손의 거의 반밖에 되지 않는 크기였다. 그런데 그 작은 손이 주한의 커다란 손을 잡은 적이 있었다. 주한은 순식간에 땀이 차오른 손바닥을 슬쩍 바지에 문질렀다.

대절 버스에 제 취향대로 자리를 차지하고 앉은 〈해부루시절〉

50

부원들은 하나같이 종이에 코를 박고 있었다. 그런 부원들에게 자료를 돌리면서 역사 선생님이 말했다.

"평주 누에촌은 전설의 땅입니다. 전설 알지? 삼월이 머리 풀고 우물에서 기어 나와서는 내 다리 내놔, 하는 그런 전설. 알지? 전에도 말했지만, 우리나라 전설은 두 가지 유형으로 나뉩니다. 은혜 갚거나 원수 갚거나. 그러니까 니들, 착하게 살라고."

녜, 녜, 하고 건성으로 대꾸하는 소리가 몇 군데서 들려왔다.

"자, 그럼. 기록에 의하면 양잠이란 것이 해부루 시절 훨씬 이전, 그러니까 단군 조선 때부터 있던 것으로 나오고 있는데, 평주가 거기에 맞는 설화를 몇 개 가지고 있습니다. 설화 알지? 집에 돌아와 방을 들여다보니 이부자리 속에 발이 네 갠데 어떤 게 내 마누라 발이냐, 그런 설화. 알지? 전에도 말했지만, 외도는 이유를 막론하고 나쁜 겁니다. 그러니까 니들, 잘 생각해서 시집가고 장가 들고 하라고. 자, 그럼."

이제 아이들은 그 정도로는 웃지도 않았다. 음계 미와 솔 사이에서 왔다 갔다 하는 말투 때문에 자지러지던 초반과는 달라도 아주 다른 변화였다.

"평주가 양잠을 전문으로 하게 된 시기는 조선 들어와서이고, 그전에는 등나무가 많은 평범한 역참이었습니다. 역참 알지? 교통 통신 기관, 역참. 어? 따가닥따가닥 말도 같이 사는 역참. 어? 자, 그럼. 여기서 양잠으로 돈을 좀 만진 사람들이 지금 저 아래 송주로 내려가 자리를 잡았다는 이야기가 있습니다. 물론 현재 송주에는 양잠의 흔적이 전혀 남아 있지 않습니다. 일제시대를 거치는 동안 서서히 줄어들다가, 수몰되면서 완전히 사라진 것으로 전해지고 있습니다. 그래도 전설과 설화는 사라지지 않은 것입니다. 아니, 사라지려야 사라질 수 없는 것이 바로 전설과 설화인 것입니다."

역사 선생님이 아이들의 까만 머리통을 차례로 훑어가며 말을 이었다.

"그러니까 니들도 전설이 돼 봐. 후손들이 두고두고 되새김질하게."

이번엔 네, 녜가 아무 데서도 나오지 않았다. 착하게 사는 것과 전설이 되는 것은 어마어마한 차이가 있으니까 말이다.

"자, 그럼. 평주와 관련해 전해 내려오는 이런저런 설화들을 모아 봤으니까, 읽어 두기 바랍니다. 혹시 수능 언어 영역 지문에 나올지 어찌 압니까? 수능 알지? 어? 11월에 치러지는 광란의 대축제, 대학수학능력시험. 어?"

'송주'가 언급되면서 주한과 정금은 입을 꽉 다물었다. 주한이야 성격상 그렇다 쳐도 정금의 함구는 눈에 띄는 일이었다.

'그렇지 말입니다.', '하지 말입니다.' 하며 빨빨거리고 돌아다니던 정금이 얌전히 있자 〈해부루시절〉 부원들이 한 번씩 돌아보았다. 그러자 승욱이 거들었다.

"신경 꺼. 멀미하는 듯."

그러곤 도착하자마자 정금을 주한에게 밀었다.

"여기서 송주 얘기를 들을 줄이야. 문찬공 후손께서 이혁공 후손 좀 챙기시지."

그렇게 둘을 붙여 놓고 승욱은 다른 부원들에게 향했다.

주한이 정금에게 물었다.

"신경 쓰여?"

"아니지 말입니다."

"정말이지?"

"믿으셔도 되지 말입니다."

"그래."

그런데 체험관에서 꿈틀거리는 누에를 가만히 들여다보는 정금이 적잖이 불안해 보였다. 아니나 다를까, 얼굴에서 핏기가 조금씩 가시더니 결국 새하얘졌다. 주한이 정금의 팔꿈치를 붙들고 밖으로 끌고 나왔다.

"왜 그래, 너."

"못 보겠지 말입니다. 나올 거 같지 말입니다."

"나올 거 같으면 내보내. 참지 말고."

"여기서 말입니까? 창피하지 말입니다."

주한이 정금을 번쩍 들어 안았다. 그리고 화장실로 뛰었다. 문을 열고 칸 안으로 정금을 집어넣자마자 정금이 토했다. 주한이 정금의 등을 살살 문질러 주었다.

"이제 다 나왔지 말입니다."

허리를 굽히고 등허리에 손을 얹은 채 어기적거리며 나오는 정금을 주한이 청소용 의자에 휴지를 깔고 앉혔다. 그러고는 등을 돌리는데 정금이 두 손으로 주한의 오른손을 덥석, 잡았다. 주한이 흠칫, 했다.

"혼자 내빼시면 안 되지 말입니다."

"찾을 텐데, 알려는 줘야지."

정금이 "아!" 하며 손을 풀었다. 그러곤 휘휘 저었다. 알아서 하라는 뜻이었다.

주한은 밖으로 나와 승욱에게 전화를 하려다 말고 마음을 바꿔 문자를 했다. 금방 '읽음' 표시가 나더니 'ㅇㅋ'가 떴다. 승욱도 문자를 하려던 참인가 보았다. 중간에 백짓장으로 변해 버린 정금을 끌고 나왔으니 그럴 만했다.

주한이 핸드폰을 주머니에 넣으며 몸을 돌리니 정금이 그새 나와 벽에 기대 서 있었다.

"갑돌. 그렇게 안 봤는데 그러네?"

"알지 말입니다. 겉으로만 보면 굼벵이도 깨물어 먹고 그러게 생겼지 말입니다."

"그건 또 무슨 소리야."

"송주, 가 보신 적 있으십니까?"

"없다."

"저 어려서 송주 종가에 초가집이 한 채 딸려 있었지 말입니다. 사람이 산 건 아니고, 그냥. 근데 그게 해마다 골칫거리였지 말입니다. 지붕을 이어야 하니까 말입니다. 그러니까 바꿔 덮는 건데, 다 걷어 내면 거기서 굼벵이라고 뭐 아까 걔네랑 비슷하게 생긴 애들이 나왔지 말입니다. 그럼 그걸 아저씨들이 깨물어 먹었지 말입니다. 민간 약재라면서."

"그게 생각난 거냐?"

"그건 아니고…… 아까 그 귀여운 애들을 녹여 실을 만든다는 게 끔찍했을 뿐이지 말입니다."

"갑돌이가 은근히 마음이 약하구나."

"맞지 말입니다. 천생 소녀지 말입니다."

'천생 소녀'라는 말에 주한이 웃었다. 정금과 있다 보면, 그렇게 웃을 일이 자꾸자꾸 생기곤 했다.

"암튼, 도와줘서 고맙지 말입니다."

"그래."

먼 데를 바라보고 선 주한의 옆구리를 정금이 톡톡, 하고 쳤다.

"왜."

"근데 말입니다. 선배님 손 진짜 크지 말입니다. 배구 하셨다더니 장난이 아니지 말입니다. 그 손에 한 대 맞으면 머리 돌아가지 말입니다. 다시는 까불지 않겠다고 결심했지 말입니다."

주한이 어이가 없다는 듯 픽, 하고 웃었다. 안긴 것보다 얼결에 잡은 손이 더 인상적인 모양이었다.

"그래. 까불지 마라."

"예, 알겠습니다."

정금이 배시시 웃었다. 그 웃음을 보며 주한은 마주 웃지 못했다. 대신 태어나 처음으로 속이 울렁거린다는 게 뭔지를 체험했다.

5

"갑돌아, 타."

늘 듣던 대사인데도 등줄기가 여지없이 또 찌르르 울려 왔다. 하지만 주한은 내색하지 않고 승욱 차의 조수석 문을 열어 정금이 타는 걸 도와주었다.

"감사요, 형님."

"그래."

세 사람이 함께 만나는 날이면 정금의 귀가는 늘 승욱이 도맡고는 했다. 굳이 확인해 본 적은 없지만, 정금과 승욱 둘이서만 따로 보게 되는 경우에도 분명 그럴 거라고 주한은 짐작했다. 그도 그럴 것이 학창 시절부터 승욱이 정금을 얼마나 귀여워했는지, 너무도 잘 알아서였다.

정금도 승욱에게 묻어가는 걸 편안해했다. 주한이 정금을 싣고 다녔다가 혹시라도 강희가 알기라도 하는 날엔 오해가 생길 수도 있다는 게 정금의 의견이었다. 반면 승욱은 내내 솔로였다. 가벼운 데이트 몇 번은 있었지만, 연애로까지 이어지지는 못한 것이다.

"또 보자, 갑순."

지극히 의례적인 인사말 하나를 던져 놓고 승욱이 차를 출발시켰다. 다른 때 같았으면 차창 밖으로 고개를 빼고 손을 흔들었을 정금이 어쩐지 조용했다. 주한은 다시 한번 등줄기가 저릿해지는 느낌에 발을 질질 끌며 천천히 걸어가 자신의 차에 올랐다.

"아아……."

자신도 모르게 튀어나온 크고 깊은 신음 소리에 주한이 흠칫했다. 그리고 그 '흠칫'이 더 커다랗고 깊다란 신음을 불러왔다.

"아아아……."

주한이 핸들에 고개를 묻었다. 그리고 그렇게 엎드린 채로 발음도 정확하게 욕 하나를 내뱉었다.

"씨팔……."

그때, 말꼬리에 맞추어 핸드폰이 부우우…… 하고 진동했다. 강희의 문자였다.

[내일 오후에 프롤로그로 갈게. 할 얘기 있어.]

주한은 마치 처음 보는 글자인 것처럼, 알아듣지 못하는 외국어라도 들은 것처럼, 멍하니 한참을 들여다보기만 했다.

"할 얘기…… 할 얘기라……."

그렇게 중얼거리는데 옆자리로 차 한 대가 들어섰다. 주한은 그제야 시동을 걸었다. 그러곤 손을 뻗어 라디오 버튼을 눌렀다. 흘러나오는 멜로디를 귀에 담으며 주한이 차를 출발시켰다.

너를 보내고 나는 무너져
네가 없어서 나는 망가져

주한이 움찔, 곧이어 더 크게 한 번 더 움찔, 했다. 아는 가수에 아는 노래였지만, 오랜만에 들어서 그런지 노랫말이 새삼스러웠던 것이다.

내가 말한 건 그 뜻이 아녔어
내가 원한 것도 그게 정말 아녔어

노래는 계속해서 이어졌고, 주한은 자신도 모르게 한 소절 한 소절마다 집중했다.

사랑한다는 말보다 더 간절한 말
그립다는 말보다 더 절실한 말
잘못……했어

노래가 끝났다. 곧이어 DJ의 부드러운 목소리가 조곤조곤 울려 퍼지기 시작했다.

— 이 노래 기억하시죠? 벌써 몇 년 전인가요? 당시 라디오만 틀면 이 노래가 나왔을 정도로 파급 효과가 엄청났었는데요. 사실 제 머릿속에는 노래보다 영상이 더 강렬하게 남아 있습니다. 도대

체 그때, 도대체 무엇을, 도대체 얼마나 크게 잘못하셨길래…….

끼이익, 주한의 승용차가 급정거했다. 따라오던 차가 클랙슨을 요란하게 울리는 가운데, 주한이 고개를 좌우로 털었다. 또다시 귀에서 위웅위웅…… 하는 소리가 들려오기 시작한 것이다. 다른 날은 작은 소리에서 시작해 점점 커졌는데, 이번엔 느닷없이 큰 소리부터 터져 나온 바람에 미처 대비할 틈이 없었다. 아직 큰길에 진입하기 전이었으니 망정이지, 사고가 날 뻔한 상황이었다.

주한이 비상등을 켜 문제가 생겼음을 알렸다. 뒤차가 신경질적으로 추월해 지나갔다. 주한이 입을 열었다.

"씨팔……."

그날은 주한이 2박 3일의 수련회에서 돌아온 날이었다. 정금은 정금대로 수학여행에서 돌아온 날이기도 했다. 먼저 도착한 1학년이 제각각 귀가하고 1시간 반쯤 뒤, 2학년이 도착했다.

승욱은 급히 갈 데가 있다며 학교까지 데리러 온 보스에게 붙들려 바로 귀가했고, 주한 혼자 느긋하게 걸음을 옮겨 가고 있었다.

교문에 거의 다 닿아 갈 즈음이었다. 정금의 목소리가 들려왔다.

"형님……."

언제부터인지 주한을 향한 정금의 호칭이 아주 자연스럽게 달라진 터였다. '선배님'에서 '형님'으로.

'형님이라고 부르고 싶지 말입니다.'

'왜?'

'뭔가 다른 선배님들하고 구별하고 싶지 말입니다.'

'왜?'

'그러게나 말이지 말입니다. 안 그래도 저한테 물어봤는데, 잘 모르겠다고 나왔지 말입니다.'

여자인 정금이 남자인 주한을 '형님'이라고 부르게 되었는데도 주변에선 전혀 어색해하지 않았다. 어쨌거나 주한은 수많은 '선배님' 들 가운데 유일하게 구별된 '형님'의 위치가 아주 마음에 들었다.

"형님, 형님……."

급히 몸을 돌려 두리번거리는 주한의 시야 안으로 멀리서 뛰어오는 정금이 보였다. 청바지에 완두콩색 후드를 뒤집어쓰고 끈을 잡아당겨 바짝 묶었는데, 그 모습이 마치 봄날 나뭇등걸을 비집고 나온 새순 같은 것이 귀엽기 그지없었다. 여행 이틀 전, 사진까지 보여 주며 자랑한 그 후드티였다.

'형님. 고모가 이번에도 회색 사면 여행 가는 날, 현관문 막겠다고 협박했지 말입니다. 그래도 그렇지, 오렌지색은 너무하지 말입니다. 그래서 완두콩으로 타협했지 말입니다.'

'보통은 연두색이라고 하지 않나?'

'낭만이라는 것 좀 키우시지 말입니다. 겨자색, 초콜릿색, 살구색, 그런 게 괜히 있는 게 아니지 말입니다.'

'민정금은 낭만이 있다는 소리네? 어디로 봐서?'

'왜 이러십니까, 형님. 저는 낭만 빼면 붕어 없는 붕어빵이지

말입니다.'

'민정금.'

'예, 형님.'

'붕어가 아니라 양꼬겠지.'

'아…….'

주한의 가슴께가 뻐근해졌다. 어쩐지 정금이 하는 말들은 한마디 한마디 귀에 쏙쏙 박혀선 가슴속에 차곡차곡 쌓이는 게 느껴졌다.

"형님. 저 좀 보지 말입니다. 헉헉 크허억……."

"핸드폰은 뒀다 뭐 하려고. 왜 뛰어, 전화하면 되지."

"아…… 헉, 허억……."

"1학년 아까 왔다면서."

"형님 기다렸지 말입니다. 내내 기다리다가 헉, 갑자기 배가 아파서 화장실에 갔다 왔는데, 그새 왔지 말입니다. 허억……."

"나를 왜."

"할 말 있지 말입니다. 크허어억……."

주한이 방향을 바꿔 나무 아래 벤치로 가는 동안 모두가 주한을 은근슬쩍 피해 갔다. 대체 주한이 뭘 어쨌다고.

"해 봐. 할 말."

주한이 앉자 정금이 바로 옆에 앉아선 다리를 대롱대롱 흔들었다.

"형님. 생각해 봤는데 말입니다."

"고 조그만 머리로 또 무슨 생각을 했는데 그렇게 진지하고 그래?"

"아무리 생각하고 또 생각해 봐도 말입니다, 형님."

"그래."

"저, 형님 좋아하는 것 같지 말입니다."

주한이 고개를 돌려선 정금을 빤히 쳐다보았다.

"에이, 형님. 그런 식으로 쳐다보면 저 쑥스러워 죽지 말입니다."

"하아…… 그게 좋아한다는 사람 앞에서 취할 태도냐?"

"좋아하는 사람 앞에서 취해야 하는 태도가 따로 있습니까, 형님?"

"그게 아니고. 갑돌이는 드라마 안 보나?"

"형님은 보십니까?"

"아니. 그게 아니라 내가 물었잖아."

"형님은 안 보면서 왜 저한테는 안 본다고 타박하시는 겁니까?"

"후우……."

"답답하십니까. 형님?"

"그래."

"그럴 땐 부채표……."

"입."

"예, 형님."

고개를 반쯤 숙이고 손가락에 깍지를 꼈다가 풀었다가 한참을 그러던 정금이 주한을 팔꿈치로 콕, 하고 찔렀다.

"그래도 말입니다, 형님. 이러니저러니 해도, 제가 형님 좋아하는 건 맞지 말입니다."

"뭘 봐서?"

"마음은 안 보이지 말입니다."

"후우…… 그럼, 다르게 묻자. 무슨 생각을 했더니 그런 결론이 나온 거지?"

"형님만 보면 말입니다. 여기저기가 막 간지럽지 말입니다. 특히 배꼽 주변이 심하게 간지럽지 말입니다."

"그러냐?"

"예, 형님. 형님은 저를 어떻게 생각하십니까?"

"생각해 본 적 없다."

정금이 입술을 앞으로 쭉 내밀고는 좌우로 삐죽였다. 주한은 입술을 향해 줌인 되려던 시선을 서둘러 줌아웃 시켰다.

"그럼 지금부터 생각해 보면 되지 말입니다."

"싫다."

"이유가 뭡니까?"

"난 귀찮은 거 싫다. 문찬공파가 이혁공파랑 얽히면 귀찮을 일 투성일 거다."

"형님, 의외로 겁이 많지 말입니다."

"그래. 나도 안다."

정금이 후드 안으로 손가락 하나를 집어넣어 이마를 긁적였다. 그러더니 대롱거리던 다리를 세워 팔로 끌어안고는 그 위에 턱을 얹었다.

"그어 지으처어 흐애오으……."

"민정금. 똑바로 안 하지."

정금이 턱을 떼고 다리도 풀었다.

"그럼 지금처럼 후배로는 계속해서 놀아 주십니까?"

"그래."

"마음이 복잡해지지 말입니다."

주한이 손을 뻗어 정금의 머리를 쓰다듬었다. 얇은 천 아래로 느껴지는 자그마한 머리통이 가슴속에서 저릿저릿했다.

주한이 일어섰다. 정금도 따라 일어섰다.

"순리대로 살자."

"꼭 영감님 같지 말입니다."

"그래. 영감님이 떡볶이 사 주랴?"

"오케바리지 말입니다, 형님."

정금이 주한의 팔을 붙들고 위아래로 흔들었다. 그느라 정금의 어깨에 매달린 가방이 덜렁덜렁 흔들렸다. 주한이 정금의 어깨에서 가방을 벗겨 내어 자신의 어깨로 옮겨 멨다. 가방은 하나도 무겁지 않은데 몸이 무거워지는 기분이 들어서 주한은 평소보다 조금 천천히 걸었다.

"근데 갑돌."

"예, 형님."

"그 생각은 갑자기 왜 했는데?"

"무슨 생각 말입니까, 형님?"

"나 좋다는 생각이 갑자기 왜 들었냐고."

"아. 와아…… 진짜."

정금이 흥분하기 시작했다.

"밤에 숙소에서 말입니다, 형님. 어쩌다가 누가 누구 좋아하고 누가 누구랑 사고 치고, 그런 얘기가 나왔는데 말입니다. 진짜 와, 난리도 아니었지 말입니다. 아십니까, 형님? 승욱 선배 좋아하는 애가 저희 반에 있습니다, 형님."

"그러냐?"

"예, 형님. 어린왕자 같답니다. 저녁에 먹은 구운 땅콩이 몽땅

튀어나오는 줄 알았지 말입니다. 근데, 형님. 승욱 선배가 어린왕
자면, 그 낭만적인 여우 오래 못 살 것 같지 않습니까? 대화 한번
주고받을 때마다 바짝바짝 약 올라서 어디 제명대로 살겠습니까,
형님?"

"민정금."

"예?"

"또 옆길로 새지, 어?"

"아. 근데 제가 무슨 말 하고 있었습니까?"

"후우……."

주한이 한숨을 내쉬자 정금이 고개를 숙이고는 주한을 힐끗거렸
다. 그러더니 갑자기 함박웃음을 지었다. 그 무방비함이 어찌나 마
음에 맺히는지, 주한은 정금에게서 고개를 돌렸다.

"아하하. 생각났지 말입니다. 계속해도 됩니까, 형님?"

"마음대로 해라."

"고맙지 말입니다. 아무튼 그러다가 썸은 뭐고 연애는 뭐고 남
사친은 뭐고, 그런 심오한 얘기들까지 덩달아 나왔지 말입니다. 처
음 듣는 얘기 엄청 많았지 말입니다. 근데 애들이 누군가를 좋아할
때 일어나는 증상에 대해서 쭉 얘기하는데, 그게 다 제 얘기더라
이거지 말입니다."

"구체적으로 뭔데?"

"에이, 그런 건 말 못 하지 말입니다."

"그러냐?"

"예, 형님. 저도 가리고 싶은 게 있지 말입니다."

"갑돌. 너, 어묵도 먹을 거냐?"

"당근이지 말입니다. 저, 형님. 아까 화장실 갔다 왔더니 속이

비어서 그런데, 탕수만두도……."

"그래."

"앗싸!"

주한이 정금을 힐긋, 했다.

'중요한 건 말 다 해 놓고 가리긴 뭘 가린다고…….'

'형님만 보면 말입니다. 여기저기가 막 간지럽지 말입니다. 특히 배꼽 주변이 심하게 간지럽지 말입니다.'

'갑돌아, 어쩌냐. 나도 그런데…….'

6

거울 앞에서 얼굴을 이리 돌리고 저리 돌리던 정금이 입을 옴쭉 거렸다.

"그렇게 표가 나나? 살은 형님이 빠졌던데. 군에 있을 때 도……."

거기서 정금은 서둘러 생각을 끊었다. 그러곤 욕실에서 나와 손바닥만 한 거실에 방석을 깔고 정좌했다. 주한을 만나고 온 날이면 거르지 않고 꼭 명상을 했다. 마음이 어디로 튈지 무서워서 그렇게라도 해야 했다.

정금이 눈을 감고 집중했다.

'들이쉬고…… 내쉬고…….'

현철이 달라진 건 변호사 사무실에 사무장으로 들어간 다음부터였다. 수수했던 사람이 명품을 사기 시작했고, 움직이기 싫어했던 사람이 골프를 배우기 시작했고, 아무거나 잘 먹던 사람이 음식을 가리기 시작했다.

정금은 그냥 내버려 두었다. 고시 공부 하느라 갇혀 살다가 이제야 사는 것 같은 기분이 드나 보다고 이해했다. 자주 보지 못하는 것도 상관없었다. '그냥 아는 애'에서 친구로 바뀌자마자 입대했고, 전역하자마자 고시 공부에 들어갔으니, 자주 본 시기라는 게 아예 없기도 했다. 중간에 사귀기로 한 일만 없었다면, 친구로 쳐도 퍽 먼 친구였다. 체감되는 게 딱히 있을 리 없었다.

그래서였는지 현철이 다른 여자의 이름이 새겨진 청첩장을 내밀었을 때, 의외로 힘들지 않았다. 외려 그 소심한 남자가 양쪽에 다리 걸치고 버티느라 고생 좀 했겠구나 싶은 게 안쓰럽기까지 했다.

'들이쉬고…… 내쉬고…….'

그러던 차, 지역에서 초등학생을 대상으로 한 성추행 사건이 일어났다. 학교 보안이 강화되었고 성교육이 추가로 실시되었다. 그래서 정금은 바빴다. 나이와 성별에 따라 해 줘야 하는 이야기가 다 다르기도 했고, 정금이 평소 교육 때마다 챙기는 보충 자료가 원체 많기도 해서, 한동안은 퇴근해서도 정신이 없었다. 나쁘지 않았다. 이런저런 잡다한 생각이 비집고 들 틈이 없다는 것이 아주 좋았다.

'내가 벌써 보건 교사 5년 차라니. 당연히 간호 장교가 될 거라고 확신했던 시절이 꿈같네.'

들이쉬고 내쉬고. 들이쉬고 내쉬고.

'하. 생각이 안 멈춰. 이게 무슨 명상이야.'

다시 들이쉬고 내쉬고. 거기서 또 들이쉬려던 정금이 눈을 떴다.

'흉흉하고 흉흉해.'

앞의 '흉흉'은 '洶洶'이고 뒤의 '흉흉'은 '凶凶'이었다. 정말 어떻게 해야 할지 모를 정도로 갑갑하고 답답할 때, 할아버지 효엽이 쓰는 표현이었다.

'흉(洶)은 '삼수변(氵)'을 부수로 쓰는 글자답게, 물이 용솟음치거나 물살이 세찬 상태를 나타내지. 물이 그리 뒤집어지니 당연히 혼란스러울 터. 하여 할애비는 밖이 어수선할 때 '흉흉(洶洶)하다'고 하느니. 그리고 흉(凶)은 '위튼입구몸(凵)'에 '다섯 오(乂)'를 더한 글자이지. 위가 터져 안에 있는 오행이 죄다 빠져나가니 어찌 망조라 아니할꼬. 하여 할애비는 안이 어수선할 때 '흉흉(凶凶)하다'고 하느니. 금아, 내 새끼. 살다 보면 말이다. 두 가지 흉이 언제고 다가올 것이다. 어려울 것이다. 힘도 들 것이다. 허나 도망만은 가지 말거라.'

그런데 정금에게 든 생각은 효엽의 당부에 정면으로 배치되는 것이었다.
'지방으로 갈까?'
방법이 없었다. 도망 외에는. 이제 '현철'이 없는데, 그렇다면 도대체 무엇으로 스스로를 가리고 납득시킨단 말인가.

"민주한 형님. 컴 온이지 말입니다."
빼빼로 보따리를 이고 진 정금이 교실 앞문에 딱 버티고 서서 외치자, 교실 분위기가 대번에 허물어졌다. 한두 번 있는 일이 아니었다. '다른 반 학생 출입 금지'라고 써 붙여 놓았을 때도 주저하지 않고 문을 열던 정금이었다.

　‘저는 다른 반 아니지 말입니다. 저기에 분명히 다른 학년이라고는 안 써 놨지 말입니다.’

　물론 말을 그렇게 했다고 해서 아무 때나 들이닥치는 민폐덩어리는 아니었다. 정금은 나름 타이밍에 요령이 있었다.
　키득거리는 주변을 무시하고 주한이 순순히 밖으로 나가자, 승욱이 잽싸게 따라 나와선 주한을 밀치고 정금의 코앞에 섰다.
　“승욱 선배님은 안 불렀지 말입니다.”
　“안다, 자식아. 와, 근데 우리 갑돌이 대박이네.”
　“저도 팬 있지 말입니다.”
　“오구오구, 갑돌이 그래쪄여? 그래서 그거 자랑하러 예까지 와쪄여?”
　“맞지 말입니다. 퀸 선배님하고 비교해도 제가 결코 덜하지 않지 말입니다.”
　“오구오구, 갑돌이 신나서 오또카지여?”
　체육 대회를 기점으로 정금을 향한 여학생 팬이 기하급수적으로 늘어났다. 정금과 한 학년인 1학년은 물론이고 2학년, 심지어 그 정신없는 3학년에도 생겨났을 정도였다. 물론 4대 천왕만큼은 아니었지만, 정금을 좋아하는 아이들의 취향이 너무도 확고한 관계로 충성도는 아주 깊었다. 그리고 그들이 정금을 부르는 호칭이 따로 있었으니 바로 ‘금이 오빠’였다.
　“몇 개 빼 가도 되지?”
　“안 되지 말입니다.”

"그럼 주한이는?"

"형님도 안 되지 말입니다. 미운털 제대로 박혔지 말입니다."

"미운털?"

"그런 게 있지 말입니다."

"그럼 너, 진짜 자랑만 하러 온 거냐?"

"그렇지 말입니다."

"흡, 나 방금 심장에 스크래치 갔어. 누가 우리 착한 갑돌이를 이래 만들어 놨어? 어? 도대체 어느 집안 누구야?"

바지 주머니에 양손을 넣고 서서 두 사람을 바라보기만 하던 주한이 정금을 불렀다.

"들고 갈 수 있겠어?"

"그래서 말……."

"이리 내."

정금이 두말없이 주한에게 보따리를 내밀었다.

"이따가 집 앞에 가서 전화할 테니까 튀어 나와."

"예, 알겠습니다."

정금이 활짝 웃었다. 그 모습을 지켜보던 승욱이 나섰다.

"자식. 간만에 앞니 송송 발사하네."

정금이 활짝 웃으면 토끼처럼 앞니가 도드라지는 걸 가리킨 소리였다. 정금이 정색하며 입을 오므리자 승욱이 웃기 시작했다.

"갑돌이 때문에 내가 미치겠다, 진짜. 가라, 가."

정금이 허리를 90도로 굽혀 인사하고 씩씩하게 돌아갔다. 그런 정금의 뒷모습을 내내 눈으로 따라가던 승욱이 고개를 돌려 보따리와 주한을 번갈아 보고는 주한의 등을 툭, 하고 쳤다.

"내가 너 때문에도 미친다, 아주. 대장께서 친히 후배 셔틀을

다 하시고."

"한집안인데 잘해 줘야지."

"한집안 같은 소리 하고 있네. 귀신을 속여라, 새끼야."

주한이 대꾸하지 않자 승욱이 주한을 잡아당겼다.

"근데, 너. 미운털이란 게 뭔데? 그 털 언제 박힌 건데?"

주한이 대답을 해 줄 리 없었다.

"뭣 땜에 미움받는 거냐니까?"

여전한 묵묵부답.

"아, 더럽게 비싸게 구네. 관둬라, 새끼야."

승욱이 주한의 등을 노려보며 혼잣말했다.

'어쩐지 이번엔 갑돌이가 딱 걸릴 타임 같은데 말이지.'

승욱의 음흉한 미소가 등에 걸린 것도 모르고, 주한은 정금의 **빼빼**로가 행여 상할까 조심스럽게 갈무리하느라 정신이 없었다.

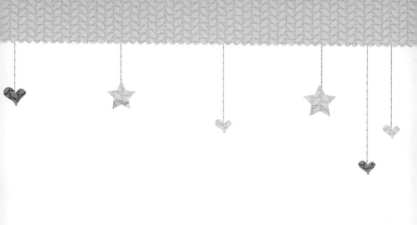

2. 차로 변경

I

강희가, 뭔가 달랐다. 평소의 저돌적이고 전투적인 모습이 아니었다. 홀가분해 보인다고나 할까, 후련해 보인다고나 할까. 주한은 긴장했다. 아니나 다를까, 첫마디부터가 예사롭지 않았다.

"우리 만난 지 얼마나 됐지?"

반사적으로 주한은 예상 가능한 모든 상황을 머릿속으로 떠올리다가 곧 그만두었다. 예상한들 무슨 소용이 있으랴, 싶었던 것이다. 피할 수 있는 것도 아닌데.

"대답 못 하면 혼나나?"

"너나 나나 참……."

기념일 따위 신경 쓰지 않는 두 사람이었다. 밸런타인데이고 크리스마스고 죄다 남의 일인 두 사람이었다. 게다가 그날이 더 바쁜 업종이기도 했다. 그나마 유일하게 알은척하는 날이 생일이었다. 그러니 만난 지 얼마, 그걸 기억해 내려면 상당히 복잡한 과정이 필요했다.

"나, 뉴질랜드 가."

"작년에 다녀오지 않았나?"

"그건 용케도 기억하네."

주한이 작게 웃었다. 잘 잊는 건 맞았으니까.

"뉴질랜드에 우리 사돈 사는 거 알지?"

"어."

"그 사돈이 한국 유학생들 대상으로 하숙 비슷한 걸 하고 있다는 말도 했지?"

"어."

'어.'는 무슨, 전혀 기억에 없었다. 하지만 주한은 그냥 '어.' 했다. 바로 앞에 나온 '그건 용케도 기억하네.'도 마찬가지였다. 승욱이 얼결에 강희의 뉴질랜드행 이야기를 꺼냈을 때, 정금이 제 부모님의 뉴질랜드 여행 스토리를 실감 나게 덧대 주지 않았다면, 아마 그 또한 까맣게 잊었을 것이었다. 누가 들으면 '나쁜 남자'라고 비난받을 만한 일이겠지만, 그럼에도 불구하고 주한이 별다른 죄책감 없이 지내 올 수 있었던 건, 강희도 별다를 게 없어서였다.

"근데 그거 규모를 키우기로 했대. 여행자들 민박이랄까, 뭐 그런 거."

"아."

"손이 딸린다네. 그래서 가려고."

"여행이 아니고?"

"어. 쌩박으러 간다는 뜻이야."

"뭐?"

"호텔 일, 더는 못 해 먹겠어. 그렇다고 다른 데로 옮기기엔 호

텔보다 조건이 나은 데가 잘 없다는 게 함정이지.”

주한이 고개를 끄덕였다. 평소에도 바로 위 선배와 충돌이 잦던 강희였다. 선배의 ‘잔말 말고 시키는 대로 해!’ 하는 고압적인 스타일을 좀처럼 견디지 못한 것이다. ‘위계’ 니 ‘군기’ 니 그런 게 싫어 운동도 그만둔 사람이니 그럴 만했다.

“그리고 너.”

“내가 뭐 잘못했구나.”

이번엔 강희가 작게 웃었다.

“잘못이라…….”

찰나, 아릿한 통증이 주한의 가슴을 빠른 속도로 관통했다. 방금 자신이 했던 말인데도 불구하고 강희의 입을 통해 나온 ‘잘못’은 뾰족해도 너무 뾰족했다.

“솔직히 너, 남자 친구로는 내 이상형에 가까웠어. 커다란 덩치도 좋았고, 적당히 그늘진 얼굴도 좋았고, 진중한 성격도 좋았어. 무엇보다 넌 사람을 내버려 둘 줄 알거든. 난 누가 구속하고 간섭하고 집착하고 그러는 거 완전 질색인데, 넌 안 그러니까. 근데…….”

여기서 강희가 말을 끊고 블랙티를 한 모금 마셨다. 주한은 기다렸다.

“내가 나를 오해하고 있었더라고. 난 내가 친구 같은 사랑에 특화된 사람인 줄 알았거든. 설레고 두근거리고, 그런 것보다는 편안하기만 한 그런 거. 그런데 아니더라. 점점 욕심나. 치열하게 들볶이고 열렬하게 시달리고 싶어졌어. 그래졌어. 근데 넌, 그런 거 못하잖아.”

다시 블랙티 한 모금을 삼킬 만큼의 틈이 두 사람에게 생겨났다.

"그래서 이런 거 저런 거 고민하고 있었는데, 연락이 온 거야. 사돈이 날 잘 봤나 봐."

"강희야."

"너나 나나 서로에게 잘못한 거 하나도 없어. 우린 그냥 생긴 대로 지내 왔을 뿐이야. 그러니까 편하게 그만두자."

주한이 눈을 감았다. 수만 가지 생각이 밀어닥쳐 왔다. 깔려 죽을 것 같았다.

대략 10여 초쯤이 지나고서야 주한은 간신히 눈꺼풀을 밀어 올릴 수 있었다.

"내가 미지근했던 건 알아."

"맞아. 뜨겁진 않았지. 근데 그거야 나도 마찬가지였으니까. 우리, 안 뜨거워서 편안할 수 있었던 거잖아. 근데 이번에 그런 생각은 들더라. 너나 나나, 사랑이 아니어서 그랬을 수도 있다고. 성격이 그래서 알아서 살게 놔둔 게 아니라, 그만큼 사랑하지 않아서 참견하지 않았던 거라고."

주한은 알아들었다. 내내 외면해 왔지만, 지금도 외면하고 있지만, 주한에게도 소유욕과 독점욕이라는 게 분명히 있었다. 그게 충족이 안 돼서 불쑥불쑥 미칠 것 같은 기분이 들고는 했었다. 다만 그 대상이 강희가 아니라는 게 문제였을 뿐이었다.

"주담 언니한테는 인사 생략할게. 서운하지 않게 말 잘해 줘."

강희가 일어섰다. 주한이 따라 일어섰다.

"나오지 마. 등 보이면서 가는 거 별로야."

강희가 문을 열고 나갔다. 주한은 그대로 서 있었다. 아까는 그렇게나 많은 생각이 밀어닥치더니, 지금은 머릿속이 텅 비어 버린 느낌이었다.

'이런 식…… 이런 식으로 헤어지게 될 줄은…….'

당연히 이별을 생각해 보기도 했었다. 현주와의 관계에선 현주가 시작과 끝을 알아서 했기 때문에 주한이 무얼 하지 않아도 괜찮았다. 하지만 강희와의 관계에선 주한이 감당해야 할 몫이 분명히 있었다. 그래서 이별을 떠올릴 적마다 마지막으로 그려진 그림은 몇 대 맞는 모습이었다. 강희라면 충분히 그럴 수 있을 거라고, 차라리 그게 나을 거라고, 그렇게 생각했었다. 그런데 예상을 빗나가도 한참 빗나간 것이다.

'너무 쉬워서…… 무서워.'

주한이 정신을 차린 건 주방에서 들린 스팀 소리 때문이었다. 주한은 주방으로 고개를 돌리지 않았다. 대충 알아차렸을 텐데도 모른 척, 제 일에 집중하고 있는 기범이 고마웠다.

"기범아. 나 창고 좀 다녀온다."

"네. 가신 김에 살짝 쉬다 오세요."

"그래. 고맙다."

주한이 엘리베이터를 지나쳐 계단으로 향했다. 옥상에 창고가 있었다. 건물주 곽무한의 아들인 곽수현, 곽이현 형제가 운영하는 기획사 〈눈티움〉의 창고, 주한의 누나 민주담이 운영하는 독립 출판사 〈프롤로그〉의 창고, 그리고 주한이 운영하는 북카페 〈프롤로그〉의 창고, 그렇게 세 개가.

원래는 5층에 있었는데 수현이 결혼해 5층에 자리를 잡으면서 옮기게 된 터였다. 그리고 5층을 수리할 때 옥상에 작은 정원도 함께 꾸며졌다. 수현이 식구들을 위해 궁리해 낸 아이디어였다. 그리고 그 식구들에는 건물주 가족뿐만 아니라 입주자들도 포함되어서, 주한도 한 번씩 옥상에서 시간을 보내고는 했다.

하지만 주한은 옥상으로 나가는 문을 열었다가 얼른 도로 닫아 버렸다. 찬영과 준수가 놀고 있었던 것이다. 둘 다 곽무한의 손자들이었는데, 특히 준수는 의견이 어찌나 말짱한지, 말로는 당해 내기 어려운 아이였다. 게다가 지금은 장난으로라도 어울릴 심정이 아니었다. 주한은 그대로 몸을 돌려 자신의 집 301호로 향했다.

'잠깐만, 하아…… 잠깐만 있다가 가자.'

창 앞에 서니 언덕 아래가 한눈에 들어왔다. 강희는 이미 사라졌을 시간이었다.

'우리, 안 뜨거워서 편안할 수 있었던 거잖아.'

강희는 〈디저트 교실〉의 멤버였다. 〈프롤로그〉 오픈 초기만 해도 음료만 감당했을 뿐 기타 디저트는 받아서 팔던 주한이 아무래도 직접 만들어야겠다고 작정하고 나간 곳이었다.

강희는 주한이 뭐만 하면 깔깔거렸다. 산만한 덩치가 짤주머니를 들고 초코 점 따위를 찍는 모습이 재미있다면서 카메라를 들이대기도 했었다. 그러다 자연스럽게 친해졌고, 어느 순간 정신을 차려 보니 사귀는 사이가 되어 있었다. 〈디저트 교실〉의 부추김에 휩쓸린 감도 없잖아 있었다. 둘 사이에 별다른 게 없던 시절에도 다들 커플로 대한 때문이었다. 195와 178의 만남이라고 해서 장신 커플, 배구 선수와 농구 선수 출신이라고 해서 체육계 커플 등등.

강희는 한마디로, 편했다. 손님에서 팬으로, 팬에서 준스토커로, 준스토커에서 자칭 여자 친구로, 그러다 제풀에 나가떨어진 현주와는 달라도 너무 달랐다. 요구하는 게 없으니 바꾸지 않아도 상관없었고, 기대하는 게 없으니 변화를 주지 않아도 무리가 되지 않았다.

만나지 못하는 시간이 길어져도 누구 하나 보채지 않았다. 호텔 제과 파트에서 붙박이로 일하는 강희와 영업시간이 07시에서 21시인 주한이 둘만의 오붓한 시간을 자주 만들기에는 현실적으로 어려운 점이 많다는 이유가 붙어 있었다. 물론 속을 들여다보면, 주한이 시간을 빼는 데 그리 적극적이지 않기도 했다. 그러니 승욱이 옳게 보았다고 할 수 있었다.

'겉으로만 보면 분명히 강희 씨가 여자 친구고, 갑돌이는 후배라는 이름의 그냥 친군데. 자세히 들여다보면 말이야. 연인 아우라는 갑돌이하고 있을 때 뿜어져 나오거든. 외려 강희 씨가 그냥 친구 같다고.'

'이렇게 될 거라는 거, 알고 있었는지도 모르지.'
순간, 얼굴 하나가 둥실 떠올랐다. 방금 전에 헤어진 강희가 아니라 전날 본 정금의 얼굴이었다.
'그래, 맞아. 나 겁쟁이 맞아. 상겁쟁이 맞는다고.'
위웅위웅…… 다시 이명이 시작되었다. 높낮이의 변화가 마치 사이렌 소리 같았다. 주한은 움직이지 않았다. 그냥 묵묵히 들을 뿐이었다.

[갑돌. 집안 형님 좀 챙겨라. 수능 백일주 마시고 맛이 가셨다. 여기는 놀이터, 오버.]

승욱의 문자였다. 정금이 바로 튀어 나가선 주한의 집 앞 놀이
터로 달렸다. 열심히 손을 흔드는 승욱의 옆으로, 미끄럼틀 아래
바닥에 주저앉아 무릎 사이에 고개를 파묻은 주한이 보였다.

"오구오구, 갑돌이 뛰어와쩌여? 미안해서 오또카지여?"

"괜찮지 말입니다."

"그게, 난 지금 안 들어가면 우리 보스한테 맞아 죽어서 말이지.
숙취 해소 약 먹였으니까 정신 좀 차리는 거 같으면 들여보내라.
지금 저대로 들어가면 쟤도 무사하지 못할 거거든."

"예, 선배님."

승욱이 정금의 어깨를 두드려 주고 빠른 속도로 사라졌다. 정금
이 주한의 앞에 쪼그려 앉았다.

"형님. 형님."

주한이 천천히 고개를 들었다.

"형님. 저 알아보시겠습니까, 형님?"

"갑, 갑돌이."

"오, 알아보시지 말입니다."

"정금이. 민정금이."

"맞지 말입니다."

"예쁜 정금이."

"예?"

"존나, 겁나 예쁜 정금이."

정금이 눈을 동그랗게 떴다. 그러곤 빠른 속도로 핸드폰을 열어
음성 녹음 버튼을 눌렀다.

"형님. 지금 뭐라 하셨습니까, 형님?"

"어?"

"저 누굽니까, 형님?"

"갑돌이."

"그거 말고 다른 거 있지 말입니다."

"어?"

"아, 진짜. 아까 말했지 말입니다."

주한이 머리를 세게 털더니 천천히 일어섰다.

"어…… 형님. 그냥 내빼시면 안 되지 말입니다."

주한이 계속 휘청거리자 정금이 핸드폰을 꺼 주머니에 넣고 주한을 부축했다.

"형님. 조금만 더 있다가 들어가지 말입니다. 저는 형님의 무사귀가를 책임질 의무가 있지 말입니다."

"갑돌아."

"예, 형님."

"아직도 나 보면 여기저기가 간지럽냐?"

한 해 전, 완두콩색 후드티를 입고 해 왔던 천진난만한 고백 이후, 정금은 한 번 더 그런 이야기를 했었다.

'형님. 간지러움이 더 심해졌지 말입니다. 죽겠지 말입니다. 저도 이제 고2지 말입니다. 우리 할머니가 할아버지한테 시집왔을 때, 딱 그 나이지 말입니다. 이제 저도 알 거 다 알지 말입니다. 이 간지러움이 뭔지, 너무 잘 알지 말입니다. 근데 이게, 형님밖에는 긁어 줄 사람이 없는데, 형님이 안 긁어 준대서 미치겠지 말입니다.'

"당연하지 말입니다."

"당연하다고?"

"예, 형님. 전 먹는 건 다 쾌변이지만, 한 번 먹은 마음은 소화 안 시키지 말입니다."

"그게 내 앞에서 할 소리냐?"

"형님 앞이니까 하는 소리지 말입니다. 다른 데선 입도 뻥끗 안 하지 말입니다."

주한이 정금의 코를 비틀었다.

"존나, 겁나 예쁜 정금이는 말도 존나, 겁나 예쁘게 해요."

"아, 형님. 너무하지 말입니다. 결국 녹음 못 했지 말입니다."

"갑돌아."

"예, 형님."

"갑돌아."

"예, 형님."

"형님 눈엔 갑돌이가 세상에서, 아니 우주에서 제일 예쁘다."

정금이 손을 뻗어 주한의 양 볼을 감쌌다. 그러곤 천천히 잡아 당겨선 아래로 끌어 내렸다. 이마와 이마가 닿았다. 정금이 소곤대 듯이 말했다.

"예, 형님. 잊지 않겠습니다, 형님."

"그래. 가자. 나는 내 집에, 너는 너 집에. 문찬공 후손은 문찬 공한테, 이혁공 후손은 이혁공한테."

2

이명이 심해졌지만 주한은 내버려 두었다. 그 소리라도 들어 정신이 팔리지 않으면 무슨 짓을 저지를지 모른다는 긴장감이 그렇게 만들었다. 이제 자신도 혼자였다. 정금이 혼자가 되었다는 소식 이후로 빠르게 허물어지던 무언가가 지금은 형체조차 불분명할 정도로 바스러져 먼지가 되었다.

'기회인 걸까. 시험인 걸까.'

어쨌거나 모든 생각의 끝에는 늘 할아버지 유학이 버티고 있었다. 3남 2녀 중 막내아들인 찬기, 그러니까 주한의 아버지가 두 집 살림을 한다는 것을 뒤늦게 알고 충격에 쓰러졌던 유학은 지금도 반신불수 상태였다.

'이 집안이 어떤 집안인데 집승도 가리는 짓을 한다는 게야. 얼마나 힘겹게 지켜 온 집안인데 그런 호로 망종 짓을 한다는 게야. 조상님들도 안 하신 첩질을 고작 제 놈 따위가 뭐라고 한다는 게야. 정실이 죽거나 정실에게서 후사를 보지 못해 피치 못하고 후실을 들인 적은 있어도 사사로운 축첩은 없던 거룩한 가문에 이게 무슨 망신스러운 일이란 게야. 삼강오륜을 어디로 배운 게야. 사대부의 의리가 나라와 부모에게만 있는 줄 아는 게야? 부부지간에도 엄연히 있는 것을 그놈이 정녕 모르는 게야? 주담 어멈이 어디가 무엇이 부족해서…… 그놈이 돈에 미쳐 천지 분간 못 하고 날뛸 적에 발모가지를 부러뜨려서라도 눌러앉혔어야 했어. 천하에 어리석은 종자 같으니…… 만고에 지저분한 종자 같으니…… 호랑이 태몽이 아깝다. 뼈 고아 끓여 먹은 미역국이 아까워.'

그럼에도 불구하고 찬기가 둘째 마나님 태란에게서 본 3남 1녀를 없는 자손으로 칠 수는 없는 노릇이어서 결국 호적에 올렸고, 그 일로 집안과 식솔들, 특히 본며느리 주은에게 면목이 없어진 유학은 한동안 우울증까지 겪었다. 안 그래도 아슬아슬하던 막내아들을 제대로 막지 못했다는 무력감과 자괴감, 죄책감이 원인이었다. 게다가 몸마저 자유롭지 못하게 되었으니 자존심과 자존감에도 깊은 상처가 되었다.

주한에게는 그런 유학을 들쑤실 자신이 없었다. 하지만 한계였다. 느껴졌다. 그리고 의심스러웠다. 자신이 온 힘을 다해 찍어 누르고 있는 이 감정이 과연 시간이 흐르면 소멸되기는 하는 것인지. 아니 그 전에, 한도 끝도 없이 참아지기는 하는 것인지.

'기진맥진이 이런 건가…….'

마른행주로 스팀봉을 닦다 말고 멍하니 서 있자, 기범이 주한을 건드렸다.

"사장님. 안색이 별로세요. 요즘 계속 별로셨는데 오늘은 특히 더 별로세요. 한가한 시간인데 들어가시죠. 정신없어지면 제가 SOS 할게요."

주한이 웃었다.

"내가 잘한 일 중의 하나가 기범이 널 알바가 아니라 정직원으로 채용한 거다."

"네네. 잘하셨어요. 4대 보험, 상여금, 월차, 연차, 다 칭찬해 드릴 테니까 들어가세요. 사장이 그런 날도 있어야 사장 할 맛 나는 거랬어요."

"누가?"

"우리 엄마요. 미용실 사장님이시잖아요."

"아."

결국 기범에게 등을 떠밀려 3층으로 올라가면서 주한은 스스로가 한심스러웠다. 지능은 몰라도 체력만큼은 자신 있었는데, 마디마디 꺾여 나가는 몸이 당최 적응되지 않았다.

당장이라도 터질 것 같은 한숨을 억누르며 301호 문의 전자키 번호를 누르는데 핸드폰이 진동했다. 승욱이었다. 번호를 마저 누르고 손잡이를 잡아당기면서 핸드폰을 귀에 가져다 댔다. 주한이 집 안으로 들어섰다.

"그래."

― 속본데…….

"무슨 속보."

전화기 너머가 조용했다.

"뭔데."

— 갑돌이가······.

찬물을 동이째로 맞은 듯, 순식간에 정신이 서늘해지며 곤두섰다.

"정금이가 왜."

— 이상한 결정 내린 모양이던데?

"그게 무슨 소리야. 어떻게 이상한 결정. 어디서 무슨 말 들은 건데."

— 일단 침착하시고. 어?

주한이 눈을 질끈 감았다가 떴다.

"알았어. 말해."

— 내가 저번에 갑돌이 붙들고 우리 보스에 대해서 상담했잖냐.

"어."

— 그 일로 오늘 또 보기로 했었거든. 갑돌이 선배가 간호 과장으로 있는 병원, 암튼 그러기로 했는데.

"어. 말해."

— 그게, 만나는 장소가 갑돌이 학교 앞에 있는 카페였어. 그래서 거기서 한참 얘기하는 중에 같은 학교 선생님이 들어왔다가 우릴 본 거지. 나이 좀 있어 보이는 여자 선생님.

"그런데."

— 근데 그 선생님이 갑돌이한테 그러더라고. 학교 그만두신다더니 결혼이라도 하시나 보다, 이분이 애인? 그러면서 날 가리키더란 거지.

"뭐?"

— 내가 막 손을 내저었지. 아니라고. 멀쩡한 처자 혼삿길 막지 말라고. 그랬더니 그런 거냐면서 갔어. 근데 그때는 결혼, 애인,

그 말에만 정신이 팔려서 그거 막느라고 미처 생각 못 했는데, 오면서 되짚어 보니까 그만둔다던 말이 생각나더라고.

"넌 잊어버릴 게 따로 있지."

— 그래, 머저리라 미안하다. 좌우당간 우좌지간, 그래서 내가 전화를 다시 했지. 뭔 소리냐고. 그랬더니 잘못 들은 거라면서 발을 빼는데, 아무래도 분위기가 이상해. 내가 눈치 하나는 유네스코 세계 문화유산급 아니냐.

주한이 핸드폰을 테이블 위에 내려놓고 스피커를 켰다. 그러고는 두 손으로 머리를 감싸 쥐었다. 호흡이 가빠졌다.

— 과호흡이냐? 구급차 불러 줘?

"그러니까 지금으로서는 그게 다인 거지?"

— 그렇지. 어떡할래? 내가 묻는다고 뭐 말해 주고 그럴 거 같지는 않아서 말이지.

"너, 정금이 집 어딘지 알지?"

— 허. 찾아가게?

"알지?"

— 오피스텔이 어딘지만 알지. 정확한 호수는 모르고, 나도.

"그럼 오피스텔 주소라도 찍어 보내."

— 민주한.

"왜."

— 뒷감당할 자신 없으면 사고 치지 마라.

"그래. 찍어 보내기나 해."

— 알았다.

통화가 종료되고 몇 초 지나지 않아서 주소가 전송되어 왔다. 주한이 지도를 켜 위치를 확인하고는 옷을 벗고 샤워 부스로 들어

갔다. 주한의 알몸 위로 찬물이 요란하게 떨어지기 시작했다.

●●●

생일 아침, 용돈 부쳤으니 확인하라는 내용의 간단한 통화 말고
는 단 한 번도 먼저 찾는 법이 없는 사람이 바로 아버지 찬기였다.
그런데 그가 느닷없이 호출을 했다. 다니러 오라고. 그것도 회사가
아닌, 살고 있는 집으로.

주한은 찬기가 빠르게 불러 주는 집주소를 흘려들었다. 찬기는
외식업계 내에서 꽤 이름이 알려진 고급 해산물뷔페 체인점 대표
로, 주택과 저택 사이 규모의 3층짜리 집에 살고 있었는데, 그 집
을 주한은 이미 알고 있었다. 몰래 보고 온 적이 있었던 것이다.

'그래도 아버지라고…….'

평소 찬기는 주담과 주한을 뜨악해했다. 마음 떠난 여자의 자식
이라 그럴 거라고 말하면서 주담이 퍽 쓸쓸한 표정을 지었더랬다.

'그래도 아들이 졸업한다고…….'

어머니 주은이 알면 좋을 게 없는 일이어서 누나 주담에게조차
도 말하지 못했다. 주담은 주은에게 거짓말을 하지 못하는 아니,
하지 않는 사람이었다. 찬기의 영향이었다. 그가 둘째 마나님 태란
에게서 첫아들을 볼 때까지 주변의 그 누구도 눈치채지 못했던 건,
찬기의 능숙한 거짓말 덕분이었다.

'혹시 덕담이라도…….'

전철과 버스를 갈아타고 가는 동안, 오만 가지 생각이 들락날락
했다. 그런데 주한이 소파에 엉덩이를 내리기가 무섭게 찬기가 꺼
낸 말은 예상 밖이었다. 게다가 꼬챙이로 찌르는 것 같은 목소리에

는 애정이 전혀 담겨 있지 않았다.

"대학은 정했냐?"

주한은 대번에 뾰족해졌다. '거두절미'와 '단도직입'이 심해도 너무 심했다. 그래도 중학교 졸업 때 보고 무려 3년 만에 보는 아들인데, 서론 정도는 몇 줄 풀고 본론으로 향해야 하는 게 아닌가 싶어서였다.

"대학, 안 갑니다."

"이게 무슨 헛소리야? 왜 안 가? 돈이 없어? 대가리가 돌이야? 왜 안 가?"

"하고 싶은 것도, 배우고 싶은 것도 없습니다."

"그게 무슨 귀신 씻나락 까먹는 소리야? 시끄러. 가. 지방이라도 좋으니까 어디든 가."

"안 갑니다."

"이게 어디서 눈을 치켜뜨고. 네 엄마가 그렇게 가르치디?"

"지금 여기서 어머니 얘기가 왜 나옵니까."

"어떻게 안 나와. 어? 네 엄마가 그러디? 가서 내 속 뒤집어 놓으라고? 이 삼주들이 아주 보자 보자 하니까."

삼주. 주은, 주담, 주한 모두 '주'가 들어간다 해서 삼주였다. 공교롭게도 한자도 같았다.

하지만 주담과 주한 남매의 돌림자가 '주'인 것이 주은과 무슨 상관이 있겠는가 말이다. 그렇게 따지자면 종손 주혁을 비롯해 '주'로 시작하는 이름을 가진 같은 항렬의 자손들이 다 죄인이 되는 셈이었다. 심지어 그 안에는 찬기가 두 번째 마나님과의 사이에서 본 자녀들도 들어 있지 않던가. 그런데도 찬기는 툭하면 '삼주'라고 싸잡아서 욕을 하고는 했다.

"왜, 나도 마비되는 꼴 보고 싶다던?"

"할아버님 두고 그런 말씀 하지 마십시오."

"이게 어디서 하늘 같은 아버지한테 훈수질이야? 어?"

말 중간에 주먹이 날아와 옆머리를 쳤고, 말이 끝나자 손바닥이 날아와 왼쪽 뺨을 쳤다. 고개가 돌아갔다. 195센티미터에 83킬로그램의 주한이 흔들릴 정도로 찬기의 움직임엔 힘이 제대로 실려 있었다. 하긴 씨름 선수라고 해도 믿을 만큼 크고 강한 사람이 찬기였다.

그런데 돌아간 시선 너머에서 둘째 마나님의 웃는 얼굴이 보였다. 주한은 그대로 일어서서 그 집을 나왔다.

'이제…… 다시는 안 보겠습니다, 아버지.'

집으로 돌아와 꼭 필요한 것들만 골라 가방에 욱여넣으면서, 주한은 할아버지 유학을 떠올렸다. 유학은 아버지는 부재하고 어머니는 무관심한 주한의 가정 환경에 늘 가슴 아파했다. 물론 주한에게 직접적으로 표현해 준 적은 없었다. 그래서 어렸을 때는 전혀 몰랐던 일이었다. 그냥 근처에 앉아 있기만 해도 오금이 저리는 분위기의 노인이기도 했고, 주한의 위로 원체 많은 자손들이 끼어 있었기에 유학의 관심이 자신 차례에까지 미칠 거라는 기대 자체가 아예 없기도 해서였다.

하지만 이젠 주한도 느끼는 바였다. 주담이 바빠서 때를 놓치면, 유학이 먼저 전화를 걸어 와 주한의 안부를 챙긴다고 했다. 부모도 하지 않는 일이었다.

'어찌 여기시려나.'

세 번째 '딴 길'이었다.

첫 번째 '딴 길'은 '성당'이었다. 성리학 가풍이 엄하게 지켜지는 집안에서 감히 성당이었다. 하지만 유학은 허용해 주었다.

두 번째 '딴 길'은 '배구'였다. 체격과 체력이 남다르긴 했어도, 운동선수는 있어 본 적도 없는 학자 집안에서 대놓고 배구였다. 하지만 유학은 그 또한 지지해 주었다.

유학이 그렇게 받아들여 줄 적마다 주한은 오히려 기가 꺾였고, 중도에 접어 버리고는 했다. 그런데 지금 또 다른 '딴 길' 앞에 서 있었다.

물론, 예전 '딴 길'의 목적은 아버지 찬기였다. 있는 듯 없는 듯, 집안이 원하는 대로 살아서는 평생 돌봐 주지 않을 것 같다는 공포였달까. 물론 지금은 알고 있었다. 자신이 어떻게 살든, 찬기는 자신을 보아 주지도 아들로 여겨 주지도 않을 거라는 것. 결국 가슴을 앓는 사람은 죄 없는 할아버지 유학일 수밖에 없다는 것.

'이번만 봐주세요. 할아버지, 염려하실 일 다시는 만들지 않고 살겠습니다.'

그때였다. 핸드폰이 울렸다. 발신자를 확인한 주한의 입가에 따뜻한 미소가 어렸다.

"너, 이 녀석. 이 시간에……."

— 잠깐 나와 보시지 말입다, 형님.

"발음이 왜 그 모양이야? 뭐야, 너. 술 마셨어?"

— 우우…… 후! 맥주 깡통 딱 한 개 땡겼습다, 형님.

"맥주 깡, 하…… 너, 거기서 딱 기다려."

주한이 허둥지둥 나가 보니 동 앞에 딸린 놀이터에 정금이 보였다. 그네 기둥에 몸을 기대고 있는데도 조금 흔들거리는 것 같았다.

"고등학생이 잘하는 짓이다, 아주."

"남 얘기 하심다, 형님. 형님도 전에 수능 백일……."

"나하고 너하고 같지, 어?"

"다를 건 또 뭐 있다고 그러심까, 형님. 같은 송주 민씨끼리 너무 **빡빡하게** 그러는 거 아니심다, 형님."

정금이 몸을 세워선 주한을 향해 건들거리며 다가왔다. 주한은 손발이 오그라드는 기분에 움직이지 못했다. 코앞까지 바짝 다가온 정금이 어깨에 메고 있던 가방을 뒤적여 작은 꾸러미를 꺼내더니 주한의 손에 쥐여 주었다.

"뭐지?"

"쪼꼬레또지 말임다, 형님."

"몰라서 묻지, 어?"

"며칠 있으면 밸런타인데이라서 말임다, 형님."

"너도 그런 거 챙기냐?"

"제가 말임까, 형님? 우우…… 후! 그럴 리가 있겠슴까, 형님. 머리털 나고 처음이지 말임다, 형님."

"근데 왜 미리 주지?"

"그걸 몰라서 묻슴까, 형님? 밸런타인 아닌 척하느라고 그러는 거지 말임다, 형님. 형님은 그런 것도 모르고, 겁나 속 편한 인생이지 말임다, 형님."

"오늘따라 말이 유난히 길다?"

"형님도 오늘따라 기력지가 유난히 길어 보임다, 형님. 급식 졸업하면 그런 검까, 형님?"

주한은 더 이상 할 말이 생각나지 않았다. 주한이 가만히 있자 정금도 가만히 있어서, 잠시 그렇게 침묵이 지나갔다.

"형님."

"그래. 이 못난이 주정뱅이야."

"진짜, 진짜루…… 저 못 좋아하는 거 맞슴까, 형님?"

"나 강우연 좋아해."

"우우…… 후! 웃기시네. 그게 그런 거가 아니란 거 다 아는데. 그렇게 막 아무거나 예? 그렇게 막 아무 데나 예? 그렇게 갖다 쓰고 그러는 거 아닌다, 형님."

그랬다. 주한이 강신 강우연에 대해 가지고 있는 마음은 이성애가 아니었다. 인간적인 존경이었다.

"갑돌아."

"왜요, 갑순 형님."

"난 귀찮은 거 딱 질색이거든?"

"잘 알지 말임다. 그래서 내가 이 꼴 나고 있다는 것도 너무너무 잘 알지 말임다."

"그럼 내가 더 할 말 없다는 것도 알겠네."

정금이 고개를 떨어뜨리고 킥킥거리며 웃기 시작했다. 그러더니 손가락을 천천히 들어 올려선 주한의 명치를 콕콕 찔렀다.

"야. 민주한. 겁쟁아. 이 상겁쟁아."

"간이 배 밖으로 실실 기어 나오지, 지금."

"그래. 기 나온다, 어쩔래. 야, 민주한. 천하에 둘도 없는 상겁쟁아. 내가…… 내가 더럽고 치사해서 관둔다. 두고 봐. 내가 푸닥거리라도 할 거니까. 민주한 앞길 좀 막아 달라고. 가는 길마다 중금속 섞인 흙먼지 풀풀 날리게 해 달라고. 고생, 고생, 생고생하라고. 기대해라, 이 상겁쟁아. 얼마나 고생하는지 정기적으로 확인드갈 거니까. 우우…… 후!"

정금이 한 발짝 뒤로 물러섰다. 주한은 자신도 모르게 팔을 뻗어 정금을 잡을 뻔했다.

그렇게 물러선 자리에서 정금이 혼잣말처럼 중얼거렸다. 답답한 듯, 서러운 듯, 가슴을 탁탁 치면서 두서없이 뒤죽박죽 엉망진창으로.

"젠장. 첫사랑인데…… 처음이라서…… 처음이니까…… 사랑인 줄 몰라서…… 이게 뭐지, 뭐지 하느라 시간 다 보내고…… 그냥 좋으니까 고백도 하고…… 그러다 사랑인 거 알고…… 못 숨기겠어서 고백 또 하고…… 근데 계속 까여. 젠장. 왜 송주 민씨로 태어나선……."

거기서 말을 멈춘 정금이 천천히 돌아섰다. 그리고 흔들거리며 역시나 천천히 사라졌다.

"저 녀석 저거 위험하게……."

주한이 정금을 향해 몇 발짝 떼다가 멈추었다. 따라가서 뭐 하게, 싶었던 것이다. 주한이 마른세수를 했다.

"저게 진짜…… 지가 진짜 사내자식인 줄 아나."

하지만 결국 주한은 정금을 뒤쫓아 갔다. 5미터쯤 떨어진 뒤에서 소리 내지 않고, 아주 없는 사람처럼. 그리고 무사히 집으로 들어가는 정금을 보며 생각했다. 자신이 느끼는 가슴의 통증은 정금 때문이 아니라고. 둘째 마나님 댁에서 잘 먹고 잘 사는 게 무언지 실천하고 있는 아버지한테 불려 가 처음으로 따귀란 걸 맞았기 때문이라고.

졸업식 닷새 전이었다.

3

　말끔하게 옷을 차려입은 주한이 핸드폰을 들고 번호 하나를 눌렀다. 찬송가가 한참 흘러나오더니 다시 처음으로 돌아갔다. 찬송가가 두 번째로 시작하고 나서야 받는 기척이 들렸다.

　— 웬일이니?

　"뭐 하고 계셨어요?"

　— 씻었다. 구역 사람 하나가 입원해서 문병 다녀왔거든.

　"어머니는 불편하신 데 없으세요?"

　— 나이 들어서 불편한 거 말고는 따로 없다. 천년만년 살 거 같다.

　주한이 설핏 웃음을 지었다. 예나 지금이나 냉소적인 걸로는 둘째가라면 서러운 사람이 바로 어머니 주은이었다. 안 그래도 긍정적인 면이 부족한 천성에 불행한 결혼 생활이 버무려져 그 성향이 더 심해진 것이었다.

— 왜 전화했는데. 주담이가 미주알고주알 떠들어서 너 어떻게 사는지는 다 꿰고 있다.

"저…… 요즘 할아버님 어떠세요?"

— 그걸 왜 나한테 물어. 직접 가 봐. 같은 서울 하늘 아랜데 네 눈으로 확인하면 될 걸 뭘 나를 거치려고 해. 나는 감우 한씨라서 송주 민씨 집안일에 관심 없다. 궁금해한들 뭐 할 거야. 무소식이 희소식이지. 그러니까 민씨 집안일은 민씨인 네가 알아서 해.

주한은 또 웃었다. 어려서부터 본가에 무슨 일이 생기기만 하면 늘 민씨끼리 알아서 하라는 게 어머니 주은의 결론이었다. 말뿐이 아니었다. 아버지 찬기가 집을 나간 이후로, 주은은 시아버지 유학과 시어머니 숙분의 생일 외에는 시댁에 가지 않았다. 그래서 주한은 늘 주담에게 의지해 왔다. 주담도 같은 송주 민씨였으니까.

"저, 어머니."

— 뭔데 그렇게 뜸을 들이니?

"혹시 제가 동성동본 결혼 한다고 하면 반대하실 생각이세요?"

— 동성동본? 그거 없어진 게 언젠데, 젊은 애가 그런 해묵은 소릴 하니? 왜, 맘에 둔 사람이 송주 민씨니? 무슨 상관이라니? 케케묵어도 웬만큼 케케묵은 소리를 해야지. 원래부터가 그거 남자 위주라 난 맘에 안 들었다. 엄마 성씨는 쏙 빼고 아빠 성씨만 따지는 게 무슨 소용이라고. 그런 쓸데없는 데 목숨 걸다가 망하는 거지. 혼자 망하면 또 몰라. 물귀신처럼 이것저것 다 끌고 들어가서는. 나도 이혼시켜 주면 좀 좋았니? 집안에 이혼은 없다니, 그런 법은 도대체 누가 만들었다디? 족보에는 내 이름만 올라갈 거라고? 그거 올라가서 뭐 할 건데. 종이쪽에 이름 석 자 적히는 게 내 인생 전부에 비할 바야? 그 잘난 민찬기 씨도 상속 문제만 아니면

얼씨구나 이혼했을 건데, 내가 왜. 하이고…… 말하다 보니 또 솟구치네.

주은은 정말로 솟구친 모양이었다. 숨을 고르는 기색이 역력하게 전해져 왔다. 어쩌면 모든 기억을 잃어도 그 기억 하나만은 살아남을지도 모른다고, 그래서 끝끝내 완전한 평화를 누려 보지 못하고 세상을 떠나게 될지도 모른다고, 정말 그럴지도 모른다고 생각하면 주한은 어머니 주은이 가여워졌다. 민찬기라는 한 사람으로부터 자유롭지 못하다는 점에서만큼은 주한은 분명 어머니 주은과 동병상련이었다.

— 암튼, 난 누구든 무조건 찬성이다. 내가 너를 몰라? 내가 사는 게 지옥이라 물고 빨고 하면서 키우진 못했어도, 그래도 나 네 엄마다. 그 조건만 아니면 애 하나는 내밀 만하니까 너도 말하는 거 아니겠니. 안 말린다. 아무튼 그 집안은 좀 깨져야 해. 세상이 달라졌으면 맞출 줄도 알아야지. 무슨 고조선 적 소리 하고 있어.

주한이 손가락을 들어 눈두덩을 비볐다.

'내밀 만이 아니에요, 어머니. 제가 기울어요. 정금이가 넘쳐요.'

그래도 여전히 눈가가 따끔따끔했다.

'무엇보다…… 정금이가 저를 안 봐 줄 수도 있어요. 그래서 겁나요, 어머니.'

주은의 말이 조금 빨라졌다. 무언가가 확고할 때, 어떤 것이 분명해질 때, 주은은 평소보다 말이 빨라졌다.

— 너만 좋다면 난 그걸로 만사 오케이다. 설사 이혁공 후손이래도 난 상관없다고. 엄마처럼 중매로 엮여서는 사는 것도 아니게 그렇게 살지 마라. 내가 주담이 결혼할 때 한마디라도 토 달든? 네

매형 진국인 거 봐라. 내가 뭐라고 말 안 얹었어도 저한테 딱 맞는 인물 데려오고. 너도 주담이가 끼고 키웠으니 그런 거 다 배웠겠 지. 오죽 알아서 잘할까.

그랬다. 매형이 나무랄 데 없는 사람인 건 주한도 인정하는 바 였다.

— 본가에서 말이 너무 많으면 그냥 너희들끼리 식 올리고 혼인 신고 하렴. 참, 너희들끼리는 아니지. 나하고 주담이 식구는 들여 다볼 테니. 아무튼 한두 살 먹은 어린애도 아니고, 서른이 넘어서 그런 거 하나 밀고 나가지 못하면 그게 남자냐? 근데 나 갑자기 너무 설렌다. 나 며느리 보니? 젊은 나이에 아파서 누운 사람 보고 와서 기분 별로였는데, 아주 확 풀렸다.

전화를 끊고도 주한은 핸드폰을 귀에 댄 채 그대로 있었다.

'어려선 많이도 원망했어요. 꼭 어머니가 잘못해서 아버지가 그 런 걸로 보여서요. 그도 그럴 것이 그때 어머닌, 그림책에서나 보 던 마녀 같았거든요.'

정말 그랬다. 얼굴도 모르는 아이들이 하나둘 자신의 아이로 호 적에 올라오는 걸 보면서, 주은은 히스테릭해짐과 동시에 모든 일 에 관심을 잃었다. 자식들에게도 마찬가지였다.

그리고 그런 주은의 모습은 주한에게 치명타가 되었다. 주담은 이미 성인이었기에 어느 정도 대처가 됐을지 몰라도, 주한은 아닌 때문이었다.

부모의 관심이 한참 필요한 시기에 낙동강 오리알이 돼 버렸으 니 한이 없을 수 없었다. 그래서 그 어느 것에도 최선을 다하지 않 았다. 남들이 한다고 남들 따라 꾸역꾸역 억지로 뭔가를 할 생각 또한 전혀 없었다. 그래서 아버지 찬기에게 맞지 않았던가.

'어머니가 제 편을 들어 주시니까…… 정말 좋네요. 어머니하고 싸우기 싫었거든요. 남편 복 없어 자식 복도 없나 보다고 서러워하실까 봐.'

주한이 핸드폰과 차 키를 챙겨 301호를 나섰다.

'정금아. 내 갑돌이. 더 이상은 무리라는 거, 인정해야겠다.'

배롱산 위로 노을이 아주 어여쁘게 번지고 있었다. 처음 보는 분홍색이었다. 정말 분홍색인지, 기분 때문에 분홍색으로 보이는 건지, 분간이 가지 않았다.

졸업식이 끝나자마자 커다란 배낭 하나 둘러멘 채 집을 나와 고속버스 터미널로 향했다. 집을 나오기까지 주은은 내내 침묵했지만, 주담은 전화로 응원해 주었다.

— 그래, 뭐. 지금 아니면 언제 그래 보겠니. 많이 보고 와. 그게 뭐든, 언젠가는 다 쓸데가 있을 거니까.

대기실에 앉아 버스 승차 시간을 기다리는 동안, 정금이 준 초콜릿을 꺼내 하나씩 잘라 먹었다. 눈물이 날 만큼 달콤한 맛이었다.

'정금아. 내가…… 내가 자신이 없다. 미안하다는 말도 못 하겠어.'

일단은 떠돌아 볼 작정이었다. 남들 다 간다고 덩달아 따라갈 만큼, 남들 몰려가는 길에 은근슬쩍 묻어 갈 만큼, 그만큼도 안 되는 마음 상태였다. 길을 찾기 전에 헤매 보는 것도 나쁘지 않겠다 싶었다.

무엇보다도 가족에게서 떠나 있고 싶었다. 남보다도 못한 아버지와 송곳 끝처럼 날카로운 어머니가 부대꼈고, 갓난이 붙들고 출판사와 가정일을 병행하는 누나에게 짐이 되고 싶지도 않았다. 우선은 지금까지 모아 두었던 예금으로 해결하고, 앞으로의 생활비는 꾸준히 일해서 벌면 될 것이었다.

'시간이 도와줄 거야. 그럴 거야.'

젊은 데다 체격이 좋고 인상도 차분해 보여서인지, 일자리는 어렵지 않게 구해졌다. 먹고 자는 거 외엔 돈을 쓸 데가 없어, 그 잘난 것도 조금씩 쌓여 갔다. 주담이 송금해 주는 걸 건드릴 일이 없었다. 그래서 보내지 말라고 하는데도, 통장엔 정기적으로 주담의 이름 옆에 일정 금액이 찍혔다. 그예 보내 주는 누나와 매형의 마음이 고마웠다.

어쨌든, 그렇게 열두 달을 떠도는 동안 열두 개의 지역에서 열두 개의 직업을 가졌다. 그리고 그 사이사이 1주일에 한 번 정도씩 승욱이 전화를 걸어 왔다.

— 먼저 연락하는 법이 없지, 어?

"무소식이 희소식이다."

— 매화나무에 땡감 열리는 소리 하고 있네. 아웃 오브 사이트 아웃 오브 마인드, 모르냐? 눈에서 멀어지는 순간 맘에서도 멀어진다는 건, 영어 쓰는 사람들도 다 아는 세계 공통의 진리다, 새끼야. 그러니 눈에서 멀어졌으면 귀로라도 가깝게 지내고 그래야지. 독한 새끼. 갑돌이한텐 연락하면서, 나쁜 새끼.

그랬다. 정금에게는 2주일에 한 번 정도 전화를 걸었다. 떠나 있다는 데서 온 낯선 감정의 부추김으로, 잠들기 전이면 정금에게 연락하고 싶다는 충동에 시달리곤 했다. 형님, 하고 부르며 좋알거리는 소리를 들으면 자신을 악착스럽게 휘감고 있는 우울에서 벗어날 수 있을 것 같다는 생각이 들었다.

하지만 정금인 고3이었다.

"2주에 한 번도 과하다고 생각하는데. 공부해야지. 넌 나하고 다르잖아."

— 형님이 얼마나 고생하는지 확인해야지 말입니다. 꼬박꼬박 성실하게 보고 안 하면 찾으러 가지 말입니다. 저 고3이지 말입니다. 민정금 인생 골치 아프게 할 거 아니면, 똑바로 하지 말입니다. 매달 1일과 15일, 잊으면 죽지 말입니다.

그래서 정기적으로 연락을 했다. 정금이 협박해서 마지못해 하는 거라고, 고3을 속 시끄럽게 만들면 벌받는다고, 그렇게 스스로에게 핑계를 댔다. 그러면 정금은 주한이 어디에 있는지, 무슨 일을 하는지 꼬치꼬치 캐물은 다음, 반드시 몸무게를 확인했다. 대충 둘러댔다간 국물도 없다는 소리에, 정금에게 전화를 걸기 전이면 사우나에 가서 목욕을 하고 체중계에 올라가는 게 습관이 되었다.

그렇게 스물세 번째 통화에서였다.

— 형님. 저 졸업하지 말입니다.

"그래."

— 저, 겨레대 간호대에 붙었지 말입니다.

"그래."

겨레대는 일류 국립대였다. 4대 천왕 중에서 '박사' 재필과 '강신' 우연이 입학한 곳이었다.

— 형님이 엿 같은 거 안 사 줬어도 시험 잘 봤지 말입니다.

"그래."

— 형님한테 잘난 척하려고 겁나 용썼지 말입니다.

"그래."

거기서 쉼표. 글쎄, 한 16분 쉼표쯤 되려나. 똑딱똑딱⋯⋯.

— 형님.

"그래."

— 저 아직 당분간은 미성년자지 말입니다.

"그래."

— 지금이라도 다른 집안에 입양 가고 싶지 말입니다. 정말이지 이혁공 후손 같은 거 안 하고 싶지 말입니다.

주한이 '그래.' 라고 대꾸하지 못하고 머뭇거리는 사이, 정금이 옅은 숨소리만 남긴 채 전화를 끊었다.

'정금아.'

다음 날, 누나 주담에게서 연락이 왔다. 영장이 나왔다고 했다. 어머니가 확인을 늦게 해서 입대가 코앞이라는 말도 덧붙였다. 병무청에서 보낸 병역 이행 안내 문자는 왜 못 받았느냐고, 신체검사는 대체 언제 받은 거냐고 묻기에 동문서답했다.

"그냥⋯⋯."

— 뭐가 그냥이래. 야, 민주한.

"누나⋯⋯ 그냥⋯⋯."

그리고 정금은 입양 운운했던 그 통화 이후로 다시는 그런 식의 말을 입에 담지 않았다. 바랐던 일이었음에도 주한은 서운했다. 몹시, 심히, 되게, 무척, 아주, 엄청, 매우, 그렇게 서운했다. 세포 하나하나가 다 아플 지경이었다.

4

차가 막혔다. 신호등은 계속해서 색깔이 바뀌는데, 앞차는 움직일 줄을 몰랐다. 주한은 조바심이 일었다.

'여기서 차로 변경 못 하면 한참 더 가야 하는데.'

주한이 왼쪽 방향 지시등을 유지하면서 차머리를 왼쪽으로 조금 움직였다.

'끼어들게 해 줘. 여기 아니면 다음 유턴 신호가 어디서 나올지 모른다고.'

하지만 옆 차로의 뒤차는 양보해 줄 생각이 전혀 없는 듯, 바짝 밀고 들어왔다. 주한은 하는 수 없이 차창을 내리고 팔을 뻗었다. 할 수만 있다면 빌기라도 하고 싶은 심정이었지만, 그저 활짝 펼친 손바닥을 열심히 흔들 뿐이었다. 그러면서 차머리를 다시 왼쪽으로 조금 더 들이밀었다. 간절함이 느껴졌는지, 뒤차는 더 이상 다가오지 않았다. 주한이 손을 흔들어 고마움을 표시했다. 이제 앞차가 조금이라도 빠져나가면 차로 변경이 가능할 것이었다.

'다른 길로 갈걸. 맘만 급해서 막힐 시간이란 생각을 못 했어.'

주한은 지금 도로 한가운데 갇혀 있는 자신의 모습이, 자신이 처한 상황을 그대로 나타내 주고 있다는 생각이 들었다.

'그때도 그랬지. 다른 길이 있다는 생각을 할 줄 몰랐어.'

겉으로만 보면 성인이었다. 그 어디를 가도 신분증 좀 보자는 이야기를 들은 적이 없었다. 교복만 입고 있지 않으면, 술을 구하는 데 아무런 문제가 없었다. 그래서 구했다. 물론 자주 있는 일은 아니었다. 술이 세지 않기도 했고 맛있다는 생각이 든 것도 아니어서 미칠 것 같을 때 조금, 그게 다였다.

돌이켜 보면, 덩치만 커다랬지 결핍덩어리의 겁 많은 어린아이였을 뿐이었다는 게 지금은 보였다. 그러니 거기에 무슨 삶의 요령 같은 게 있었겠는가 말이다. 그저 정직하게 절망하고, 솔직하게 포기할 따름이었다.

'그땐 그게 최선이었어.'

최선. 그랬다. 정금을 놓아 버리는 것, 그게 최선인 줄 알았다. 그래야 다 편안할 줄 알았다. 그래야 다 사는 줄 알았다.

'난 귀찮은 거 싫다. 문찬공파가 이혁공파랑 얽히면 귀찮을 일 투성일 거다.'

하지만 과연 누구를 위한 최선이었을까, 하는 대목에 이르면 주한은 괴로워졌다. 다른 사람이 다 편안하고 다 산다 해도, 자신이 편하지 않고 죽을 것 같으면 그게 도대체 무슨 소용이란 말인가, 해서였다.

'그러니 그건 최선도 뭣도 아닌 거지.'

하지만 이제 와 그걸 따진들 무슨 의미가 있을 것인가. 최선이 아니었다면, 지금부터라도 최선을 다하면 되는 것을. 도망갈 힘이 있다는 건, 싸울 힘도 있다는 거니까 말이다.

'할아버님. 버려 주셨으면 합니다. 저도 살고 할아버님도 살고, 그랬으면 합니다. 아니, 이젠 그럴 수 있을 겁니다.'

앞차가 움직이기 시작했다. 공간이 생기면서 주한이 끼어들었다. 이제 유턴이 가능한 차로에 들어선 것이다.

'정금아. 나, 너한테 가고 있어.'

정금과 통화하고 나면 며칠간은 또 그럭저럭 버텨졌다. 하지만 일주일째 되는 날이 늘 고비로 다가왔다. 노는 것도 아니고 쉬는 것도 아니고, 막노동에 가까운 일을 하고 있는데도, 시간이 지겹도록 느리게 흘렀다. 그렇다고 또 전화할 염치나 면목 같은 게 있을 리 없었다.

'저 못 좋아하는 거 맞습까, 형님?'

'갑돌아. 난 귀찮은 거 딱 질색이거든?'

'잘 알지 말임다. 그래서 내가 이 꼴 나고 있다는 것도 너무 너무 잘 알지 말임다.'

'그럼 내가 더 할 말 없다는 것도 알겠네.'

'내가 무슨 자격으로. 내가 무슨 권리로.'

그래서 그저 버텼다. 언젠가는 수그러들겠지, 언젠가는 잦아들겠지, 그렇게 기대하면서 버텼다. 하지만 그날은 하루 종일 한계였다. '형님' 하는 목소리를 한 번만 들어 봤으면, 짧고 부드러운 머리카락을 한 번만 쓸어 봤으면, 떡볶이가 오물거리는 입술을 한 번만 들여다봤으면, 그 작은 손을 한 번만 만져 봤으면, 그랬으면…… 그랬으면…… 하느라고 머리가 어떻게 되는 것만 같았다.

'그래. 한 번만…… 이러다 사고 치겠어.'

일을 마치자마자 시외버스 터미널로 향했다. 그리고 막 출발하려던 서울행 버스를 집어탔다.

'오늘만…… 진짜 한 번만…….'

버스 안에서도 달리고 싶은 심정이었다. 자신이 뛰어서 버스가 조금이라도 빨라진다면 몇 시간이고 뛸 수 있을 것 같았다.

버스가 느린 건지, 시간이 더딘 건지, 조바심으로 안절부절못하는데 빗방울이 떨어지기 시작했다. 주한은 우울해졌다. 빗방울을 보고 눈물 같다고 한 표현을 비웃은 적이 있었다. 그런데 지금 이 순간 그게 무슨 말인지 알 것 같았다. 누군가의 귀에는 얼토당토않은 비유가 누군가에게는 절실한 마음일 수도 있다는 생각에 새삼 미안한 마음이 들었다.

'아, 느려, 느려, 느려. 좀 가자, 버스야.'

그렇게 안달복달하기를 2시간 10여 분. 드디어 터미널에 도착했다. 그새 비는 그쳐 있었다.

주한은 지체를 두지 않고 전철역으로 달려가 두 번의 환승 끝에 정금의 집 앞에 도착했다. 9시 47분. 야간 자율 학습을 마친 정금이 나타나려면 약 25분 정도가 남아 있었다.

'안 늦었어.'

주한은 분리수거장에서 박스 하나를 꺼내 와 젖은 벤치에 깔고
앉았다. 다리가 후들거려 서 있기가 힘에 부친 것이다. 앉아 있는
데 바로 옆에 주차된 누군가의 차에서 블랙박스의 빨간 불빛이 깜
빡거렸다. 마치 고장 난 신호등처럼. 고장 난 신호등.

'나 같아. 간다고 큰소리쳐 놓고, 막상 가려니 어디로 어떻게
가야 할지 몰라 갈피를 못 잡고 헤매는 게 딱 나 같아.'

주한이 아파트 입구에 시선을 고정했다. 아무 생각이 없었다.
안 나타나면 어쩔 거냐는, 그런 재수 없는 생각 같은 건 아예 들지
도 않았다. 그냥 확신하고 기다릴 뿐이었다.

'정금아.'

그러면 그렇지, 정금이 나타났다. 짧은 상고머리에 바지 교복,
그리고 남색 백팩.

'아, 정금아.'

주한은 꼼짝하지 않고 정금을 지켜보았다. 그런데 안으로 들어
서려던 정금이 갑자기 멈춰 서서는 하늘을 힐긋하더니 주머니에서
핸드폰을 꺼내 들었다.

'우리 정금이. 뭐 하려고?'

순간, 주한의 주머니에서 지이잉…… 하는 진동음이 울렸다.
"음……." 하고 자신도 모르게 신음이 튀어나왔다. 다행히 정금은
듣지 못한 듯했다.

주한은 확인하지 않았다. 정금이 들어가는 것을 보고, 다시 되
짚어 전철역으로, 터미널로 향하면서도 확인하지 않았다. 버스 안
에 자리를 잡고 앉아서야 핸드폰을 열어 볼 용기가 생겼다.

[형님. 내 눈 피해서 요령 피우면 안 되지 말입니다. 생고생,

잊으면 안 되지 말입니다.]

쿡. 자신도 모르게 웃음이 터졌다. 하지만 웃음은 곧 지워졌다.

'그래, 정금아. 나, 편히 안 살게. 세상 모든 고생 다하면서 살게.'

그날 이후로 비는 한동안 야행성이었다. 밤이 오면 비가 왔고, 밤이 가면 비도 갔다. 그런 날이면 주한은 보름달 뜬 밤 늑대로 변해 버린 청년처럼 정신이 휙, 하고 돌아서는 서울로 가 정금을 본 다음, 심야버스를 타고 돌아오기를 반복했다. 신기하게도 정금은 반드시 나타났다. 기다리는 일이 그렇게 행복할 수가 없었다.

그래서였을 것이었다. 주담에게서 영장 이야기를 들었을 때 가장 먼저 든 생각이 그것이었던 것은.

'이제 정금이 기다리는 것도 끝이네. 아……'

5

여기저기 좀 돌아다녔다. 승욱은 더 이상 캐묻지 않았지만, 눈치가 삼파장 전구만큼이나 밝은 사람이니 뭔가가 있다는 걸 눈치챘을 수도 있겠다 싶었다.

'학교 앞으로 오라는 게 아니었어.'

반차를 내고 나와 여유가 있으니 학교 근처로 오겠다는 승욱을 굳이 말릴 이유가 없었다. 외려 멀리 움직이지 않아도 된다는 생각에 선뜻 그러라고 하기까지 했다. 그런데 그 선생님이 그런 말을 할 줄이야.

'교감 샘이 벌써 소문 다 냈나 봐. 하아······.'

일단은 휴직계를 내기로 한 터였다. 그러다가 복직할 수도 있는 거고, 아니면 정말 지방으로 옮길 수도 있는 거고. 그리고 쉬는 동안엔 가족한테 가 있거나, 아님 꿈만 꾸던 여행을 실행에 옮기거나, 그럴 요량이었다.

그게 뭐든 주한에게서 떨어져 있을 수만 있으면 된다고 생각했다. 혼자가 된 처지에 주한 옆에서 뭉그적거린다는 건 민폐였다. 주한은 살던 대로 살도록 해 주고 싶었다. 알짱거려서 괜히 신경 쓰이게 하고 싶지 않았다.

'별일이야 없겠지.'

터덜터덜 오피스텔 입구에 다다랐다. 1층 편의점에서 달달한 과자라도 사야겠다는 생각에 정문에서 오른쪽으로 발길을 틀었다. 그때, 누가 손을 잡아챘다. 본능적으로 아버지한테서 배운 호신 자세를 취하며 몸을 돌리는데 이런, 주한이었다.

"형님!"

정금의 몸에서 순식간에 기운이 빠져나갔다. 휘청거리는 정금을 주한이 붙들었다.

"놀랬구나."

고개를 끄덕이는 정금을 부축해 편의점 앞에 놓인 플라스틱 의자에 앉혀 놓고 주한이 다정하게 물었다.

"뭐 사려고?"

"네? 아, 과자요."

"과자 잘 안 먹잖아."

"당분이 필요해서요."

"초콜릿은?"

"그냥 과자만. 뭔가 씹고 싶기도 하고."

"그럼 달고 바삭한 거?"

"네."

주한이 정금의 이마에 흘러내린 머리카락 몇 올을 조심스럽게 쓸어 넘겨 주고는 편의점 안으로 들어갔다. 정금은 그제야 주한이 왜 거기에 있는지 생각하기 시작했다.

'승욱 선배가 벌써 뭐라고 했나? 그러기엔 내용이 부실하지 않았나? 그럼 저 양반이 왜…….'

그러다 비닐 봉투를 들고 편의점을 나오는 주한을 보고는 일단 생각을 끊었다.

"나, 마실 거 좀 줘."

"편의점에서 안 샀어요?"

"아니, 민정금 집에서."

"네?"

"할 말 있어."

"그럼 카페 가요. 2층에 개인이 하는……."

"그런 데서 할 얘기 아니야."

"그런 게 어딨어요. 카페 가요."

정금이 일어서서 계단참으로 향했다. 주한은 고집 피우지 않고 따라갔다.

'그래. 살살. 살살 가자…….'

오후엔 커피를 마시지 않는 두 사람이었기로, 똑같이 고구마라테를 주문해 앞에 놓고 마주 앉았다.

"너, 학교 그만둬?"

정금이 한숨을 내쉬었다.

"아무튼 승욱 선배 오지랖은 알아줘야 한다니까."

"그만두냐고. 어?"

"좀 쉴 생각이에요."

"왜? 어디 아파? 그래서 마른 거야?"

"안 아파요. 그리고 살은 형님이 더 빠졌거든요?"

"그럼 왜 그러는 건데? 어?"

"쉬고 싶을 때도 있는 거지, 뭘 그렇게 꼬치꼬치 캐묻고 그래요."

"그럼, 뭐 할 건데? 어?"

"뭐든 할 거 없겠어요? 형님도 옛날에 1년이나 여기저기 떠돌아다녀 놓고는."

"그게 무슨 말이야? 어디 갈 거란 뜻이야? 아니지? 어? 여기 있을 거지? 어?"

"어지간히도 어, 어, 하시네. 내가 뭘 하든 무슨 상관인데요."

"나, 강희하고 헤어졌어."

정금이 눈을 동그랗게 떴다.

"내가 그런 거 아니야. 강희, 뉴질랜드 간대. 아주 간대."

"형님이 그렇게 만든 거 아니에요?"

"그럴 수도 있어."

"그래서 살 빠진 거예요?"

"아니. 살은 훨씬 전부터. 너 때문에……."

"나 때문에요? 내가 뭘 어쨌는데요?"

"너 헤어졌다는 소리 들으면서……."

"네?"

"정금아. 나……."

"말하지 마요. 이상한 말 하려고 그러죠. 안 들을래요."

"많이 늦은 거 알아. 근데, 정금아."

"나요. 용감한 걸로는 육군 최고라고 자부하는 민학철 준장님 딸이거든요. 겁보 안 좋아해요."

"그래, 알아."

"그리고 귀찮은 거 싫다고 하지 않았어요?"

"그랬지. 그랬는데…… 정금아. 다른 건 몰라도, 너 못 보고 사는 건 못 해. 그것만큼은 진짜 자신 없어."

"내가 언제 형님 안 보고 산댔어요? 왜 그렇게 비약해요?"

"결국엔 그렇게 될 거잖아. 그렇게 만들려고 이러는 거 아니야?"

"그 얘기를 이제 해요?"

"응. 이제 해. 이제라도 할 수 있어서 다행이야, 나는."

정금이 등받이에 등을 기댔다. 그리고 시선을 카페 천장에 두었다.

"할아버님 진짜 넘어가시면 어떡할 건데요?"

"살살 하면 돼. 살살……."

"말이 되는 소리를 해요. 옛날에는 그럼 살살 안 할 생각이었어요?"

"잘못했어. 정말 잘못했어."

"형님."

"정금아……."

"나요. 가던 길 갑자기 못 꺾어요."

"그래. 꺾으라고 안 해. 그냥 더 이상 가지만 마."

"잠깐만요. 생각 좀 해……."

"더 생각할 게 뭐 있어. 그냥 있어. 정금이 넌, 그냥 있기만 하면 돼."

눈만 껌벅이며 한참을 입 다물고 있던 정금이 주섬주섬 가방을 챙겨 들었다.

"가려고?"

"네. 더는 아무 말도 못 하겠어요."

"그래. 내가 놀라게 한 거 알아."

"맞아요. 놀랐어요."

"데려다줄게."

"뭐라는 건데요. 바로 앞에서 엘리베이터만 타면 되는데."

"데려다주고 싶어서 그래."

"그냥 가요. 힘들게 하지 말고."

주한이 일어서는 정금의 팔을 잡았다.

"그래. 힘들게 안 할게. 근데, 정금아."

"네."

"혹시 내가 전에 순리대로 살자고 한 거 기억나?"

"네."

"이게 우리 순리였어."

"형님."

"그래. 말해."

"내 생각에 우리는요. 이젠 집안이 문제가 아닌 단계예요. 중간에 끊어진 꿈이라구요. 아무리 애쓰고 기 써도 이어서 안 꿔져요. 다른 꿈으로 갈 뿐이에요."

"그 순간에는 그럴지 모르지. 근데 정금아. 정말 간절히 원하면 다음 날 또 꾸기도 해."

주한이 일어섰다. 그러곤 정금을 거의 껴안다시피 감싸선 카페 밖으로 나와 엘리베이터 앞에 세운 다음 팔을 풀고 버튼을 눌렀다.

"밥은 먹은 거야?"

"네."

"진짜지?"

"잔치국수 먹었어요."

"그래. 절대로 끼니 거르면 안 돼."

띵. 엘리베이터가 도착했다.

"그럼 올라가. 푹 자고."

정금이 안으로 들어가 몸을 돌렸다. 눈이 마주쳤다. 주한이 손을 흔들었다. 정금은 가만히 있었다.

"너 뉴스에서 내 이름 듣고 싶은 거지?"

"탈영할 예정이십니까, 형님."

주한은 내내 기가 막힌 표정이었다. 누가 면회를 왔대서 나와 봤더니, 그 흔한 치킨 한 쪼가리 없이 떨렁 제 몸 하나 끌고 와 해 맑게 웃고 있는 정금이, 기가 막히지 않다면 대체 뭐라고 해야 할 것인지.

"제가 여기까지 왔다는 데 의미를 두시면 속 편하지 말입니다."

"누구 맘대로."

"그거야 물어보나마나 제 맘이지 말입니다."

그랬다. 자기 맘대로 자기 다리 써서 다닌다는데 누가 뭐랄 것인가 말이다.

"하아, 그래."

말은 툭툭 내뱉었지만 주한은 정금이 반가웠다. 여기가 어디라고 그 먼 거리를, 하는 마음에 어이가 없고, 겁도 없이 혼자 이 험한 데를, 하는 마음에 염려가 솟구쳤어도 반가운 건 반가운 거였다. 군에 있는 동안엔 못 볼 줄 알았었다. 그런데 와 주다니.

하지만 주한은 정금의 마음이 짐작 가지 않아서 더는 말을 얹지 못했다.

117

'그래, 정금아. 그래.'

정금은 이후로도 그렇게 잊을 만하면 한 번씩 꾸준히 면회를 왔다. 그것도 번번이 승욱 없이 혼자였다. 덕분에 주한은 부대 내에서 착실한 곰신을 둔 복 많은 녀석이 되었다. 어쨌거나 정금은 올 적마다 어김없이 빈손이었고, 빈손이라는 사실에 대해 언제나 당당했다.

"여기까지 오는 것만으로도 훈장 받지 말입니다."

"말투만 보면 네가 군인인 줄 알겠다."

"예. 아버지한테 가도 그런 말 듣지 말입니다."

"나 대신 네가 말뚝 박아라, 그럼."

"저도 그러고 싶지 말입니다."

거기서 주한은 정금이 진로를 틀게 된 이유를 물으려다가 그만두었다. 무슨 자격으로, 그 생각이 또 들었던 것이다.

"아무리 생각해도 형님은 참 안됐지 말입니다."

"뭐가?"

"어디서 1센티만 꿔 와서 발바닥에 붙이지 그러셨습니까, 형님. 그러면 공익이지 말입니다."

"왜. 공익이면 면회 안 와도 돼서?"

"맞지 말입니다."

"민정금."

"예, 형님."

"네 말마따나 도대체 너, 여기까지 왜 오지?"

"제가 그때 분명히 말했지 말입니다. 형님 고생하는 거 정기적으로 확인한다고 말입니다. 기억 못 하실 리가 없지 말입니다."

주한이 입을 다물었다.

"근데, 형님. 진짜 고생하시나 봅니다. 살이 꽤 빠졌지 말입니다."

118

"잡생각 들 새가 없어서 외려 좋다."

"하긴 그렇기도 하겠습니다. 민주한은 안분도에서 육군 경비정을 타는 군바리지 말입니다. 반짝반짝 배 청소하고, 구석구석 정찰하고, 격오지 부대에 음식 배달하고, 그 사이사이 짬밥 먹고, 또 그 사이사이 족구하고, 겁나 바쁘지 말입니다."

"그런 건 다 어디서 주워듣고 다니는 건지."

"곰신 카페에 가면 별거, 별거 다 있지 말입니다."

"네가 곰신이냐?"

"현철이도 언젠가는 군대 가지 말입니다."

주한의 얼굴이 딱딱하게 굳었다. 하지만 정금은 아랑곳하지 않고 지껄였다.

"안분도 창해바다 한가운데 배를 정박하고 야간 근무 서다 보면 달빛이 비치는 바다가 그래 죽인다던데, 형님도 그런 감수성이나 잔뜩 키워 두시지 말입니다."

"가라."

"삐지셨습니까, 형님?"

"가라고."

"에이…… 안 어울리지 말입니다, 형님."

"일어나자."

"저, 형님."

"또 뭐."

"이 소리 들리십니까?"

정금이 바지 주머니에 손을 넣어 흔들며 입으로 "짤랑짤랑……짤랑짤랑……." 했다.

"무슨 소릴 하고 싶은 거지?"

"혹시 돈 없으십니까?"

"돈? 무슨 돈?"

"방금 들으셨다시피 제 주머니엔 동전밖에 없지 말입니다."

"근데?"

"담배 안 하시니까 월급 많이 모였지 싶은데, 그거 저 주시지 말입니다. 가다 전복회 사 먹게 말입니다. 전복은 죽은 것만 먹어 봐서, 그 맛이 궁금해 죽겠지 말입니다. 형님, 아십니까? 여기 해변 공원 근처에 전복……."

"민정금."

"예, 형님."

"다음에 또 오면 가만 안 둔다."

벌떡 일어나 부대를 향해 가다가 뒤를 돌아보니, 정금이 폴짝폴짝 뛰며 가는 양팔을 마구 흔들어 댔다.

'녀석, 무슨 방아깨비도 아니고…….'

한껏 험악한 표정을 지어 보이고 다시 돌아서면서, 주한은 힘이 들었다.

'안고 싶어. 안고 싶어. 안고 싶어…….'

그렇게 정신없이 뇌까리던 주한이 돌연 전속력으로 달리기 시작했다.

'정신 차려, 민주한. 저 녀석 말마따나 군바리라 그런 거야. 여자의 이응 자만 붙어도 다 예쁜 게 군바리니까. 그래서 그런 거라고. 그러니까 정신 차려.'

6

주한은 정금을 매일 찾아왔다. 〈프롤로그〉를 닫고 오면 밤 10시가 넘는데도 거르지 않았다. 처음엔 잘 준비 마치고 편하게 있던 정금도 주한의 방문이 반복되자 옷도 갈아입지 못한 채 대기모드로 들어갔다. 밤 12시에 문을 닫는 오피스텔 2층 카페의 마지막 손님이 정금과 주한으로 고정되었다.

"정금아."

"네."

"나, 네 남자 친구 정말 미웠어. 벌받을 소리지만, 얘기 나올 적마다 그 자식 어디 가서 죽었으면 좋겠다는 생각도 했었어. 근데 정작 그 자식이 너 두고 그랬다고 했을 때는 정말 복잡했어. 알아서 떨어져 나가 준 게 펄쩍펄쩍 뛸 정도로 좋으면서도, 네가 입었을 상처만큼은 끔찍하게 싫었고. 아버지 같은 사람이 내 주변에 또 있었다는 게 증오스러우면서도, 마음은 너한테 두고 여자 친구 만든 나는 뭐가 다른가 싶어서 견디기 힘들었어."

정금은 울컥했다. 주한이 강희를 막 만나기 시작했을 무렵 자신이 어땠는지가 기승전결로 떠오른 것이다.

"강희가 그만두자고 했을 때는 더 복잡했어. 아닌 척 애쓰느라 버둥거려 온 시간이 허무했고, 늘 뒷걸음질만 해 온 세월이 아까웠고, 결국 그렇게 될 거 알고 있었다는 자각이 비참했어. 근데 그 모든 걸 감정 하나가 이겼어. 안심. 이젠 너한테 가도 된다는 안심."

정금은 테이블에 시선을 고정한 채 듣기만 했다. 안심. 너무도 잘 아는 감정이었다.

"그동안, 주저앉고 또 주저앉으면서 여기까지 왔어. 그래도 아주 무너지지 않은 건 쌓아 올린 마음이 아주 높다는 거겠지. 정금아."

정금이 고개를 들어 주한을 바라보았다.

"무언가를 하기 위해서 들여야 하는 힘하고, 무언가를 하지 않기 위해서 들여야 하는 힘을 비교하면, 하지 않기 위해서 들여야 하는 힘이 더 큰 거 알아? 내가 그랬어. 너를 사랑하지 않으려고 애쓴 거에 비하면 너를 사랑하는 건 쉬워도 너무 쉬워. 그래서 나, 지금 굉장히 편안해."

시선과 시선이 얽혀 들었다. 하지만 정금은 곧 빠져나갔고, 철렁해진 주한이 초조하게 덧붙였다.

"나 유턴했어. 더는 못 돌려. 이젠 직진만 남았다고. 정금아, 우리 같이 가자. 어?"

유턴. 말하자면 '비보호 유턴'이었다. 일반적으로 유턴은 표지판에 '직좌 시', '직좌 및 보행 시', '좌회전 시', '좌회전 및 보행 시', '보행 시' 같은 보조 표지를 설치해 그 방법을 알려 준다.

그런데 여기에 또 하나가 있으니, 바로 '비보호 유턴'이다. 비보호 유턴은 별다른 보조 표시 없이 유턴 표지판만 있는 경우를 말하는데, 반대편 차량 통행에 방해가 되지 않는다면 전방 신호에 상관없이 유턴이 가능하다. 다만 비보호 유턴 중 사고가 일어나는 경우, 전적으로 유턴하려던 측이 책임을 져야 한다는 게 주의할 점이라고나 할까. '전적으로 자신 책임' 말이다.

"형님."

"그래. 말해."

"저번에도 말했지만, 난 금방은 안 돼요. 너무 꽁꽁 묶어 놔서. 어떻게 풀면 되는지 생각이 전혀 안 나요."

순간적으로 주한은 소리를 지를 뻔했다. 환호의 함성 말이다. 정금이 '앞으로도 안 될 것 같다'가 아니라 '지금은 잘 안 된다'고 말한 때문이었다. 정금의 마음속에서 쫓겨난 게 아니라는 사실이 감격스러워서 주한은 어지럽기까지 했다. 그래서 주한은 차분해야 한다, 침착해야 한다, 그렇게 계속해서 스스로에게 최면을 걸었다.

"그래. 급할 거 없어. 생각날 거니까 안 급해도 돼."

"기분이 계속 이상해서 요즘 일도 잘 못해요."

"난 잘해. 기범이가 그러는데 내 로스팅이 신의 솜씨래."

"돈 많이 벌겠네요."

"어. 많이 벌어서 우리 정금이 좋은 거 사 주려고."

주한이 팔을 뻗어 정금의 손을 잡았다. 용기백배였다.

"출근하려면 자야지. 데려다줄게."

"또 그러네. 엘리베이터만 타면 되는 거 알면서."

"그래도 데려다줄게. 오늘은 진짜 데려다줄래. 그렇게 하게 해줘."

그러면서 그예 따라붙는 주한을 정금은 이기지 못했다. 그런데 데려다만 주고 가겠다던 주한이 이번엔 집 구경을 하겠다고 나섰다. 결국 정금은 현관에 서서 한번 훑어보기만 하는 것으로 약속을 받아 내고서야 문을 열었다.

"우리 정금이 깔끔하네."

"깔끔한 게 아니라 살림이 없는 거예요. 이제 가요."

"알았어. 갈 테니까 그만 좀 쫓아."

문손잡이를 잡으려던 주한이 몸을 돌렸다. 그러곤 양손을 들어 정금의 어깨를 붙들고는 허리를 굽혀 정금의 이마에 제 이마를 댔다.

"정금아."

"저기요, 형님. 어색한데 이러지 말죠."

"정금아."

"네."

"정금아. 정금아. 정금아."

"네. 네. 네."

주한이 고개를 들고는 양손으로 정금의 볼을 쓰다듬었다. 정금이 눈동자를 이리저리 굴리며 시선을 피했다. 떼 버리려면 주한의 몸에 손을 대야 하는데, 도저히 그래지지가 않았다. 그래서 정금은 뻣뻣한 차렷 자세였다.

"저기요, 형님."

"하아, 우리 정금이. 예뻐 죽겠네."

"저기, 저기요, 형님."

"예뻐. 예뻐. 말로 표현할 수 없을 정도로 예뻐. 왜 이렇게 예뻐?"

"으…… 이러지 마라니까요. 꽈배기 될 거 같은 게 이상하단 말이에요."

"꽈배기 돼도 예쁘겠다. 그럼 설탕 뿌려 먹으면 되겠네."

"아, 진짜. 하던 대로 해요. 갑자기 왜 이래요. 사람 자꾸 간질이지 말아요."

주한이 팔을 쭈욱 뻗어 정금을 품에 가두고는 힘을 주었다.

"예뻐. 예뻐. 예쁘다고 말할 수 있어서 좋아. 진짜 좋아. 아…… 살 거 같아."

"저기요, 형님."

"예뻐. 예뻐. 처음부터 예뻤어. 정말 예뻤어. 보기 아까울 정도로 예뻤어. 그리고 지금은 그때보다 더 예뻐."

"저, 저기요, 형님. 저는 좀 시간이 필요할 거 같다니까요. 갑자기 막 이렇게 저렇게 잘 안 될 거 같다니까요."

"그래. 시간, 필요한 만큼 가져. 괜찮아. 다 괜찮아. 아, 예뻐. 더 좋은 말 있으면 그거 하고 싶은데, 없어. 누가 다 없애 버렸나봐."

"형님 의외로 뻔뻔하네요."

"내내 이러고 싶었으니까."

"그런 말 안 미안해요?"

"미안해. 잘못했어. 정금아. 형님이 진짜 잘못했어."

주한은 그렇게 정금을 안고 서서 '예뻐!'와 '잘못했어!'를 골백번 반복, 또 반복하다가 돌아갔다. 정금이 신도 벗지 못한 채 현관 바닥에 주저앉았다. 그 상태로 한참을 멍하니 있던 정금이 중얼거렸다.

"맙소사…… 이게 뭐야. 꿈꾸는 거 같아."

대학교에 입학하면서 정금은 고모 집에서 독립했다. 지리적으로 고모 집과 학교가 극과 극에 위치하고 있다는 게 겉으로 드러난 이유였다. 하지만 정금은 무엇보다도 고모를 편하게 해 주고 싶었다. 수험생 뒷바라지가 만만치 않았던 것이다.

정금은 어려서부터 부모님과 떨어져 살았다. 군인이란 직업이 원체 이동이 많은 탓이었다. 누군 40년 군 생활 동안 이사만 45번을 다녔다고 할 정도였으니, 아이들 생활이 평탄할 리 없었다. 모두가 그런 건 아니라 해도 「군인 자녀의 전학 경험과 학교생활 적응에 관한 연구」라는 논문까지 있는 걸 보면, 그게 한두 사람만의 문제는 아니라는 뜻이었다.

정금도 마찬가지 신세가 될 처지였다. 하지만 정금은 그렇게 살 생각이 눈곱만큼도 없었다. 전학 이야기가 나오자마자 반기를 든 것이다.

'저는 전학 다니면서는 절대 못 삽니다. 송주에서 사는 것도 싫습니다. 할아버지는 좋지만, 할머니하고는 사이좋게 지낼 자신이 없기 때문입니다. 제 생각엔 고모 댁이 좋겠습니다.'

그게 초등학교 4학년 때의 일이었다. 한창 입덧 중이던 엄마 맘음이 많이 울었더랬다.

하지만 정금과 11살 차이가 나는 동생 정호는 시간이 흘러 정금과 같은 선택의 기로에 놓였을 때 부모님과 함께하는 삶을 선택했다.

'그럼 이게 두 번째 독립이 되는 건가? 돈을 못 버니까 그건 아닌가?'

어쨌거나 독립은 독립이었다. 하지만 태어나 처음으로 혼자 살게 된 역사적인 상황이었음에도 불구하고, 정금은 거기에 대해서는 아무런 관심이 없었다. 수강 신청보다도 먼저 곰신 카페에 가입해서는 이런저런 정보 확인에 여념이 없었던 것이다.

뒤이어 그 좁은 오피스텔 주방에서 안분도에 있는 주한에게 싸들고 갈 음식 연습이 이어졌다. 맛과 모양이 웬만큼 나와 주기까지 시간이 제법 걸렸다. 하지만 그렇게나 정성 들여 만들어 놓고도 막상 날이 되면 들고 가지 못했다. 죄다 혼자서 꾸역꾸역 먹어 치울 뿐이었다.

정금에게 있어 주한은 놓을 수도 없고, 놓지 않을 수도 없는, 아주 어렵고 힘든 존재였다. 우는 밤이 잦았다.

'이렇게 할 수도 없고, 저렇게 할 수도 없고……'

그러다 1학년 2학기 교양 강의에서 현철과 친해졌다. 현철은 판사가 꿈인, 머리 좋고 순한 남자였다. 1학기 때도 강의 하나를 같이 들었던 터라 얼굴과 이름 정도는 알고 있었는데, 이제는 제법 말도 나누는 사이로 발전한 것이다. 어쨌거나 현철은 정금에게 그냥 그런 '친구'였다. 하지만 주한과 승욱에게는 '남자 친구'라고 해 두었다. 오기 같은 거였다.

'형님이 아니어도 나 잘 살고 있지 말입니다.'

면회를 가서도 현철의 얘기를 꼭 한 번은 꺼내선 주한의 속을 긁었다. 나름의 심술이었다. 그러다 주한이 전역했고, 몇 달 뒤 현철이 입대했다. 현철을 위해서는 단 한 번도 주방에 서지 않았지만, 이번에도 주한에게는 바리바리 싸 들고 간 것으로 해 두었다.

주한을 생각하며 만들었던 기억을 이름만 현철로 바꿔서 푼 건데, 그래서인지 말이 술술 잘도 나왔다.

그렇게 주한에게만 하는 거짓말이 하나둘 늘어났다.

'할아버지. 거짓말이 도움이 된다는 생각이 들면, 해도 되겠습니까?'

'도움이 되면 해야지.'

'정말 그래도 됩니까?'

'금아. 참말이 꼭 옳고 건강하기만 한 건 아니란다. 거짓말을 하면 한 사람만 아프고 말 일을, 참말을 해서 두 사람이 아프게 된다면, 어쩌겠느냐, 해야지.'

'위험해 보이지 말입니다.'

'위험하지. 그러니 현명해야지. 또 지혜로워야지. 금아, 내 새끼. 할애비가 하고 싶은 말은 이거란다. 거짓이 곧 악인 건 아니라는 것, 참이 곧 선인 것도 아니라는 것. 그것만 명심하거라.'

알 것 같으면서도 알 수 없는 말이었다. 할아버지 효엽이 말하는 '현명'과 '지혜'의 경지가 어떤 것인지 감도 오지 않았다. 하지만 일단은 살기 위해 거짓을 말했다. 그리고 그 거짓말을 참말로 만들기 위해 노력했다. 거짓말은 하면 할수록 괴로웠으니까.

'살아. 일단은 살자고. 거짓말을 하든, 사기를 치든, 일단은 살아 보자고.'

그 와중, 주한이 카페 실습을 마치고 드디어 북카페 〈프롤로그〉를 인수해 오픈했다. 그리고 비슷한 시기에 정금은 보건 교사로 발령을 받았다. 승욱이 대견해했다.

"우리 갑돌이는 진짜 났어. 간호사 면허증, 정교사 2급 자격증, 한국사검정시험 1급, 그리고 보건 교사 임용 고시까지 한 방에 패스. 내 동생이면 업고 동네 한 바퀴 돌았어."

하지만 승욱의 감탄사 여러 번보다 주한의 쓰다듬음 한 번이 더 행복하게 느껴지는 건 어쩔 수 없었다.

그러던 어느 날, 주한에게 강희가 생겼음을 알게 되었다. 충격이었다. 정신이 곤두박질쳤다. 혼자 술을 마시고 잠들었다. 죽을 수도 있겠다 싶을 정도로 엄청난 양의 술이었다. 그리고 사흘이나 결근을 했다. 지각조차 없던 민정금 인생에서 있을 수 없는 일이 벌어진 것이었다.

'부임한 지 얼마나 됐다고, 대차게 잘리겠구나.'

한동안 주한의 여자 친구로 되어 있던 현주는 속을 들여다보면 실상 아무것도 아닌 사람이었다. 저 혼자서 북 치고 장구 치며 작두까지 타는, 그냥 정신 사나운 여자일 뿐이었다.

하지만 강희는 아니었다. 참기 힘들었다. 견디기 힘들었다. 버티기 힘들었다. 자신도 모르게 기대하고 있었다는 걸 깨달은 후유증이었다. 공식적으로 연인을 먼저 만든 건 자신인데도, 주한이 용납되지 않았다. 태어나 처음으로 다시는 회복되지 못할 정도로 망가져 버리고 싶다는 생각마저 들었다.

그렇게 지독하게 허우적거리고 있는데, 현철이 휴가를 나왔다. 아무도 놀아 주지 않아 서럽다는 한탄에 마지못해 나갔다. 그런데 현철이 의외의 소리를 했다.

"보고 싶어 죽는 줄 알았네. 정금아. 나 이게 마지막 휴가야. 있지, 나 제대하면 우리 제대로 사귀자. 내가 너 뭐라 할까 봐 한 번도 말 안 했는데, 부대에선 다 네가 내 여자 친구인 줄 알아. 내가 관물대에 네 사진 붙여 놨거든. 팀플 끝나고 찍었던 사진 있잖아, 그거 인화지에 크게 뽑은 뒤에 너만 잘라서 갖고 갔었어."

그 말에 정금은 흐트러졌다. 그래서 그날 밤, 현철과 잤다. 거짓이 참이 된 순간이었다.

그날 이후로 정금은 더 이상 주한과의 미래를 상상하지 않았다. 다만 떠나지 못할 뿐이었다.

3. 비보호 유턴

I

　독립 출판사 〈프롤로그〉와 통하는 불투명 유리문이 열리자, 벽에 줄을 걸고 매달아 놓은 폴라로이드 사진들이 부드럽게 흔들렸다. 아기자기한 북카페 내부와 앞치마 입은 기범, 그리고 주한의 모습이 담겨 있는데, 죄다 손님들이 찍어 준 것이었다.

　군데군데 '프롤로그'와 '로브리그'라고 쓴 예쁜 글씨들도 눈에 띄었다. 그 또한 손님들이 써 온 캘리그래피 작품이었다. '로브리그'는 주한과 기범이 가지고 있는 정반대의 외모가 썩 잘 어울린다고 해서 '로맨틱 브라더스 리그'를 줄여 단골들이 따로 부르는 이름이었다. 실제로 주한과 기범은 외형적인 면만이 아니라 성격적으로도 합이 좋았다.

　"민주한. 시간 되면 나 좀 봐."

　주담이 뭔가 들떠 보이는 얼굴로 툭 내뱉고는 문 뒤로 모습을 감췄다. 기범이 쿡쿡거렸다.

"뭔가 어마어마한 일이 벌어질 것 같은데요."

"그렇지?"

"짐작 가는 게 있으세요?"

"어."

과일 손질을 마치고 주한이 출판사 사무실로 향했다. 주담이 대뜸 물었다.

"너 혹시 정금이랑 뭐 있어?"

주한이 역시 그럴 줄 알았다는 표정을 지으며, 구석에 놓인 흔들의자에 앉았다. 흔들흔들, 흔들흔들……

"엄마가 뭐라 뭐라 하시는데, 암만 생각해도 정금이 얘기로밖에 안 들리던데?"

"오래 참으셨네. 금세 소문 안 내시고."

"교회에서 가깝게 지내던 젊은 식구가 세상 떠서, 그거 때문에 놀라서 거기 신경 쓰신다고 잊으신 모양이야. 어제 내가 네 얘기하니까 그제야 생각나신 거지."

"그래. 맞아."

흔들흔들, 흔들흔들……

"그래서, 지금 그러고 있는 그 태도가 네 마음인 거야?"

"내 태도가 어떤데?"

"상느긋. 초여유."

"그래. 맞아."

"허이구, 녀석들. 오래도 걸렸네."

흔들흔들, 흔들흔들……

"각오가 돼 있으니까 그러고 있는 거지?"

"그래. 맞아."

"엄마는 자세히 모르면서도 걱정부터 하시는데, 난 자세히 알기 때문에 걱정이 돼. 물론 나 정금이 좋아. 아주 진짜 정말 좋아. 우리 식구 되는 거, 대환영이야. 그래서 너 미적거리는 거 꼴 보기 싫은 적도 있었어. 그래도 이해했어. 부모 중에 한쪽만 반대해도 피가 마르는 게 남녀 사인데, 양쪽 집안에서 들고일어나는 걸 어떻게 견디겠나 싶어서. 그걸 내 맘대로 감당해라 마라 할 수는 없는 거니까."

흔들흔들, 흔들흔들…….

"누나."

"어."

"마음먹기 전에는 걸리는 게 너무 많아서 아무것도 못 하겠더라. 내색 한 번 제대로 못 하고 속으로 쩔쩔매기만 하는 내가 한심스럽기만 했어. 근데 마음먹고 나니까, 달라. 정금이 말고는 다 아무것도 아니라는 게 점점 선명해져. 진즉 용기 낼걸, 그랬으면 마음고생 덜했을 텐데, 그런 생각도 들고. 근데, 그 고생들 덕분에 나한테 힘이 생긴 거라고 생각해."

"미안한데 내가 찬물 좀 끼얹어도 되니?"

"내가 기운다는 말 하고 싶은 거지?"

"잘 아네. 아무리 내 동생이라지만 말은 바로 해야지. 특히 아버지 문제는 나도 겪었잖아. 네 매형도 거기 할머님한테 험한 말 듣고 그랬어."

"뭐라 그러셨는데?"

"그래 뭐. 너도 이젠 어른이니까. 첩질하는 종자들은 상종하면 안 된다고. 그 씨도 다를 거 없다고. 방에서 매형 붙들고 말씀하신 건데, 나 들으라는 소리셨지, 뭐."

"누나 힘들었구나."

"잠깐 그랬지. 매형이 워낙 단호했으니까 그냥 어영부영 넘어갔는데, 지금도 한 번씩 내색하셔. 근데 넌 그것만이 문제가 아니잖아."

"알아. 나라고 모르는 거 아냐. 우리 정금이는 학벌, 집안, 직업, 게다가 성격까지 나무랄 데가 없지. 심지어 예쁘기까지 하잖아."

주담이 가소롭기 그지없다는 표정을 지었다.

"근데 괜찮아. 그런 정금이가 열일곱 살 때부터 좋아한 사람이 난데 뭐."

"허쭈."

흔들흔들, 흔들흔들…….

"솔직히 말하자면 누나. 정말 내가 가져도 되는 사람인가, 미안하고 겁나고 그래. 근데 어쩌겠어. 내가 정금이 없이는 못 살겠는데. 결국 인정하고 말았으니까, 못 버티고 항복했으니까 알아서 기어가며 살 거야. 우주 최고로 사랑하면서 살 거라고."

"내 동생 입이 저렇게 쓰일 때도 있다는 게 신기해 죽겠네. 암튼 옛날부터 정금이 대단해. 민주한을 쥐락펴락."

"그래. 맞아."

"내 그래서 강희랑은 친구로만 지내라고 했지. 현주하고야 겉만 시끄러웠지 속으론 아무것도 없었으니까 그렇다 쳐도, 강희까지는 안 가도 됐었잖아."

흔들거림이 멈췄다.

"왜. 아파?"

주한이 천천히 고개를 끄덕였다.

"그래, 뭐. 됐어, 됐어. 헤매고 흔들려 봤으니 이젠 붙박여서 꼿꼿할 일만 남았겠지. 어깨 펴."

흔들흔들, 흔들흔들······.

"근데 민주한. 방탄조끼 그런 거 장만해야 하는 거 아니야?"

"어?"

"정금이 아버지, 군인이라며. 권총 들고 찾아오시는 거 아니냐고."

흔들거림이 또 멈췄다.

"그런가?"

빠른 속도로 심각해지는 주한을 보며 주담은 할 말을 잃었다. 개그와 다큐를 구별하는 정도의 감각은 가지고 있는 줄 알았건만, 갑자기 바보가 돼 버린 것 같은 동생 앞에서 할 말이 생긴다면 그게 이상한 일이었다.

"오구오구, 갑돌이 그동안 뭐 하느라고 엉아들한테 얼굴도 안 보여 줘쪄여?"

"공부했어요."

정금에게 집중돼 있던 주한과 승욱의 시선이 동시에 서로에게 향했다. 달라진 공기를 아는지 모르는지, 정금은 앞에 놓인 컵에 물을 따르는 데 열중이었다. 승욱의 머릿속으로 시나리오 몇 개가 촤르르······ 순차적으로 지나갔다.

"갑돌. 무섭게 왜 그러냐?"

"뭐가요?"

"음…… 아니다. 오랜만인 거 티 내느라고 엉아가 엄살 좀 피워 봤다."

한동안 갖은 핑계를 대며 얼굴을 보여 주지 않던 정금이었다. 연애하느라 엉아들은 안중에도 없나 보다고 승욱이 투덜거릴 적마다 주한은 말로는 표현할 수 없는 통증으로 몸을 앓았다. 물론 승욱은 눈치채고 있었다. 강희 얘기가 나왔을 때 하얗게 질려 가던 정금의 얼굴이 다 말해 준 것이다. 그래서 걱정했었다. 주한, 정금, 그리고 자신 승욱, 그 안정된 삼각형의 관계가 틀어지게 될까 봐.

그런데 다행스럽게도 정금이 다시 승욱의 호출에 응해 왔다. 하지만 몇 달 만에 나타난 정금은 예전의 정금이 아니었다. 보자마자 든 생각은 '갑자기 훌쩍 커 버린 아이', 그것이었다. 키가 더 큰 것도 아니고, 살이 더 오른 것도 아닌데, 그새 혼자서만 몇 살은 더 먹어 온 것 같았다.

그리고 조금 지나서 든 생각은 '하늘을 가린 구름', 그것이었다. 화창한 봄볕이든, 은은한 달빛이든, 온전한 볕이고 온전한 빛이지 못하게끔 막고 선 어두운 구름 몇 점 말이다.

결정적으로 달라진 건 말투였다.

"하긴 공부량이 나 따위하고는 차이가 있으니까 바쁘기도 했겠지."

"네."

게다가 짧아지기까지 했다. 예전 같으면 '벅차지 말입니다. 제가 그 학교 들어간 게 기적이지 말입니다. 도대체 걔네들은 뭘 먹고 그렇게 아는 게 많은 건지 정말 신기하지 말입니다.' 했을 텐데, 그런 세세한 설명이 전혀 따라 나오지 않고 있었다.

승욱이 주한을 힐긋했다. 얼굴 근육이 미세하게 꿈틀거리고 있었다.

'너도 적응 안 되지? 이 모든 사달의 원인은 오롯이 너한테 있다고 본다, 새끼야.'

하지만 정금은 그 모든 상황에서 초연했다. 말투야 현장 실습을 거듭하는 동안 바꿔야겠다고 마음먹은 바였고, 그 생각을 주한과 승욱에게 이미 한 번 털어놓은 적이 있었기에, 정금은 딱히 자신의 변화에 대한 심각성을 인지하지 못하는 상황이었다.

물론, 자신이 한풀 꺾였다는 것 정도는 느끼고 있었다. 현철과의 본격적인 관계가 사랑도 우정도 아닌 자포자기에서 시작되었다는 게 견디기 힘들었고, 앞으로 어찌 감당해 나가야 할 건지를 궁리하다 보면 가슴이 답답하기가 이루 말할 수 없었다. 효엽이 말한 흉흉(洶洶)과 흉흉(凶凶)의 때였다. 더 막막한 것은 도무지 해결할 방법이 없다는 사실이었다.

안 그래도 동기들도 말을 보태 오고 있었다.

'민정금답지 않게 뭔가 톤 다운이야.'

주한이 좀처럼 입을 떼지 못하자, 승욱은 주한 몫까지 떠드느라 기력이 딸릴 지경이었다.

'내가 아무리 주둥이에 정기가 몰렸대도 그렇지, 이런 분위기에 나한테만…… 나쁜 새끼.'

하지만 승욱은 승욱이었다.

"오구오구, 갑돌이 그래쩌여? 아무렴 그래야지. 귓구녕에서 김이 새어 나오도록 열심히 공부해야지. 그래서 나중에 엉아 엉덩이 주사만큼은 우리 갑돌이가 책임져 줘야지. 엉아가 나름 수줍음이 많아서 다른 데 가서는 바지를 못 내린다, 이거거든. 알았냐?"

"그냥 바늘이 무섭다고 해요."

정금에게서 짤막하게나마 대답을 끌어내 대화를 유지시켜 나가는 승욱을 보면서 주한은 속이 패어 나가는 기분이 들었다. 정금에게만큼은 무능력하기 그지없는 자신이 한심해서 속이 예리하게 저며지는 것 같았다.

그런데 그 와중에 강희의 문자가 도착했다.

[너 어디야? 나 오늘 쉬는 날이라고 만나자 했잖아. 카페 안 지키고 어디 갔어?]

그랬었나. 정금이 나온다는 소식에 허둥지둥 허겁지겁 뛰쳐나오느라 잊은 모양이었다. 아니, 어쩌면 그 전부터 이미 잊고 있었는지도 몰랐다.

"왜. 강희 씨 문자냐?"

승욱의 물음에 주한이 흠칫, 놀라선 반사적으로 정금을 바라보았다. 하지만 정금은 아무런 반응 없이 먹는 데 열중하고 있었다.

"어."

"시간 되면 부르지? 갑돌이도 한번 보고. 서로 통성명이라도 하면 좋잖아."

"싫……."

자신도 모르게 '싫어.' 할 뻔했던 주한이 승욱을 향해 '너, 왜 그래!' 하는 눈빛을 쏘았다. 하지만 승욱은 아랑곳하지 않고 '내가 뭐?' 하는 표정을 유지했다.

'얼마나 아픈지 겪어 봐라 새끼야. 강희 씨 만나는 거 후회하게

될 거라고 내가 몇 번이나 경고했다는 거, 그것만 알아 둬라 새끼야.'

주한이 말을 바꾸었다.

"뭐 하러."

"같은 여자 눈으로 어떤가 봐 주면 좋지. 그치 않냐, 갑……."

주한이 서둘러 승욱의 말을 끊었다.

"그럴 시간 없어."

"그래? 그럼 어쩔 수 없고."

그날, 주한은 체했다. 아주 어려서 엄마 주은에게 억울하게 두들겨 맞은 날이면 간혹 체하곤 했었지만, 머리가 굵어진 이후로는 처음이었다.

2

　'교육청 보건 교사 역량 강화 직무 연수'의 일환으로 '웃음 치료' 강의를 받고 나온 정금은 오랜만에 고모에게 들러 '웃음'을 넉넉하게 나눠 준 후, 느긋하게 집으로 향했다.

　고마운 고모였다. 애지중지하면서도 전후좌우가 분명한 할아버지 효엽의 교육 덕에, 착하고 순하면서도 필요할 땐 엄격하게 굴 줄도 아는 고운 여인이었다. 그래서 초등학교 4학년 적부터 고등학교 졸업 때까지 그 긴 시간을 마음 편히 잘 지낼 수 있었다.

　'그러니까 우리 할아버지는 분명히 다르실 거야.'

　바로 그것이 정금이 믿는 바였다. 할아버지 효엽은 그 누구와도 다를 거라는 믿음 말이다. 오래전에 두 집안 사이에 어떤 일이 있었든, 그 일로 두 집안 사이가 어찌 변화되었든, 그건 할아버지 효엽의 뜻과는 별개일 것이라는 확신, 효엽은 다만 한 집단의 리더로서 공적인 본분을 다할 뿐일 거라는 확신, 그런 거 말이다.

'그래도 겁은 난다. 저쪽 어르신은 더하신 모양이던데.'

어쩐지 속이 부대끼는 것 같아 엘리베이터 대신 계단으로 향했다. 천천히 걸어 오르기 시작해 한참 만에야 집이 있는 층에 다다랐고, 반쯤 열린 비상구 문틈을 통해 터덜터덜 안쪽으로 들어섰다. 그런데 집이 있는 방향 쪽으로 몸을 돌리던 정금이 황급히 원위치했다.

'엄마야. 놀래라.'

집 앞에 주한이 있었던 것이다. 정금은 사정을 두지 않고 뛰어 대기 시작하는 가슴을 진정시키며 고개를 다시 빼꼼 내밀었다.

'어떡해……'

왈칵, 눈물이 맺혔다. 주한이 복도 날바닥에 앉은 채로 문에 등을 기대고는 졸고 있었다. 믿어지지 않는 풍경이었다.

'형님 정말……'

말로는 이루 다 표현할 수 없을 만큼 간절히 원하던 사람이었다. 정말이지 놓아지지 않아서 돌아 버릴 것 같았던 사람이었다. 하지만 그러면 안 된대서 결국은 도망을 결심했던 날이 바로 얼마 전이었다. 그런데 그 사람이 저기에 있었다. 자신의 집 앞에서, 자신을 기다리면서.

'내가 정말 못 살아.'

정금이 조용히 주한에게로 향했다. 그리고 마주 앉아선 또 조용히 불렀다.

"형님."

화들짝, 고개를 치켜든 주한이 정신없이 정금의 손부터 찾아서는 품에 담았다.

"아, 깜박 졸았다."

"언제 왔는데요?"

"6시에."

"6시? 지금 8시예요. 두 시간이나 여기서 이러고 있었어요?"

"벌써 그렇게나 됐어? 우리 정금이 늦었네."

"일단 일어나요. 얼른."

정금이 주한을 일으켜 세워서는 집 안으로 끌고 들어갔다.

"고모한테 갔다 오느라고. 왜 무턱대고 기다리고 그래요."

"평소처럼 퇴근할 줄 알았지. 연수 끝나는 시간이랑 퇴근 시간이 비슷하대서."

"그럼 연락이라도 했어야지."

"나 기다리고 있다 그럼 맘 급해질까 봐. 서두르다 다치면 어떡해."

"누구 맘대로 서두를 거래. 엉덩이 안 시려요?"

"말 들으니까 조금 시린 거 같네."

정금이 주한을 소파에 앉히고는 무릎 담요를 덮어 주었다.

"이럴 정도는 아닌데."

"가만있어요."

"네에."

정금이 물을 데워 들고 와 건넸다.

"쉬는 날인데 하루 종일 뭐 했어요?"

"우리 정금이 기다렸지."

"그거 말고."

"그거 말고 한 거 없어. 집에서 기다리다가, 그러느니 여기가 낫지 싶어서 온 거야."

"그래도 그렇지. 그렇게 찬 데 한참 앉아 있으면 남자라도 병나요."

"어. 다음부턴 안 그럴게."

"키 하나 줄 테니까 혹시라도 또 이런 일 생기면 들어와 있어요."

"진짜?"

"근데 1층 어떻게 통과했어요? 번호도 모르고 키도 없는데?"

"어떤 아저씨 따라 들어왔지."

"보안 허술하네. 암튼 주긴 주는데, 일부러 일 만드는 건 안 돼요."

"네에."

키를 받아 든 주한이 아이처럼 좋아하자 정금이 웃었다.

"그럼, 등가 교환의 법칙에 따라서 형님도 나중에 301호 키 줘요."

"난 그냥 번호 누르면 돼. 여기처럼 안 복잡해."

"그럼 번호 알려 줘요."

"이미 알고 있어."

"네?"

"정금이 생일이거든. 301호 비번."

다시 왈칵, 눈물이 맺혔다.

"언제부터요?"

"처음부터."

정금이 으흑, 하며 주저앉았다. 주한이 놀라선 정금의 양팔을 붙들었다.

"정금아."

"형님. 정말 미운 거 알아요?"

주한이 정금을 끌어안았다.

"그래. 미워해. 더 미워해."

"정말 미워. 진짜 미워 죽겠어."

주한이 정금의 정수리에 제 턱을 문질렀다.

"그래. 미워해. 근데 오늘까지만. 응? 오늘까지만 미워해라."

"왜 오늘까지만인데요?"

"내일부터는 예뻐해 줬으면 해서. 이젠 그만 예뻐해 줬으면 해서."

정금이 결국 울음을 터뜨렸다.

"흐어엉, 어어엉……."

주한이 정금의 등을 가만가만 쓸며 중얼거렸다.

"미안해. 미안해. 형님이 정말 미안해. 미안해, 정금아. 울려서 미안해. 아프게 해서 미안해. 정금아. 아, 미안해."

통신대 학위 수여식, 그러니까 주한의 졸업식에 정금은 오지 않았다. 오지 못한다고 했으니까 당연했다. 그런데 온다던 강희마저 중간에 약속을 펑크 내면서, 주한의 졸업식을 지킨 사람은 승욱하나였다. 주담은 아이가 장염으로 입원하는 바람에 업무조차도 병실에서 처리하는 형편이었으니 당연히 올 수 없었다.

장관까지 참석한 거한 행사가 끝나고 작은 술집에 자리를 잡은 두 사람 사이에 침묵이 흘렀다. 소주 첫 잔을 한꺼번에 털어 넣고 나서야 승욱이 입을 열었다.

"대낮부터 참. 졸업식 날 분위기 한번 참. 고생한 거 마무리하는 날이 무슨 이런 참."

카페 일과 공부를 병행하느라 고생이 자심했었다. 그래도 주한은 아무런 내색 없이 악착같이 이어 나갔고, 중도 포기 없이 끝까지 왔다. 그 작은 카페 하나를 가지고 먹고 입고, 301호를 포함해두 군데의 월세를 내고, 기범에게 월급과 상여금을 주고, 거기다제 학비까지 대고, 그걸 다 하는 주한이 승욱은 기특했다.

주변에 재력 있는 사람이 한둘이 아니니 눈 딱 감고 손만 벌리면 어디서고 뭐 하나는 건질 수 있는데도, 그러지 않고 혼자 해 나가는 주한이 너무나도 장했다.

그래서 승욱은 그런 주한을 정말 칭찬해 주고 싶었다. 떠들썩하게 축하해 주고 싶었다.

"승욱아."

"뭐."

"퉁퉁거리지 마라."

"몰라. 새끼야."

승욱이 순식간에 두 번째 잔을 비우고는 탁, 하고 내려놓았다.

"왜 못 온대?"

"뭐라 그랬는데, 기억 안 난다."

"잘났다, 그래. 너희들 사귀는 거 맞냐?"

"난 아무렇지도 않은데 왜 자꾸 열 내고 그러냐?"

"몰라, 새끼야. 하, 이럴 줄 알았으면 갑돌이 오라 그럴걸. 우리 갑돌이가 앞니 송송 날려 주면 이런 분위기는 한 방에 굿바인데. 한동안 싸아……해서 걱정했지만, 다시 돌아와 줘서 고맙기 그지 없는 우리 갑돌이. 말하다 보니 갑돌이 보고 싶네."

주한이 두 번째 잔을 비우고는 그대로 들고 있자, 승욱이 채워 주었다.

"승욱아. 생각해 보니까 나, 정금이 졸업식에 한 번도 안 갔더라."

"그랬지. 고등학교 졸업할 때는 네가 지방 어디서 헤매고 있었고, 대학교 졸업할 때는 갑돌이한테 남자 친구가 있었으니까. 내가 갑돌이 남자 친구 처음 본 게 그날이었지. 군바리라 못 올 줄 알았는데, 다행히 휴가 날짜가 딱 맞아서. 암튼 그날이나 오늘이나, 너도 그렇고 갑돌이도 그렇고, 아주 속이 터진다. 선배다 후배다 해서 그냥 편히 끼어도 되는 거를, 상대방 파트너 마주칠 배포까지는 없었던 거라고 본다, 나는."

"그런 말, 전혀 도움 안 된다."

"도움 되라고 하는 말이겠냐? 민주 국가의 파란 하늘 아래서 내 생각 내 주둥이로 떠드는 거지?"

주한이 세 번째 잔을 비우자 승욱도 따라서 세 번째 잔을 비웠다. 승욱은 말짱한 반면, 주한의 얼굴은 벌게지기 시작했다.

"낮술에 취하면 눈에 뵈는 게 없다는데, 뭘 안 보고 싶은 건데?"

"그런 거 없다."

"뻥치지 마, 새끼야. 내가 널 몰라? 씨불이는 말마다 죄다 거짓부렁이야. 새끼가 아주 질이 나쁘다니까."

승욱이 주한의 잔을 연거푸 찰랑거리도록 채워 주며 말했다.

"내가 오늘 너 머리 꼭대기까지 알코올로 채워서 그놈의 속말 기필코 듣고 만다."

"그러지 마라."

"시끄러, 새끼야."

안주에는 거의 손도 대지 않고 소주만 꾸준히 들이부은 결과,

주한이 나가떨어졌다. 덩치와 다르게 말술인 승욱이 주한을 얼러 가며 택시에 태워 장자빌딩으로 실어 갔고, 건물주의 두 아들인 수현과 이현의 도움을 받아 301호 더블침대에 무사히 눕혀 놓았다.

"어우, 무거워. 변변한 연애도 못 해 보고 돌아가시는 줄 알았네. 야생 들짐승 새끼. 미국 텍사스 벌판에 뛰어다닌다는 말 새끼. 캐나다 로키 국도에 등장한다는 곰 새끼. 인도 갠지스강 변에서 어슬렁거린다는 소 새끼."

헉헉거리며 주저앉아 욕을 남발하던 승욱은 숨이 제대로 돌아오자 주한의 옷을 벗기기 시작했다.

"이 새끼 이거 완전 독한 새끼. 죽어도 말 안 하는 독종 새끼."

속옷만 남은 주한의 몸에 이불을 덮어 주면서도 승욱은 '이 새끼, 저 새끼'를 멈추지 않았다.

"아, 기운 빠져. 그냥 여기서 잘까? 내일 출근하려면 집에 가긴 가야 하는데. 에라, 모르겠다. 새벽에 일찍 나가지 뭐. 이 새끼 이거 밤에 뭔 일 날지도 모르고. 너무 먹였나?"

주한의 물건이 제 물건인 듯, 이것저것 뒤져 가며 씻고 입고 다 한 승욱이 주한의 옆에 비집고 들어갔다. 아직 날이 추워 어쩔 수 없었다.

"나도 너랑 붙어 자기 싫다, 새끼야. 근데 어쩌겠냐. 바닥에서 잤다가 감기 걸리면 네가 대신 아파 줄 거 아니잖냐. 서로 잠버릇은 얌전하니까 하룻밤만 참아라. 잠결이라고 더듬고 그랬다가는 죽을 줄 알아, 새끼야."

거구의 주한을 끌고 다니느라 지칠 대로 지친 승욱은 곧 곯아떨어졌다. 그런데 어느 순간, 눈이 떠졌다. 그것도 아주 번쩍, 하고. 제풀에 놀라선 사방을 두리번거리는데, 더 놀라게도 바로 옆의 커다란 뭉치가 눈에 들어왔다. 용케 비명을 삼키고 눈을 껌벅여 가며 자세히 들여다보던 승욱이 곧 짜증 섞인 한숨을 내쉬었다. 몸을 둥 그렇게 말고 엎드려 있는 주한이었던 것이다.

"하오, 진짜. 자겠다고 여기 드러누운 나 새끼가 죄인이지."

승욱이 주한을 발로 툭툭 찼다.

"자다 말고 뭐 하냐. 그러고 있으면 쓸린다. 토하면 그 즉시 사 망인 거 잘 알리라 믿는다."

"승욱아."

"자자. 곱게. 어? 월급쟁이 평일 컨디션 망치지 말고. 어?"

"정금이 보고 싶다."

승욱이 몸을 일으켰다. 그것도 아주 벌떡, 하고.

"누가 보고 싶다고?"

"정금이. 예쁜 정금이. 눈에 넣어도 안 아픈 토끼. 내 갑돌이."

"허. 지 갑돌이 좋아하고 자빠졌네."

"하루 종일 보고 싶어서 죽는 줄 알았다."

"아이고, 그러셔쎄여. 아주 경사가 에헤라디여시군여."

"승욱아."

"뭐, 새끼야."

"나 핸드폰에 정금이 번호 없다?"

"뭐?"

"나도 모르게 누를까 봐 무서워서 저장 안 했다?"

"얼씨구."

"외우고 있으니까. 근데 술 마셨거나 머리 아프거나 할 때는 번 호가…… 뒷자리 두 개가, 29인지 92인지 헷갈린다? 그래서 못 건다? 그래서 실수한 적 한 번도 없다?"

"절씨구."

"하아······ 정금이 보고 싶다."

그렇게 한참 동안 한숨만 내쉬던 주한이 어느 순간 스르르 쓰러졌다. 그러곤 금세 색······ 색······ 소리를 내며 잠이 들었다.

"결국 듣긴 들었네. 허유······ 인간아, 인간아. 이 답답한 인간아. 덩칫값도 못 하는 이 갑갑한 인간아."

승욱은 잠이 홀랑 깨 버려서는 다시 잠들지 못했다. 그리고 몇 시간 뒤 새벽, 부스스 일어나 앉아 간밤의 취중진담을 전혀 기억하지 못하고 헤매는 주한에게 아무 말도 하지 않았다.

3

"징글징글하다, 아주."

주한에게서 자초지종을 들은 승욱이 내뱉은 첫말이었다.

"승욱아."

"뭐, 새끼야."

"쪼지 좀 마라."

"지금이니까 하는 말인데, 너 강희 씨랑 정말 결혼이라도 저지르면 내가 갑돌이 데려갈 생각이었다는 거 모르지?"

그때까지 매끄럽기만 하던 주한의 낯이 순식간에 퍼석퍼석해졌다.

"놀라긴."

"남자 친구 있었잖아."

"그 물건은 처음 봤을 때부터 영 글렀다고 판단했거든. 갑돌이 스타일이 아니었다, 이거지. 친구로 만나서 우정에 의리 보태져 그냥저냥 이어져 온 거지, 결국 쫑나고야 말았을걸?"

"그런 말 한 적 없잖아?"

"내가 왜 너 따위한테 그런 고급 정보를 흘리고 다니겠냐, 어? 정보란 건, 그 정보를 유용하게 쓸 만한 사람한테 넘겨야 값어치가 생기는 건데, 그 당시 너한텐 돼지 목에 진주, 딱 그거밖에 안 됐거든."

주한이 마른침을 삼키는 소리가 승욱의 귀에 선명하게 들렸다.

"그래도 난 할 만큼 했으니까 원망하지 마라. 강희 씨 말린 것도 그래서였으니까. 그래도 그예 말 안 듣고, 새끼. 그때 갑돌이가 얼마나 놀랐으면 몇 달이나 우릴 쌩을 깠겠냐. 갑돌이 놀라는 거 보고 나는 또 얼마나 놀랐는 줄 아냐?"

"그런, 하…… 그런 거였어?"

"본인한테 직접 확인해 보든가. 엇박자도 그런 엇박자가 없었다고 확신하는 바다, 새끼야."

주한이 앞에 놓인 냉수를 연거푸 비웠다.

"고만 마셔라. 웬만한 불도 그만큼 들이부었으면 벌써 꺼지고도 남았겠다."

하지만 주한은 결국 직원에게 물 한 병을 더 청해 그것까지 다 비우고 나서야 숨을 제대로 쉬기 시작했다.

"새끼, 요란 떠네."

평정은 찾았지만, 주한은 여전히 온몸이 쪼그라든 상태였다. 그래도 물어야 할 건 물어야 했다.

"근데……."

"뭐."

"아까 그 말 진심이야?"

"당연하지."

"그게 돼?"

"왜 안 돼? 너도 없는 마당에 걸릴 게 뭐가 있다고? 갑돌이가 나를 안 좋아한다면 모를까, 아니잖아. 둘이서 미운 정 고운 정 쌓다 보면 결론이 어떻게 날지는 아무도 모르는 거거든. 난 지금도 갑돌이하고 알콩달콩 재미있을 자신이 있다 이거지."

주한은 차마 말을 이어 갈 수 없었다. 아무것도 물을 수 없었다. 언제부터였는지, 언제까지 기다릴 작정이었는지, 얼마만큼 봐줄 생각이었는지, 물음표들이 꼬리에 꼬리를 물고 딸려 나왔지만 입도 뻥끗할 수 없었다.

주한의 표정 변화를 뚫어져라 쳐다보던 승욱이 테이블 위를 똑똑, 두드렸다.

"참나, 새끼. 쫄기는. 살다 보니 대장 민주한이 김승욱 앞에서 긴장하는 걸 다 보네."

"승욱아."

"거참 간절히도 불러 대네. 내가 언제 사랑과 전쟁 찍겠다고 했냐? 더 큰일 안 벌이고 이제라도 유턴한 거, 잘했다고 한 소리다. 됐냐?"

"승욱아."

"뭐, 새끼야."

"순서가 다행히 조용한 방향으로 흐르긴 했는데, 결국 나 강희한테 헤어지자고 했을 거거든."

"안 그래도 너, 벼랑 끝에 선 것처럼 보이긴 했다."

"너무 늦어서…… 욕이라도 해 주면 좋겠는데, 심통이라도 부려 주면 낫겠는데, 정금이…… 그냥 우는 게 다더라."

"갑돌이가 그런 걸 할 줄 아는 사람이었으면, 지금까지 우리 만나 주기나 했겠냐?"

"너무 착해서……."

"미안해 죽겠냐?"

"어. 미안해서 돌아 버릴 것 같다."

"그럼 이제 갑순이가 갑돌이 발아래를 설설 기면서 사는 거 보게 되는 거냐?"

"어."

"허우. 재밌겠는데? 내 노년이 결코 심심치 않겠어."

"승욱아."

"또 뭐."

"고맙다."

"그걸 이제 알았냐?"

말 없는 잔이 몇 순배 돈 후에야 승욱이 다시 입을 열었다.

"나, 셋이 모이는 거 정말 좋았거든. 그래서 불안했다. 깨질까봐."

주한은 듣기만 했다.

"솔직히 너, 성당 아니었으면 나하고 엮일 일 있었겠냐? 네가 나 상대해 준 덕에 내 학창 시절이 평탄했지. 나 비리비리하고 허여멀건 해서 초등학교 고학년 때부터 좀 많이 시달렸는데, 너랑 다니고부터 그런 게 싹 사라졌으니까. 그래서 죽어라고 너한테 붙어 다녔지. 뭐랄까, 민주한이 김승욱의 우산맨이었다고나 할까. 덮어 주고 막아 주고 가려 주고."

"내가 무슨."

"칭찬해 주면 들을 줄도 알아야 하는 거야, 새끼야."

주한이 피식, 했다.

"갑돌인 또 어떻고. 너도 알다시피 우리 집 보스, 한 성격 하잖냐. 외아들이라고 나한테 거는 기대도 크고, 아주 목을 조르지. 아버진 뭐 서열 막순위니까. 아마 나 지금 회사 못 들어갔으면, 매일 한강물 수온 체크하고 다녀야 했을 거다. 어쨌거나 그래서 좀 팍팍했는데, 갑돌이 보면 숨통이 좀 트이더라. 그래서 아주 많이 귀엽고 좋았지. 하! 근데 이것들이 서로 좋아 죽으면서 입을 싹 씻네."

주한이 또 피식, 했다.

"픽픽거리지 마, 새끼야. 네가 공격수 사이에 낀 수비 포지션의 서러움을 알아? 범고래 사이에 찡긴 새우 포지션의 고단함을 아냐고? 너희 둘 정말 바이 바이 하면 난 어째야 하나 얼마나 고민 많았는지 짐작이나 해? 뭐, 난 이런 걸 생색내고 싶은 거지. 그러니까 난 축의금 생략."

"그래."

축의금 생략에서 그칠 것이 아니라, 그동안 맘고생한 데 대한 보상 차원에서 더 큰 걸 요구하겠다는 승욱을 떠밀어 보내고, 대리기사를 호출한 다음 차 보닛에 몸을 기댔다.

'내가 갑돌이 데려갈 생각이었다는 거 모르지? 너도 없는 마당에 걸릴 게 뭐가 있다고? 갑돌이가 나를 안 좋아한다면 모를까, 아니잖아. 둘이서 미운 정 고운 정 쌓다 보면 결론이 어떻게 날지는 아무도 모르는 거거든. 난 지금도 갑돌이하고 알콩달콩 재미있을 자신이 있다 이거지.'

'하아…… 그런 생각을 하고 있을 거라고는…….'

순간, 주한은 문득 자신이 중요한 것 하나를 잊고 있었음을 자각했다.

'그러고 보니…… 허어…… 언제부터지?'

위옹위옹…… 하는 소리가 더 이상 들리지 않고 있다는 사실이었다.

'정금이한테 가던 날부터구나. 아아…… 정금아. 정금아.'

승욱과 만나기로 한 장소로 들어서면서 정금은 마음을 다잡았다. 뭔가 아는 것처럼 구는 승욱에게 빌미를 잡히지 않으려면 조심해야 했다.

정금을 발견한 승욱이 벌떡 일어서더니 허리를 공손히 굽히며 인사를 했다.

"아이고, 우리 민 선생님. 먼 길 오시느라고 얼마나 노고가 많으셨습니까?"

사람들이 쳐다보며 키득거리자 정금은 다시 나가고 싶었다. 정금이 서둘러 승욱의 곁으로 다가가선 어깨를 내리찍었다.

"시선 끌 일 좀 만들지 마요."

"잘 지내지?"

"너무 잘 지내죠."

승욱이 자리에 앉는 것을 확인하고 정금이 맞은편에 앉았다.

"불금이에요. 내가 고작 선배나 만나야겠어요?"

"오구오구, 갑돌이 화나쩌여?"

"저한테 너무하는 거 선배 본인도 잘 알죠? 지식 짧다는데도 왜 자꾸 들볶아요?"

"어허. 엉아의 깊은 뜻을 네 어찌 알리."

아무리 사람들이 알아주는 대학교의 간호대 출신이라고 해도 보잘것없는 지식일 뿐이라는 게 스스로에 대해 내린 정금의 평가였다. 그런데도 승욱은 줄기차게 질문 같은 걸 이어 오고 있었다. 학부생 시절이었을 때부터 그랬다. 승욱에게 뭐라도 답을 해 주기 위해 배우지도 않은 걸 공부하기도 했고, 그 덕에 강의가 수월하게 지나간 적도 있었지만, 정금으로서는 퍽 긴장되는 일이었다.

"기하 다닐 때 내가 뭐 잘못한 거 있어요?"

"많지."

"읊어 봐요."

"어허. 눈 째지는 거 보게. 떼끼!"

정금은 승욱 앞에서 약자였다. 승욱이 주한의 유일한 친구라는 점에서 그러했다. 혹 훗날 주한이 결혼하고 아이를 낳고, 그래서 만날 수 없게 되는 날이 오더라도 승욱만 있다면 어떻게든 주한과의 끈이 끊어지는 일은 없을 것이기 때문이었다. 어떻게 살고 있다더라, 정도의 정보쯤은 아무에게도 폐가 되지 않을 거라고, 그러니 어떻게든 승욱을 붙잡고 있어야 한다고, 그런 생각이었다.

물론 승욱은 좋은 사람이었다. 상냥하면서 재미있고, 눈치가 빨라 그런지 배려심도 남달랐다. 외모도 준수했다. 기하 다닐 때 어린왕자 소리까지 들었을 정도로 곱상한 데다, 큰 키는 아니라지만 비율이 좋아 보고 있으면 눈이 즐거웠다. 그래서인지 주변에 괜찮은 여자가 보이면 승욱이 가장 먼저 떠올랐다. 승욱이 정말 괜찮은 여자를 만나 괜찮은 삶을 누리기를 바랐다.

"애정 전선엔 이상 없고?"

"그렇죠, 뭐."

"무슨 대답이 그래? 밍밍하고 심심한 게 간이 하나도 안 된 멀 덕국 같은데?"

"얼굴 보기도 힘든걸요. 새로 시작한 사무실이라 일이 많은가 봐요."

"얼굴 보기 쉬운 때가 언제 있기는 했고? 군대다 고시원이다 늘 뭐가 있더니, 하다 하다 이젠 변호사 사무실까지. 다음엔 또 뭐가 오려나."

"그랬어요?"

"그랬어요. 보면, 우리 갑돌이도 갑순이 못지않게 참 힘든 길 가요."

"형님은 왜요?"

"그런 게 있다. 엉아들만의 세계."

"그놈의 엉아들 세계."

"어쭈구리. 많이 컸다, 갑돌."

승욱이 정금을 빤히 쳐다보았다.

"무슨 시비를 걸려고 준비 자세가 그렇게 진지해요?"

"우리 갑돌이 부스러기 시절에 하지 말입니다, 그렇지 말입니다, 했을 때는 진짜 귀여웠는데."

"저도 알지 말입니다."

"푸하하하……."

사레까지 걸려 가며 웃어 대는 승욱을 노려보다 정금도 웃었다.

"갑돌."

"네."

"혹시 갑순이 결혼하면 말이야."

"형님 날 잡았어요?"

"아니, 아니, 아니……."

예상했던 것보다 더 기함하는 정금 때문에 승욱은 앞에 있던 머그잔을 쏟을 뻔했다.

"혹시. 그러니까 혹시. 내가 분명히 혹시라고 했는데?"

"아…… 네."

'이것들이 아주…….'

승욱이 아주 기단 한숨을 조각으로 나누어 조용조용 뱉어 냈다.

"혹시 그렇게 되면, 갑돌인 그 얼굴 보기 어려운 친구랑 결혼하나?"

"형님 결혼이랑 내 결혼이랑 무슨 상관인데요?"

"아니 왜, 내내 붙어 다니다가 그중에 하나가 결혼하면 나머지들도 따라가는 경우가 많대서."

"붙어 다니긴 뭘 붙어 다녀요? 그런 거면 선배 앞가림 먼저 해요."

"오구오구, 갑돌이 골나쩌여? 걱정 마라. 이 엉아는 우리 갑돌이 시집갈 때까지 남아 있어 줄 테니까."

"근데요."

"어?"

"정말 아니에요?"

"뭐가 아니에요, 갑돌 씨?"

"형님요. 결혼……."

"아니야. 진짜 아니야. 음…… 내 생각에 갑순이 결혼은 나 살아생전 보기 힘들지 아마?"

"네?"

"그냥 이대로 살지 뭐. 셋이 모여서 짝짜꿍, 오르르 까꿍 하면서."

"그게 무슨……."

"그런 게 있다."

자신도 모르게 정금은 안도했다. 그리고 자신이 안도했다는 사실 때문에 곧 불안해졌다. 그래서 다른 날보다 조금 더 마셨고, 오피스텔 입구의 편의점에서 맥주를 두 캔 더 사 들고 들어가 냉장고에 있던 소주와 섞어서 또 마셨다. 그리고 다음 날 해가 중천일 때 간신히 일어나 어기적어기적 걸어 들어간 욕실 거울 앞에 서서, 말라붙은 눈물 콧물로 엉망이 된 얼굴을 보고는 그 자리에 주저앉았다.

'이게…… 이게 뭐가 잘 지내는 거야.'

4

초인종이 울렸다. 9시 반. 누군가 찾아올 시간이 아니었다. 여러 색이 섞인 체크무늬 파자마 차림으로 침대에 늘어져 여행 전문 잡지를 들여다보고 있던 정금이 벌떡 일어나 모니터로 뛰어 갔다.

'혹시……'

'혹시'가 '역시'였다. 주한이었다. 자신이 어쩌고 있었는지, 어떤 모습인지, 아무 생각 없이 서둘러 문부터 열었다.

"형님."

"아우…… 우리 예쁜 정금이."

몸이 들어오기 전에 팔부터 뻗으며 성큼 들어선 주한이 그대로 정금을 껴안았다.

"예쁜 정금이. 내 갑돌이."

"술 마셨어요?"

"어. 승욱이랑."

"아."

몇 번 와 보지 않았으면서도 마치 자기 집인 양 아주 당당하게, 주한이 작은 소파에 털썩하고 몸을 내렸다. 여전히 정금을 놓지 않은 채로.

"뭐 줘요? 냉수? 꿀물?"

"정금이. 정금이를 주세요."

주한이 정금을 잡아당겨 무릎에 앉히고는 품에 가뒀다. 그러곤 얼굴을 비비적거렸다.

"예쁜 정금이. 내 갑돌이. 내 토끼."

"저기요, 형님. 시간 필요하다니까요."

"응. 필요한 만큼 가져. 가지랬잖아."

"그러니까요, 형님. 난 이런 게 아직……."

"난 나대로 해야지. 마냥 기다려?"

"아니, 사람이 웬만큼 적응할 시간을 줘야지."

"정금아."

"네."

"정금아. 정금아. 정금아."

"네. 네. 네."

"꿈 같아."

"피차일반이거든요."

주한이 팔에 힘을 주자 정금이 캑캑, 기침했다. 주한이 곧 팔에서 힘을 더는가 싶더니 정금의 양 볼을 잡고는 입술에 입술을 들이댔다. 그러곤 세상에 그렇게 맛있는 건 처음이라는 듯, 빨아 먹고 핥아 먹었다.

꿈틀거리던 정금이 주한의 목에 팔을 두르고 머뭇머뭇 혀를 내밀었다. 그러자 주한이 혀를 잡아채서는 제 입 속으로 끌고 들어갔다. 그러곤 비비고 묶고 문질렀다. 그 기세가 얼마나 열렬했던지, 입을 뗐을 땐 침 끈이 길게 늘어지다가 한참 뒤에야 끊어졌을 정도였다.

"정금아."

"네."

"사랑해, 정금아."

"나, 대답해야 해요?"

"아니. 안 해도 돼. 안 해도 다 아니까, 안 해도 돼."

"그게…… 사랑 안 하는 건 아닌데……."

그 말에 주한이 정금의 겨드랑이에 팔을 넣어선 소파에서 일어나며 정금을 위로 잡아 올렸다. 정금이 "엄마야!" 하며 본능적으로 다리를 들어 주한의 허리를 휘감았다. 주한이 그대로 침대로 향했고, 포개진 채로 진한 키스가 더 이어졌다.

"정금아. 정금아."

깊은 물에 가로막힌 상황에서 건너편에 있는 연인이라도 부르듯 애틋하고 간절했다. 잠시 손을 어디에 둘까 머뭇거리던 주한이 작정한 듯 정금의 파자마 속을 헤집었다. 걸리적거리는 속옷 하나 없는 완전한 맨살이 주한을 강하게 자극했다.

정금이 주한의 손목을 붙들었다.

"형님. 저기……."

"정금아. 만지게 해 줘. 응? 만지기만 할게. 그렇게 해 줘, 정금아."

정금이 쭈뼛쭈뼛 손목을 풀자 주한의 손이 더 과감하게 움직여 갔다.

"예뻐. 쪽. 예뻐. 쪽쪽. 예뻐. 쪽……."

"아이고, 형님아……."

"정금아. 쪽. 이름 불러 봐. 쪽쪽. 형님 말고 이름. 쪽쪽. 응?"

"아이고, 어떡해."

어쩔 줄 몰라 하는 정금의 몸 위를 주한은 종횡무진 누볐다. 물론 다른 마음은 없었다. 정금을 완전히 소유하고 싶다는 욕심은 미뤄 둔 상태였다. 자신이 만든 거리였다. 자신이 원한 거리였다. 그래 놓고 그 거리를 없는 것으로 할 권리가 자신에게는 없다고, 주한은 그렇게 생각했다. 그래서 보챌 생각도 없었다. 다만 정금의 몸을 현실로 느끼고 싶을 뿐이었다.

그런데 정금이 주한을 꽉 끌어안으며 씩씩하게 외쳤다.

"그래, 민주한. 내 갑순이. 너도 예쁘다. 많이많이 예쁘다."

주한이 모든 동작을 멈추었다. "흐…… 흐……." 하는 호흡만이 가까스로 이어졌다. 하지만 "억울해서 말 안 해 줄라 그랬는데, 나도 네가 아주 예뻐서 죽겠다."는 정금의 다음 말에 무너지고야 말았다. 그다음부터는 격랑이었다. 태풍 경보에 딸려 온 거대한 풍랑이었다. 정금의 온몸 구석구석에 침을 바르면서 주한은 정신을 놓지 않기 위해 애써야 했다. 잘못했다간 정금을 다치게 할 수도 있다는 경고음이 머릿속에서 빨갛게 울렸다.

"정금아."

그때였다.

"흑……."

주한이 소스라치게 놀라선 몸을 일으켜 정금의 얼굴을 감쌌다.

"정금아. 왜. 왜 울어, 응?"

"형님. 흐윽……."

"응. 왜, 왜 우는데, 응?"

"나요. 형님이 흐으…… 처, 처음이 아닌 게 너무 속상…… 흑……."

주한이 정금을 와락 끌어안았다.

"정금아. 쉬이…… 그런 말 하지 마, 정금아. 그런 생각 하지 마. 쉬이……."

"속상해서 미칠 거 가……."

"그러지 마, 정금아. 정금아, 괜찮아. 쉬이…… 쉬이……."

그래도 서러운 울음이 한동안 이어졌다. 주한이 팔을 풀지 않은 채로 정금을 불렀다.

"정금아."

"흐으…… 응."

"나도 다를 거 없으니까, 그러니까 나한테도 말해 줘. 괜찮다 고."

정금이 팔을 뻗어 주한의 목에 둘렀다.

"응. 괜찮아요. 민주한도 괜찮아. 흐으……."

"아…… 미안해, 정금아. 정말 미안해. 내가 너무너무 미안해."

주한은 정금이 처음이라고 말하지 않았다. 현주든 강희든, 도저히 안아지지가 않아서, 그러기는커녕 손조차 대지지 않아서 주한에겐 정금이 처음이었다. 하지만 그 말을 어찌 하겠는가. 정금이 그럴 수밖에 없도록 떠민 게 자신인데. 다를 바 없다고 말해 두는 게 최선이었다. 그건 진짜 최선이었다.

'정금아. 미안해. 미안해. 속상하게 만들어서 미안해. 울게 만들어서 미안해.'

서로의 몸을 쓰다듬고 토닥거리는 동안 정금의 울음이 조금씩 잦아들어 갔다.

"우리 정금이 눈물 많네."

"그러네. 나도 첨 알았네."

"뭐 어때. 울고 싶으면 울어. 아무 때고 울어. 절대 참지 마. 알았지?"

정금이 고개를 끄덕였다. 그런 정금을 뚫어져라 바라보던 주한이 다시금 입을 맞췄다. 그러자 정금이 주한의 목을 더 꼭 끌어안았다. 주한이 정금의 귀에 입술을 붙였다. 그리고 속삭였다.

"정금아. 나 받아 줄래?"

순간적으로 정금은 긴장했다. 하지만 거절하고 싶지 않았다. 아니, 원하던 일이었다.

"형님."

"응."

"나도 형님 갖고 싶어요."

"하아…… 정금아."

주한이 조심스럽게 손을 움직여 정금의 옷을 벗기고 자신도 벗었다. 그러곤 더 조심스럽게 정금의 몸 안으로 들어섰다. 정금의 안이 단단하게 잡아 주면서 두 개의 몸이 순식간에 하나로 이어졌다.

정금이 주한에게 매달렸다. 주한은 눈앞에 보이는 정금의 맨어깨에 입맞춤을 퍼부으며 허리를 빠르게 움직였다. 천천히 가고 싶은데 통제가 되지 않았다.

'예뻐. 예뻐. 정신 나갈 만치 예뻐. 이렇게 예쁜데…… 놓칠 뻔했어.'

정금이 다리를 들어 주한의 다리에 걸었다. 그러자 주한이 엉덩이에 있는 대로 힘을 주며 쿵쿵, 찍어 누르기 시작했다.

'할 수만 있다면, 정금아. 네 심장까지 닿고 싶다.'

정금이 입을 벌리고 뜨뜻한 입금을 뿜었다.

'민주한이 민정금 안에 있어. 아. 죽을 거 같아. 행복해서 죽을 거 같아.'

그때였다. 주한이 풀썩, 하고 정금의 몸 위에 엎어지더니 어마어마한 속도로 움직이기 시작했다. 그러곤 정금의 귀를 물고 있는 힘껏 빨아 당겼다. 혀가 귓속을 휘젓는 바람에 정금이 자신도 모르게 몸을 비틀자, 주한이 "흡!" 하면서 정금의 몸에서 자신의 분신을 빼냈다. 처음인 데다 너무 흥분해서 오래 버티지 못한 것이다.

하지만 정금은 그런 걸 따질 정신이 아니었다. 몸 아래쪽 어딘가에 정액이 뿌려지고 있다는 걸 적나라하게 느끼면서, 자신도 모르게 주한의 얼굴을 잡고는 입 속으로 혀를 밀어 넣었다.

'민주한 심장까지 닿고 싶어.'

주한이 몸부림쳤다.

"정금아. 정금아."

정금은 대답하지 못했다. 가슴이 너무 뜨거워서 입술이 그 열기에 녹아 달라붙은 것 같았다. 주한이 정금을 틈 하나 없이 끌어안았다. 정금도 주한의 등을 감싸 안았다.

"정금아. 우리 정말…… 너무, 너무 멀리 돌아왔다."

결혼 준비 한다고 얼굴 보기 힘들던 주담이 웬일로 일찍 퇴근해 들어왔다. 별생각 없이 과제에 집중하고 있던 주한이 벌떡 일어나

나갔다.

"엄마는?"

"성가대 연습."

"노래도 못하면서. 립싱크하실 모양이지? 그나저나 이 시간에 보는 거 오랜만이네, 우리 동생."

"누나 표정 좋아 보인다. 형이 잘하나 봐."

"그렇지, 뭐. 주한아. 누나 시집간다고 너 버리는 거 아닌 거, 알지?"

"누굴 바보로 알아."

"어차피 너도 독립할 거니까. 그때까지만 엄마 봐주고 살아. 불쌍하다고 여기고. 응?"

"알아. 걱정 마."

"그래도 교회 다니기 시작하면서 좀 나아지신 거 같지? 적어도 소리는 안 지르잖아."

"어. 근데 누나."

"응. 할 말 있으면 다 해."

"누나도 이혁공 후손들이 원수야?"

"무슨. 말도 안 되지. 명분이 있다고 해도 휘둘리면 안 될 판에, 이젠 어른들만의 감정 문제일 뿐인걸. 큰아버지는 몰라도 주혁 오빠 대에 가면 완전히 사라지지 않을까 싶어. 마땅치 않아 하는 거 너도 알잖아."

주혁은 종손이었다. 그러니까 주한의 할아버지 유학에게는 3남 2녀가 있는데, 그중에서 큰아들이 찬범이고, 그 찬범의 외아들이 바로 주혁이었다. 그리고 주담, 주한을 포함한 같은 항렬에서 가장 연장자임에도 결혼은 아직, 이었다. 주혁이 좋아한 여자들 중에 종가의 종부가 되려는 사람이 없던 탓이었다.

그 종가가 지방이 아닌 서울에 있으며, 한옥이 아니라 모던풍의 현대식 주택이라는 사실은 늘 간과되곤 했다. 그뿐이 아니었다. 음식을 비롯한 제례 준비를 주로 남자들이 도맡아 하는 가풍에 대해선 아예 입을 뗄 기회조차도 갖지 못하곤 했다. 그게 종부의 무게였다.

"근데 그걸 갑자기 왜 물어?"

"오늘 동아리에 후배 하나가 들어왔는데, 이혁공파 32대손이래."

"진짜? 나 실제로는 만나 본 적 없는데."

"나도 처음이지. 전에 할아버지가 지나가는 말로 유일하게 칭찬하신 그 장교 아저씨 있잖아. 그 집 자손이래. 깜짝 놀랐어."

"진짜? 남자? 여자?"

"여자. 엄청 귀여워."

주담은 적잖이 놀랐다. 친척이든 이웃이든 선후배든 친구든, 사람을 두고 무슨 말을 하는 주한이 아니었다.

"내가 문찬공파 27대손이라고 하니까, 맞고만 있지 않을 거라면서 이렇게 포즈를 잡더라고. 어깨너머로 본 건지 정식으로 배운 건지, 자세가 제법 나오던데?"

그러면서 주한이 자세를 흉내 내는데, 주담은 웃지 않을 수 없었다. 주한 앞에서 그렇게 했다는 후배란 아이도 귀엽기 그지없었지만, 그걸 그대로 따라 하고 있는 주한도 더할 나위 없이 귀여웠던 것이다. 배구 선수로 날렸던 만큼 체격이 특출하기도 했고, 그래서 학교에서 '대장'으로 통한다고 승욱에게 듣기도 했지만, 주담의 눈에 주한은 그저 어린 아기 같기만 했다. 초등학교 5학년 때, 긴장감과 황홀함으로 덜덜 떨며 안아 본 아기 민주한 말이다.

"누나 생각에도 귀엽지?"

"그러네."

"그렇게 귀여운 생물은 처음 봤어. 웃으면 앞니가 요렇게 나와. 토끼처럼."

주한이 이번엔 토끼 입 모양을 만들었다. 주담은 터지려는 웃음을 참으며 담담히 대꾸했다.

"그랬어?"

"어. 우리 동성동본이라고 승욱이가 별명도 지어 줬어. 갑돌이 갑순이로. 내가 갑순이야."

우리. 주한의 입을 통해선 한 번도 들어 본 적 없는 단어였다. 주한이 가족들을 두고도 '우리'라는 표현을 쓰지 않는다는 걸 주담은 너무 잘 알고 있었다. 하긴 누구를 '우리'에 붙여 줄 것인가. 그래서 주담은 또 놀랄 수밖에 없었다. 물론 내색은 하지 않았다.

"진짜? 왜 거꾸로야?"

"승욱이 나름의 위트이자 개그지, 뭐."

"넌 아무 소리 안 했고?"

"할 소리가 뭐 있겠어. 갑돌이라고 하니까 더 귀엽고 좋던데. 갑순이보다 갑돌이가 훨씬 더 잘 어울려."

주담은 또, 또 놀랐다. 그래서 추임새를 넣었다.

"언제 한번 출판사로 데려와. 맛있는 거 사 줄게."

"그래도 돼?"

"그럼."

"그래. 누나 쉬어."

어슬렁어슬렁 방으로 들어가는 주한의 뒷모습에 주담의 코끝에

찡, 하고 전기가 올랐다. 초등학교 저학년 때 이후로 무언가가 그렇게 재미있다는 듯 오래 수다를 떠는 모습이 처음이었던 것이다. 특히나 고등학교에 들어가면서부터는 표정 자체가 없던 동생이었다.

'내 동생이 저렇게 웃는 거 얼마 만인지 모르겠네.'

산만 한 덩치가 기죽어 있는 걸 볼 적마다 그 간극이 어찌나 아픈지, 왜 낳아 놓고 애를 저리 만드나 싶은 게 부모가 원망스럽곤 했었다. 아무리 챙겨도 자신은 그저 누나일 뿐이어서, 결혼할 사람을 붙들고 한계를 토로하며 울어 버린 적도 있었다.

'민주한을 다 웃게 만들고, 갑돌이 그 녀석 정말 대단하잖아. 그러고 보니 정작 중요한 이름을 안 물어봤네.'

주담이 주한의 방문을 똑똑 하고 열었다.

"왜?"

"갑돌이 이름이 뭐야?"

"아, 정금이. 민정금."

"정금? 하, 귀여워."

"그치? 어떻게 된 게 이름까지 막 귀엽더라고."

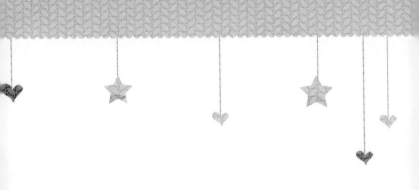

4. 그대로 직진

I

민학철 준장은 백두호랑이 관상으로 타고난 군인이었지만, 군복을 벗으면 맘씨 좋은 사회 선생님 같다는 소리를 듣는 사람이었다. 실제로 군복을 입지 않았을 때의 학철은 아무리 뜯어봐도 군인의 각이란 터럭만큼도 보이지 않는 다정다감한 분위기의 소유자였다.

성격도 다르지 않았다. 무엇보다도 가족들에게는 지극정성으로 움직이는 가정적인 면을 가지고 있었다. 특히 딸 정금에게는 꼼짝하지 못했는데, 그건 내력이었다. 학철의 아버지 효엽 또한 하나밖에 없는 딸에게 꼼짝 못 하는 사람이었던 것이다.

그런데 그런 딸이 폭탄을 터뜨렸다.

"아빠. 나 형님 처음 본 게 고1 때예요. 그때부터 지금까지 몇 년인 줄 아세요? 몇백 년도 전에 얼굴도 모르는 조상님들이 싸운 것 때문에 제가 이렇게 아파도 되는 거예요? 왜요? 왜 그래야 하는데요? 아빠는 군인 사위 싫다는 외할아버지 설득한다고 소한 날 상의 탈의하고 눈밭에 무릎 꿇었다면서요. 아빠는 그렇게 해서 엄마랑 살면서, 나더런 그냥 가만히 있으라구요? 그래 봤다니까요? 허울 좋은 선후배로 지내 봤다니까요? 근데 이젠 못 그러겠다구요."

"금아."

"나 안 도와주면 아빠 내 아빠 아니에요. 무슨 아빠가 그래. 형님이 어디 뭐가 빠지는 사람도 아니고, 얼마나 멋있는데. 내 편 안 들어 주면 아빠 군인도 아니야. 딸 행복보다 집안 명분이랑 체면이 중요한 비겁쟁이가 무슨 군인이야. 훈장 반납하고 옷 벗어. 흐아아앙……."

민학철 준장 인생 통틀어 최대의 위기였다. 평생 함께하고 싶은 사람이 문찬공파라는 말에 아무 생각 없이 악연 어쩌고를 읊었는데, 정금의 눈물보가 터진 것이다. 서럽게 울며 할 말 다 하는 딸 앞에서 학철은 하늘이 노랗다는 게 뭔지 알게 되었다. 하지만 노랗던 하늘은 곧 캄캄해지고야 말았다. 자신이 잘못해서 딸의 인생이 어그러진다면, 그걸 어찌 감당하고 살 건지에 대해 떠올리자마자 세상이 빛을 잃어버린 것이다.

학철도 학철이지만, 정금의 엄마 맑음은 그녀대로 엄청난 충격에 빠져들었다.

'엄마야, 어떡해. 내 새끼 울어.'

맑음에게 있어 정금은 그냥 자식, 그냥 딸이 아니었다. 종가에 시집와 몇 년을 아이가 들어서지 않아 고생했었다. 주변에서 종부에 외며느리 어쩌고 하는 소릴 들을 적마다 얼마나 눈치가 보였는지 몰랐다. 물론 집안의 전권을 틀어쥔 시아버지 효엽이 이렇다 저렇다 말을 얹어 온 적은 전혀 없었지만, 그래도 기가 죽을 수밖에 없었다.

그러다 5년 만에야 간신히 낳은 아이가 바로 정금이었다. 어려운 출산에 첫 자손이라고, 딸이긴 했어도 많은 축하를 받았다. 하지만 오래가지 않았다. 해가 여러 번 바뀌는데도 둘째 소식이 없자 노골적인 아들 타령이 들려오기 시작했다. 서러웠다. 불안했다. 스트레스에 월경 불순이 따라오면서 맑음은 두려움에 겁을 잔뜩 집어먹었다.

그러던 어느 날이었다. 정금이 장을 뒤져 제 아버지 학철의 군모를 찾아 쓰고, 어디서 구했는지 장난감 칼까지 들고선 맑음 앞에 나타났다.

'엄마. 걱정 마십시오. 제가 아들이 돼서 엄마를 지키겠습니다. 나중에 어른이 되면 아빠처럼 용감한 군인도 되겠습니다. 그러니까, 제가 아들 하면 되니까 할머니들 때문에 울지 마십시오.'

난데없었다. 개구쟁이이긴 했어도 애교 넘치는 딸이었는데, 갑자기 음습체를 쓰는 사내아이 노릇이라니. 알고 보니 수일 전 제사때 시고모들이 주방에서 했던 잔소리를 들은 것이었다. 아들 못 낳는다고 구박하던 자심한 잔소리를 말이다. 그날 맑음은 정금을 붙들고 얼마나 울었는지 몰랐다.

이후로 정금은 더 달라졌다. 그 좋아하던 분홍을 멀리하기 시작했고, 치마도 입지 않았고, 머리도 짧게 잘랐고, 급기야는 아버지 따라갔다가 보았던 군인들의 말투까지 따라 하면서 본격적으로 아들 흉내를 낸 것이다. 안 그래도 된다고 하는데도 정금은 고집스럽게 듣지 않았다. 그 마음이 어찌나 가슴 시리도록 갸륵하던지, 결국 맑음은 그냥 하고 싶은 대로 하도록 둘 수밖에 없었다.

그런 딸을 손위 시누의 집으로 짐을 싸서 보내면서 억장이 무너졌었다. 그때 처음으로 군인 남편이 원망스러웠었다. 하지만 역시나 정금은 잘 자라 주었다. 통화할 적마다 시누가 입에 침이 마르

도록 칭찬했고, 그 칭찬에 흥이 올라 철이며 때마다 이것저것 바리
바리 싸서 부치는 게 낙이었다.

그러는 동안, 정금은 단 한 번도 말썽을 피우지도, 응석을 부리
지도 않았다. 번번이 했습니다, 말입니다, 하면서 씩씩할 줄이나
알았지, 맘 약한 소리를 내비친 적이 없었다. 이젠 남동생도 생겼
으니 온전한 여자로 지내 주길 바랐지만, 정금은 좀처럼 돌아가지
못했다. 외려 형 노릇이 더 재미있다며 정호를 마구 굴려 댔고, 정
호는 그런 정금에게 비밀을 만들지 않았다.

그런 정금이 남편보다도 든든했다. 모든 대소사를 남편이 아닌
딸과 의논하게 되었고, 딸의 조언이라면 무조건 경전처럼 받들었
다. 그런데, 그 딸이 아기처럼 우는 모습을 보면서 맑음은 관자놀
이가 드릴로 뚫리는 것 같았다. 덩달아 눈물샘이 터졌다.

"여보. 금이 아빠. 난 이혁공이고 문찬공이고 몰라요. 산송이고
상송이고 그것도 몰라요. 아니, 모를래요. 그거 몰라서 종부 그만
두라고 하면 그만둘래요. 하우. 금이 이러는 거 나 처음 봐요. 당
신, 금이랑 나랑 죽는 거 보고 싶지 않으면 처신 잘해요."

맑음이 무릎으로 기어가 정금을 끌어안았다.

"하우. 엄마 속 찢어지는 거 같다. 하우. 금아. 어떡해."

맑음은 알았다. 고1 때부터라니, 바로 그놈인가 보다고. 옆에 끼
고 산 건 아니었어도 그래도 어미라고 딸이 뭔가 다르다는 걸 알
고 철렁했었는데, 바로 그놈이 원인 제공자였나 보다고.

'뭐가 문제인가 했지. 그런 속내일 줄은 꿈에도 몰랐지. 세상에,
그 어린것들이 어른들 무서워 말 한 마디 못 꺼내 보고 그 긴 세월
동안 얼마나 속을 끓였을 거야. 하우, 안쓰러워 어째. 진즉에 물어볼
걸. 내버려 두지 말걸. 나라도 살펴 줄걸. 그까짓 게 뭐라고. 동성동

본이니, 이 파 저 파니 그게 무슨 대수라고. 하우, 가여워 어째. 세상에, 일은 조상들이 쳐 놓고 애들이 무슨 죄야. 하우, 딱해서 어째.'

'너만 좋다면 난 그걸로 만사 오케이다. 설사 이혁공 후손이래도 난 상관없다고. 엄마처럼 중매로 엮여서는 사는 것도 아니게 그렇게 살지 마라. 내가 주담이 결혼할 때 한 마디라도 토 달든? 네 매형 진국인 거 봐라. 내가 뭐라고 말 안 얹었어도 저한테 딱 맞는 인물 데려오고. 너도 주담이가 끼고 키웠으니 그런 거 다 배웠겠지. 오죽 알아서 잘할까. 본가에서 말이 너무 많으면 그냥 너희들끼리 식 올리고 혼인 신고 하렴. 참, 너희들끼리는 아니지. 나하고 주담이 식구는 들여다볼 테니. 아무튼 한두 살 먹은 어린애도 아니고, 서른이 넘어서 그런 거 하나 밀고 나가지 못하면 그게 남자니?'

그 말은 곧 허락이나 마찬가지였다. 주한은 어머니를 통과했으니, 바로 최종 관문으로 가리라 마음먹었다. 할아버지 민유학 말이다. 아버지 찬기는 건너뛰기로 했다. 찬기가 유학의 결정을 따르지 않을 이유가 없었으니까. 게다가 찬기가 주한을 자식으로 여기느냐, 하는 지점에 다다르면 주한은 부정적일 수밖에 없었다. 그래서 주한은 할아버지 유학에게로 곧장 향했다.

"아이고, 우리 막둥이."

할머니 숙분이 눈물까지 글썽이며 반겼다. 따지고 들면 주한 밑으로 찬기가 태란에게서 낳은 아이들이 더 있으니 나이로는 주한이

179

막내가 될 수 없었다. 그럼에도 불구하고 숙분은 주한을 늘 막둥이라고 불렀다. 그쪽 아이들과는 거의 만나지 않고 있기도 했고, 왕래가 있다손 치더라도 숙분에겐 주한이 영원한 막둥이였던 것이다.

주한이 숙분을 다정하게 끌어안았다. 한때는 자신이 민찬기와 한주은의 자식이 아니라 민유학과 최숙분의 자식이었으면 좋겠다는 생각을 한 적도 있었다. 유학이 아무리 오금이 저리게 무서워도, 숙분이 아무리 세상일에 무지해도, 그 그늘에서라면 안심하고 살 수 있을 것 같아서였다. 큰아버지와 작은아버지, 두 고모에 비추어 보건대 민유학과 최숙분의 자식으로 살 수 있다는 건 분명 커다란 축복이었으니까 말이다.

"때 잘 맞춰 왔네, 우리 막둥이. 오늘 할아버지 컨디션이 따봉이거든."

주한이 숙분을 한 번 더 끌어안았다. 150도 안 되는 작은 체구에, 옛날 유행어를 쓰는 노인이 진심으로 귀여웠던 것이다.

숙분이 주한의 등을 한참 동안 토닥여 주고는 손을 잡고 안방으로 데려갔다.

"그러고 보니 우리 막둥이. 할아버지 독대는 처음이네. 오줌 쌀라."

그랬다. 독대는 처음이었다. 주담이든, 사촌들이든, 늘 누군가가 옆에 있었다. 주한은 자신도 모르게 마른침을 삼켰다.

"그런 걸 다 기억하고 계세요?"

"그럼. 그런 거 기억하라고 있는 게 할미지."

유학은 전에 비해 더 젊어지고 더 건강해진 모습이었다. 반신불수이기는 해도 숙분이 얼마나 공을 들였는지 한눈에도 알 수 있었다.

유학이 법전 위에 놓인 지휘봉을 들어 앞을 탁탁 쳤다. 유학의 큰아들 찬범이 가죽 공방에 가서 맞춰 왔다는 검은색 가죽 지휘봉이었다. 유학이 탁탁 친 '거기'에 주한이 무릎을 꿇고 앉았다.

"커피 팔이는 잘되느냐?"

"예, 할아버님."

"주담이 빚은 얼마나 남았고?"

"다 갚았습니다."

"이자도?"

"예, 할아버님."

북카페 〈프롤로그〉를 오픈할 때, 주담이 저리로 빌려준 자금을 가리키는 것이었다.

"장하구나. 애비보다 낫다."

주한의 아버지 찬기가 처음에 사업한다고 눈에 불을 켜고 다닐 때, 유학을 졸라 제법 큰돈을 가져갔었다. 하지만 그게 끝이었다. 유산을 미리 받은 셈 치겠다며 입을 씻는 바람에 유학이 얼마나 노여워했는지 집안에 모르는 사람이 없었다. 애초에 돌려받을 생각이 없기는 했어도, 아들이 먼저 그렇게 나오니 괘씸했던 것이다.

"그래, 용건은?"

주한이 침을 삼켰다. 그냥 안부 인사차 들른 게 아니라는 것 정도는 이미 다 꿰고 있는 노인의 형형한 눈치가 버거웠다. 하긴 수석 부장 판사 시절, 그냥 지나가기만 했는데도 공기에 살얼음이 꼈다는 전설의 인물이 바로 유학이었다.

"평생 함께하고 싶은 사람이 있습니다."

"좋은 소식이구나. 헌데 무엇이 문제가 돼서 안색이 그 모양인고? 한 번 다녀와 아이라도 딸렸다더냐?"

"아닙니다."

"헌데?"

"저보다 한 살 적고, 겨레대 간호대 나와서 한 초등학교에 보건 교사로 있습니다."

"내 동문이다, 이거냐?"

"예, 할아버님."

"헌데?"

"부친께선 현재 준장이시고, 모친께선 결혼 전에 유치원 교사셨다고 합니다. 그리고 지금 고등학교에 다니는 남동생이 하나 있습니다. 기숙사에서 생활하는데, 전교에서 일이 등 한답니다."

"나무랄 데가 없구나. 헌데?"

"이혁공파 32대손입니다."

"허……."

주한은 일단 눈을 질끈 감았다. 뭐라도 날아오겠지 싶어서였다. 하지만 조용했고, 그래서 눈을 떴다. 유학이 지휘봉으로 마비된 왼팔을 톡톡 치고 있었다. 저절로 숨이 꼴깍 넘어갔다.

"허면 그 준장이란 이가 혹 학철이냐?"

"예, 할아버님."

"그렇구나."

지휘봉 향하는 곳이 다리 쪽으로 옮겨 갔다.

"그 아이는 언제 알게 되었는고?"

"제가 고2, 그 친구가……."

"친구?"

"그 사람이 고1 때, 만났습니다. 같은 고적 탐구반에 있었습니다."

"그때부터 연애했다는 뜻이냐?"

"아닙니다. 이혁공 후손이라는 거 알고 계속 선후배로만 있었습니다."

"헌데 이제 와 돌이켜 보니, 그 아이 아니면 안 되겠더냐?"

"예, 할아버님."

지휘봉의 끝이 다시 팔을 향했다.

"맘고생 좀 했겠구나."

주한이 고개를 숙였다. 의외로 희망적인가 보다, 안도하면서. 하지만 너무 섣부른 판단이었다.

"나 또한 버리기 아깝기는 하구나."

바닥을 향해 있던 주한의 고개가 순식간에 들려 올라갔다.

"가 보거라."

"할아버님."

유학이 손짓을 하자 숙분이 유학을 조심스럽게 뉘어 주었다. 그러고는 주한을 향해 '어여 가 봐.' 하고 소리 없이 입만 벙긋했다. 주한이 유학의 등을 향해 말했다.

"할아버님. 늘 실망시켜 드려서 죄송했습니다."

그리고 절했다.

"다음 휴일에 또 오겠습니다, 할아버님."

"주한아."

자리에서 일어서던 주한이 다시 원위치했다. 유학은 그대로 등을 돌린 채였다.

"예, 할아버님."

"나는 네게 실망한 적 없다."

주한은 울컥했다.

"예, 할아버님."

주한이 나갔다. 주한이 앉았던 자리로 숙분의 깊은 한숨이 내려 앉았다.

효엽은 무슨 날도 아닌데 갑자기 송주로 들이닥친 아들 내외 앞에서 긴장했다. 게다가 학철은 훈장을 포함한 약장까지 주렁주렁 매단 정복 차림이었다. 보통 중요한 일이 아니라는 의미였다. 하지만 효엽은 끝말잇기의 달인답게 '긴장'을 '장난'으로 이어받았다.

"피난 가야 하냐?"

"아닙니다, 아버지."

"하긴 보따리 이고 지고 들입다 뛸 나이는 아니지, 내가. 전쟁 나도 나한텐 알리지 마라. 모르고 있다가 죽을란다. 친정 가 있는 네 엄마한테는 꼭 알려 줘라. 그 짧은 다리로 잘도 도망갈 게다."

"아버지도 참."

"전쟁이 나라에 난 게 아니면 집안에 난 게로구나."

"그런 셈입니다."

"어여 불어 봐, 그럼."

"금이한테 처음으로 사람이 생겼습니다."

가족 중에서 현철에 대해 아는 사람은 맑음뿐이었다. 정금을 보러 들렀다가 얼결에 현철과 더불어 밥 한 끼 했던 맑음이 현철의 존재에 대해 그 어디에도 말하지 않은 때문이었다. 한마디로 마음에 들지 않아서였다. 사람이 마음에 들지 않는다는 생각에 훨씬 앞서, 두 사람 사이에 오고 가는 감정의 기운이 마음에 들지 않았다는 게 정확한 표현이었다.

"경사로고. 뭐 하는 놈인데? 나이는?"

"그게 문제가 아닙니다. 아버지."

"왜. 애 딸린 이혼남이기라도 해?"

"아닙니다."

"그럼 뭐가 문제인고?"

"그것이⋯⋯."

"애비 숨넘어가는 거 볼 작정이냐? 나 빨리 죽어야 재산이 는다던?"

"아버지도 참."

"그러니까 뜸 들이지 말고 빨리 불어."

"동성동본입니다."

"허⋯⋯."

"그러니 제가⋯⋯."

"쌍수 들고 환영할 일은 아니구나."

"그래서 제가⋯⋯."

"그렇다 해도 그게 전쟁으로 번질 만큼 중차대한 사안이라고는 또 할 수 없지. 전쟁이란 모름지기 목숨이 오고 가는 게 기본이거늘, 동성동본이 목숨을 논할 만한 일인 건 아니니 말이지."

"문찬공파 27대손이랍니다."

"허허⋯⋯."

팔십 후반의 노인이었다. 혹 쓰러지기라도 할까 걱정된 학철과 맑음이 효엽을 꼼꼼하게 살폈다. 하지만 의외로 효엽은 담담했다.

"제가 악연 어쩌고 했다가 난리 났었습니다."

"금이 앞에서 그런 소릴 했다고?"

"예."

효엽이 팔을 휘둘러 학철의 머리를 때렸다. 빡, 하는 소리가 크게 났다. 노인답지 않게 손이 어찌나 매운지 학철은 순간 비명을

지를 뻔했다.

"이 모자란 놈아. 그게 새끼 앞에서, 새끼가 맘에 두고 있는 놈을 일러 할 소리냐?"

"아버지."

"금이 안 울디?"

맑음이 대답을 가로챘다.

"대성통곡했어요, 아버님."

효엽의 손이 한 번 더 학철의 머리를 갈겼다. 빡.

"세상에서 제일 모자란 놈이 마누라랑 새끼 울리는 종자라고 내가 말했더냐, 안 했더냐?"

"하셨습니다."

"입에서 나온다고 다 말인 줄 아냐? 가리고 가려서 해도 오해가 쌓이는 게 말인데, 악연이 뭐야 악연이. 좋은 말 다 놔두고."

"원수라고 배웠으니 당연하지 않습니까. 왜 저한테만 그러세요?"

"원수야 우리 늙은것들끼리나 원수 먹고 사는 거지, 그 어린것들이 무슨 원수라고."

"그건 아니지요, 아버지. 금이가 어려서 들은 이야기가 얼만데, 당연히 원수지요, 아버지."

"그러니 하는 말이지. 네 할아버지께서 금이 붙들고 툭하면 들려주곤 하셨다만, 그게 언제 적 일이라고."

"그럼, 아버지는 괜찮으신 겁니까?"

"나만 괜찮으면 뭐 해. 그 망할 놈의 영감탱이 고집이 얼마나 쇠심줄인데."

"예? 그게 누군데요?"

"알 거 없다."

"아버지."

"아이고, 두야."

"아버지."

"알았으니까 고만 불러."

이마를 문지르는 효엽에게 맑음이 찻잔을 밀었다. 효엽이 단숨에 들이켰다.

"헌데 뭐 하는 놈이라고?"

"카페 사장이랍니다."

"나이는?"

"금이보다 한 살 웹니다."

"생긴 건?"

"그건 모릅니다."

"몰라? 그럼 키는?"

"그것도 모릅니다."

"안 물어봤어?"

"예. 문찬공파에 놀라서."

"이런 모자란 놈. 그런 중요한 거를. 넌 그래, 금이가 천하의 박색하고 살림 차렸으면 좋겠냐?"

"예? 아버지."

"어멈아."

"예, 아버님."

"나 미역국이 먹고 싶구나. 황태 듬뿍 넣어서."

"예, 아버님. 금방 해 드릴게요."

맑음이 방을 나가자 효엽이 학철의 귀를 잡아당겼다.

"아파요, 아버지."

"너, 온 김에 네 엄마 좀 실어다 놓고 가라. 네 외삼촌이 거의 울더라. 제발 데려가라고. 그래도 아들 말은 듣는 시늉이라도 하니까 네가 다녀와."

"언제 가셨는데요?"

"나흘 전인가, 닷새 전인가. 아이고, 젊어서부터 내가 정갑연 씨 때문에……."

"예. 그러겠습니다. 그럼, 금이는요."

"생각 좀 해 보자. 이런 일을 종중 건너뛰고 나 혼자 어쩔 수는 없으니."

"그런데요, 아버지. 제가 좀 헷갈립니다."

"뭣이."

"동성동본에 초점을 맞춰야 하는지, 문찬공파라는 데 초점을 맞춰야 하는지."

"이해한다."

"두 가지를 한꺼번에 생각하다 보면 덩어리가 너무 커져서, 제가 입장이 정말 난처합니다."

"또한 이해한다. 어쨌거나 금이는 울리지 말어. 또 울렸다가는 재산 한 푼도 안 넘겨줄 거니까."

"재산 말씀 좀 그만하세요. 누가 들으면 재벌인 줄 알겠어요. 그리고 하나도 안 남겨 주셔도 전 연금만으로도 충분히 삽니다."

"잘났다, 이놈아. 그 연금만으로도 충분히 살 수 있도록 뒷바라지해 준 게 나라는 것만 기억해라, 이놈아."

학철에게서 손을 뗀 효엽이 탄식하듯 중얼거렸다.

"그러게. 우리 조상님들도 너무하시지. 자리도 넓던데 그냥 사이좋게 계시게 두지, 뭘 그예 파내 가라고. 그 얼마나 박정한 처사란 말이야. 아이고, 두야. 싸우는 거 딱 질색이구만. 아이고, 두야. 그러게 그 망할 놈의 영감탱이, 그때 내 말 들었으면 좀 좋아."

효엽에게 아주 오래전 일이 어제 일처럼 선명하게 떠올랐다. 나이가 들어 갈수록 하루나 이틀처럼 바로 전에 겪은 일보다, 몇 년 혹은 수십 년 전에 있었던 일이 더 정확하게 되새김되는 경향이 있다더니, 뚜렷해도 너무 뚜렷했다.

'고집통이. 게으름뱅이. 겁쟁이. 벽창호.'
'그래 봐야 아무 소용 없습니다.'

'관둬. 옛날 일 떠올려서 뭐 하게. 앞으로 어찌할 건지 그거에나 집중해야지. 내 새끼가 울었다는데. 우리 금이가 어디 우는 아이였냐 이 말이지.'

"와, 우리 정금이다."

대로변인데도 불구하고 보자마자 팔부터 뻗어 오는 주한 때문에 정금의 얼굴이 새빨개졌다.

"와, 우리 갑돌이. 흰토끼가 빨간 토끼 됐네."

"하지 마요, 좀."

"빨개지니까 야해."

"아, 형님."

주한이 쿡쿡거리며 정금에게 팔을 둘렀다.

"안 피곤해? 휴일인데 집 다녀오느라고 아무것도 못 해서 어떡

하지?"

"신나서 갔다 왔는데요, 뭐."

"아까 전화로 대충 듣긴 했는데, 괜찮은 거지?"

"네. 엄마는 완전 내 편. 내가 울었더니 두 분 다 놀라셔 가지고."

"어? 울었어? 어디 봐. 눈 안 부었는데."

"엄마가 얼음 마사지 해 줘서 가라앉혀서 왔어요."

"아, 속상해."

"그런 형님은 할아버님 잘 뵙고 온 거예요?"

"어."

"혼났어요?"

"뭐 날아오고 그러진 않았어. 생각했던 것보다 조용하시던걸?"

"원래 뭐 날아오고 그래요?"

"아버지 때는 그러셨지. 지금도 생생해. 그땐 정말이지 후……
뭐, 그때가 유일한 예외였고, 할아버님은 주로 논리. 좌정하고 조곤
조곤 말씀하시기 시작하면 식은땀 나고 그랬지. 아마 집안 어른들
중에서 할아버님한테 뭐라고 대꾸할 수 있는 사람 하나도 없을걸.
그래도 이번에 뵈니까 늙으셔서 그런지 전보다는 덜 무섭더라. 명절
엔 내가 제일 뒷줄이라 이번처럼 가까이에서 뵐 일이 거의 없거든."

"우리 할아버지랑은 완전 반대시라니까. 우리 할아버지는 진짜
장난꾸러기신데. 학생들하고도 같이 놀고 그러셨다 그러던데."

"그래서 요렇게 예쁜 정금이 토끼가 나온 거구나."

"하지 마라니까요, 진짜."

"왜. 예뻐서 예쁘다고 하는 거고, 토끼 맞아서 토끼라고 하는
거고, 갑돌이 같아서 갑돌이라고 하는 건데."

주한이 팔을 당기자 정금이 딸려 왔다. 주한이 정금의 이마에

입을 맞췄다.

"아, 형님."

"예뻐 죽겠어. 예뻐 죽겠다고 말할 수 있어서 좋아 죽겠어."

그 말에 정금은 잔소리를 거두어들였다.

"근데, 너무 오래 걸리면 어떡해요?"

"걱정 마. 우리가 이겨. 지금은 그게 보여. 시간이 우리한테서만 흐른 게 아니라는 거 느껴졌어. 몰래 만나면서 버틸 걸 그랬다는 생각까지 들더라."

"뭐, 그땐 어렸으니까."

"미안해, 정금아."

"난 뭐 잘했나. 나도 미안한 거 많은데."

"정금이가 왜. 우리 정금인 미안 그런 거 하지 마."

정금이 배시시 웃자, 주한이 이마 뽀뽀를 한 번 더 시도했다. 쪽.

"그럼 다음 휴일에도 할아버님한테 가는 거예요?"

"가야지. 근데 간격을 좀 좁혀야겠어. 일주일에 한 번이 아니라 닷새 정도에 한 번꼴로."

"안 힘들겠어요?"

"전혀. 사는 거 같은 게 기운이 막 넘쳐. 참, 학교는?"

"실없는 사람 됐지, 뭐. 교감 샘 반응이 걱정됐었는데, 웬일로 그냥 넘어가시대?"

"도망가기 전에 잡아서 다행이야. 큰일 날 뻔했어."

주한이 정금의 손을 끌어다 입술에 대고 부우…… 했다. 정금이 눈초리를 길게 뽑으며 웃자 주한이 고개를 내려 쪽 하고 입을 맞췄고, 결국 정금에게 등을 한 대 맞고서야 입을 거두어들였다. 그리고 나머지 입맞춤은 정금의 오피스텔에서 계속되었다.

주한은 그야말로 걸신들린 듯이 정금을 탐했다. 회복되기 시작한 체력을 모조리 정금에게 쏟아붓는 형국이었다. 그래도 지치지 않았고, 오히려 생기가 넘쳐서 장자빌딩 식구들한테 한 마디씩 인사를 듣고는 했다. 압권은 건물주의 둘째 아들 곽이현이었다.

'우리 민 사장님. 뭘 드시고 그렇게 반짝거리는지 전 다 압니다.'

아내에게 원체 유별나게 구는 사람이어서 평소 재미있게 관찰하곤 했는데, 들어 두면 도움 될 게 많을 것 같아 술 약속도 잡아 둔 터였다. 주한은 이제 적극적으로 행동하는 사람이고 싶었다. 정금에게는 특히 더더욱.

"정금아. 안 빼도 되지?"

"그러고 싶어요?"

"손잡으면 놓기 싫은 거랑 비슷해서. 솔직히 그거랑은 비교도 안 되게 좋기도 하고."

"그럼 그렇게 해요."

조금이라도 움직였다가는 정금의 몸 안에서 자신의 분신이 빠지기라도 할까 봐, 주한은 정금의 몸 위에 죽은 듯이 납작 엎드려 있었다.

"무거워?"

"안 무거워요. 희한한 게, 내 위에 80킬로그램짜리 물건이 이런 식으로 놓여 있다 그러면 딱 그 자리에서 죽지 싶은데, 형님은 같은 무겐데도 왜 하나도 안 힘들지?"

"진짜?"

"응."

"그거 좋다, 정금아. 반말."

"말 놔 줬으면 좋겠어요?"

"어."

"그래 그럼. 아이 쎈나. 대장 민주한한테 막 맞먹고. 기하 다닐 때 그랬으면 내가 학교 다 뒤집어엎고 다니는 건데. 나머지 천왕들 전부 아래로 깔아 보고. 특히 그 박사, 그 선배가 나한테 뭐라고 한 줄 알아요? 넌, 성염색체가 어떻게 되니? 혹시 Y만 두 개니?"

"서재필이 그랬어?"

"응. 아, 진짜. 내가 좀 선머슴처럼 하고 다니긴 했지만, 그래도 그렇지, 어떻게 X가 한 개냐도 아니고 Y만 두 개냐는 소릴 할 수가 있어? Y만 두 개면, 그럼 그게 사람이야? 자웅, 아니 웅웅 동체 괴물이지? 나 같은 천생 소녀가 또 어디 있다고. 그때 형님한테 이를까 하다가 참았다? 형님 이미지 지켜 주려고? 아, 진짜. 그 박사 길에서 만나기만 해 봐. 도깨비처럼 생겨 갖고는 잘난 척 대마왕."

조잘조잘, 흥분해서 떠드는 정금이 사랑스러워서 주한은 어떻게 해야 할지를 모를 지경이었다.

"그랬어?"

"일렀으면 손 좀 봐 줬을라나?"

"그랬을걸?"

"진짜?"

"그럼."

"아이 또 쎈나. 안 그래도 눈빛이 시퍼런 사람이 눈두덩까지 시퍼랬으면 볼만했겠다. 확 일러 버릴걸."

정금은 정말 진지한데, 주한은 자꾸만 웃음이 비어져 나오려고 해서 곤란하기가 이루 말할 수 없었다.

"우리 정금이, 애들이 엄청 좋아하지? 예쁘고 재밌다고. 보건실 막 미어터지고 그러는 거 아니야?"

"어떻게 알았어? 맨날맨날 꽉꽉 차. 문을 못 닫아."

"하오, 예뻐. 예뻐 죽어 내가."

우우움…… 쪽, 우우움…… 쪽…….

"아, 빠졌다. 움직이지 말걸."

"어차피 이따가 또 넣을 거면서."

"어떻게 알았어?"

"아, 몰라요. 따라 하고 그래."

"말 놔야지."

"아, 몰라."

"하우, 미치겠다. 정금아. 뽀뽀 딱 백 번만 하고 밥 먹으러 가자."

"백 번? 닳겠다."

"닳으면 내가 쭈물쭈물해서 도로 살려 주면 되지. 그럼 이제 뽀뽀 시작할 테니까 우리 갑돌이가 번호 세."

쪽. 하나.

쪽. 아홍, 둘.

쪼오옥. 셋.

쪽. 하잉, 넷.

…….

2

　학철이 아내 맑음과 함께 정금의 오피스텔에 나타난 건, 정금이 폭풍과도 같은 눈물을 쏟아 내고 엿새가 지난 토요일 이른 아침이었다. 연락도 없이 들이닥친 두 사람을 보고 정금은 가슴을 쓸어내렸다. 금요일 밤에 와서 정금을 안고 또 안은 주한이 〈프롤로그〉 오픈 시간에 맞춰 나가지 않았다면, 서로 대단히 민망한 상황이 연출될 뻔했던 것이다.

　학철이 신도 벗지 않고 현관에 선 채로 말했다.

　"금아. 가자."

　"어딜요?"

　"형님 보러 가자고."

　"아, 아빠. 무슨 이 시간에."

　"그래?"

　"아무 때나 가서 영업 방해하면 안 되죠. 비는 시간 따로 있어요."

맑음이 "거 보라니까. 꼭두새벽부터 사람 혼만 다 빼놓고." 하면서 안으로 들어섰고, 학철도 잠시 머뭇거리더니 따라 안으로 올라왔다. 하지만 학철은 곧 다시 일어나 성화를 부리기 시작했고, 정금은 결국 기범이 출근하는 시간에 맞추어 〈프롤로그〉로 향했다.

"아빠, 믿어요."

"믿는 도끼에 발등 찍힌다는 말 몰라?"

"몰라요. 난 도끼는 금도끼랑 은도끼밖에 모르니까. 다 가질 거야."

"아이고. 애들 데리고 놀더니 유치해졌어."

"원래 유치해요. 아빠 닮아서."

"흐흠, 크흐흠⋯⋯."

언덕을 오르는데, 장자빌딩 앞에 차렷 자세로 서 있는 주한이 보였다. 대번에 표정이 달라지는 정금을 백미러로 발견한 학철이 "저놈이냐?" 했고, 맑음이 "애 듣는데 놈이 뭐예요, 놈이." 하며 타박했다.

주한이 차를 주차장으로 안내해 주고는 차에서 내리는 학철과 맑음에게 정중하게 인사했다. 갑작스러운 방문임에도 그새 슈트까지 갖춰 입은 주한이 고맙고 어여뻐서 정금이 주한을 향해 토끼 웃음을 지었다.

"아까 보고 또 보니까 너무 좋다."

주한이 정금에게 귓속말하자 정금이 "흐응⋯⋯." 하고 콧소리를 내며 주한의 등을 주먹으로 때렸다. 찰싹 붙어선 둘의 모습을 맑음이 흐뭇하게 바라보았다.

'다르네. 그럼, 저래야지. 얼마나 보기 좋아. 우리 딸, 애교고 응석이고 다 없어진 줄 알았더니 그래도 형님한텐 하는 모양이네. 얼마나 다행이야. 끝까지 사내처럼 살면 어쩌나 걱정했는데. 하우, 너무 좋다.'

카페 안쪽의 세미나실에 네 사람이 자리를 잡고 앉았다.

"아직 종중의 의견을 거쳐야 할 일이나, 마냥 기다리고만 있기에는 답답한 마음이 가시질 않아서 이리 됐네. 일하는 곳인데 미안하게 됐네."

"아닙니다. 모시게 돼서 설렙니다."

'설레다'라는 단어에 정말 설레진 맑음이 팔을 교차해 가슴을 덮으면서 고개를 끄덕였다.

"금이가 대성통곡을 했네. 우리 금이가 그렇게 나올 정도면 자네가 여러모로 확실한 인물일 거라고, 나나 이 사람은 믿는 바이네. 따라서 신중한 논의 끝에 금이를 밀어주기로 뜻도 맞추었네. 하니 다른 건 따질 것 없고, 난 그저 우리 형님의 각오가 궁금해서 말이네."

"예, 아버님."

"사실 일반적인 혼사야 양가 부모의 허락만 있으면 문제 될 것이 없겠지. 우리도 마찬가질세. 친족 혼인을 두고 여러 사람이 나서 본 적이 없으니 말이네. 허나 금이와 자넨 경우가 다르니 받아들이게."

"예, 아버님. 잘 알고 있습니다."

"이런 말 어찌 들을지 모르겠지만, 솔직히 금이 할아버님은 그다지 어렵진 않을 걸세. 집안의 가장 큰 어른으로 조상님을 섬기시는 데 있어 한 치의 틈도 용납지 않으시는 분이기는 하나, 성정이 원체 여리고 고우셔서 자식들 눈에서 눈물 빼는 걸 아주 못 견뎌 하시는 분이기도 하니 말이네. 물론 그 눈물이 참된 눈물일 때에 한해서지만 말이지. 아무튼지 간, 법적으로 하자가 있는 혼사도 아닌 이상, 강경하지는 않으실 거네."

"예. 아버님. 알아듣습니다."

"허나 우리 종중이 동성동본금혼법 폐지 때 강력하게 항의했던 유림 가운데 하나였고, 아울러 종중의 뜻이 여말선초에 세워진 조상님들의 유지를 따르고 있는 한, 전쟁은 피할 수 없다는 것이 내 판단이네. 무엇보다 우린 아주 특이한 케이스 아닌가. 동성동본 혼인을 반대하는 이들 가운데, 파가 다르면 남과 진배없다 하여 수긍하고 넘어가는 경우가 더러 있는데, 우리는 파가 달라서 생기는 문제 또한 결코 가볍지 않으니 말이네."

"예. 아버님."

"참, 자네 병역의 의무는?"

"육군 병장 현역 만기 제대했습니다."

"어디 있었는가?"

"안분도에 있었습니다."

"아, 거기. 금이 어렸을 때 나도 잠시 있었지. 창해바다……."

맑음이 학철의 팔꿈치를 툭툭 쳤다.

"흐흠, 흠…… 각설하고, 평생이 좌우될 전쟁을 코앞에 둔 형님의 각오가 어떠한지, 나는 그것이 알고 싶네. 중도 포기할 거면 지금 관두게."

"아버님. 제가 정금이 안 보려고 발버둥 친 세월이 12년입니다. 집안이 소란스러워지는 게 죄스러워서 견디고 버텼습니다. 그 과정에서 제가 겁쟁이라는 생각에 절망도 했습니다. 바로 그 끝에서 내린 결정입니다. 이제 와 또 포기란 있을 수 없을뿐더러, 패배도 염두에 두고 있지 않습니다. 저는 끝까지 갈 겁니다. 지금이야 저희 할아버님의 뜻이 완고하시지만, 결국엔 받아 주실 거라고 믿습니다. 제가 그렇게 만들 겁니다."

"좋아. 비록 뻔할지라도 자네는 자네 입으로 해야만 하고, 나는 내 귀로 들어야만 하는 말이었네."

학철이 맑음 쪽으로 고개를 돌렸다.

"당신은 할 말 없으신가?"

"나야 뭐…… 금이 많이 사랑해 달라고, 그거 하나죠. 뭐가 더 있겠어요."

"들었는가? 혼인이 성사되면 자네 장모 될 사람이네. 어떠한가?"

"어머니. 이런 말씀 어떻게 들으실지 모르겠지만……."

"응. 말해요."

"정금이, 예뻐 죽겠습니다. 보는 게 아까운데, 그렇다고 안 볼 수는 없어서 괴롭습니다."

"어머어머. 그래, 그래요."

맑음이 또 팔을 교차해서는 가슴을 덮자, 학철이 자신 쪽에 있는 손을 잡고 흔들면서 주한에게 손을 내밀었다. 주한이 얼떨결에 손을 잡는 것을 보고 정금이 푸식푸식 소리를 내며 맑음의 남은 손과 주한의 손을 동시에 잡았다. 그러면서 주한에게 일러 주었다.

"정호까지 우리 네 식구, 가끔 이래요. 으쌰으쌰할 일 있을 때."

주한이 알아듣는 것 같자 학철이 입을 열었다.

"자, 후회 없고 후퇴 없다. 오직 전진하고, 오직 승리할 뿐이다. 하나 둘 셋, 하면 외친다. 하나, 둘, 셋, 으악!"

"으악!"

"으악!"

맑음과 정금이 차례로 내지르는 것을 보고 상황을 파악한 주한이 힘껏 외쳤다.

"으아악!"

기하고등학교 체육 대회 날 정금이 내지르던 구호와 '으악'의 기원을 비로소 알게 된 순간이었다.

'후회 없고 후퇴 없다. 오직 전진하고, 오직 승리할 뿐이다…… 멸공의 횃불 들고 전진을 한다…… 송주, 송주, 으악! 민주한, 민주한, 으악!'

이로써 사윗감 면접이 완료되었고, 네 사람은 근처 갈비탕집에서 함께 이른 점심을 먹고 서로를 향해 손을 흔들어 주며 기분 좋게 헤어졌다. 물론, 정금은 집으로 가지 못했다. 주한이 자신이 직접 만든 큐브라테를 손에 들려 주며, 301호에서 대기해 달라고 간곡하게 청해 온 때문이었다.

"아직 오전이니까 진하게 마셔도 되지?"

"응."

"우리 정금이 좋아하길래 큐브 여섯 개 넣었어. 너무 많아?"

"아니."

"원두도 피베리야."

"응."

"그리고 이건 우유 아니고 산양유."

"응."

"애기처럼 응응 하니까 우리 정금이 더 예쁘다. 또 하고 싶어졌어."

카페 출입문 앞에 마주 서서 소곤소곤 대화를 주고받는 주한과 정금을 힐긋한 기범이 중얼거렸다.

"저렇게 될 줄 알았다니까. 사랑과 기침은 숨길 수 없다는 말이 괜히 나온 게 아니란 말씀. 그나저나 여자 손님 여럿 떨어져 나가겠네. 뭔가 대비를 세워야 하는데…… 음……."

검은색 지휘봉이 조용했다. 찾아온 건 여섯 번째지만 유학 앞에 앉은 건 다섯 번째였다. 먼젓번에 왔을 때는 숙분이 말렸었다.

'우리 막둥이. 오늘은 그냥 가야겠네. 좀 안 좋으셔서……'

몸이 불편한 것으로 이해하고 나오던 주한에게 큰아버지 찬범이 따라 나와 넌지시 일러 주었더랬다.

'네 아버지가 한바탕하고 갔다. 사업을 확장한다나. 후우……'

그래서 주한은 조심스러웠다. 아무리 유학이 찬기를 열외로 여기고 있다고는 해도, 자신은 찬기의 아들이었다. 그것도 외모를 그대로 내리받은. 차마 얼굴도 쳐다보지 못하고 앉아 있자니 유학의 목소리가 들려왔다.

"기어이 나를 넘기고 싶은 게냐."

주한은 핏기가 가시는 심정이었다.

"아닙니다."

"허면."

주한은 말을 돌리지도, 꾸미지도 않기로 했다.

"어려서……"

여기서 주한은 잠시 목이 메었다. 하지만 감정을 추스르고 이어 나갔다.

"친구들은 저하고 달랐습니다. 어렵고 힘든 일이 생기면 우선은 부모님을 떠올리는 것이 저하고 달랐습니다. 저는 그럴 적마다 할아버님과 할머님이 제일 먼저 생각났고, 그다음으로 누나가 생각났습니다."

숙분의 숨소리가 조금 커졌다가 가라앉았다.

"그래서 제가 지금 올 데가 여기밖에 없습니다."

숙분이 "흐음……." 하고는 옆에 있던 작은 수건을 가져다 눈에 대었다.

"허면 전에는 왜 오지 않았느냐."

"혼자 해결하고 싶었습니다. 그래야만 한다고 믿었습니다."

"헌데 지금은 왜 달라진 게냐."

"혼자서는 할 수 없다는 걸 깨달았기 때문입니다."

숙분의 훌쩍임만 간간이 들리는 가운데 침묵이 흘러갔다.

"일전에 네가 내게 이르기를, 실망시켜 죄송하다 했다. 그 생각의 연원이 무엇이냐?"

"할아버님의 뜻대로 살고 있지 못하다고 생각했습니다."

"네가 내 뜻을 아느냐?"

주한은 말문이 막혔다.

"모릅니다. 죄송합니다."

"죄송해야지."

"예."

"허면, 하나는 확실히 해 둬야겠구나."

유학의 낮고 까슬까슬한 목소리에 주한이 집중했다.

"나는 법학자다. 뿐이냐. 법을 수호하고 법을 집행하는 것이 내 평생의 일이었다. 따라서 동성동본 혼인에 대한 현 법률을 사사로이 거스를 뜻이 내게는 없다. 집안의 그 누구도 그 문제에 대해서는 두말하지 못할 게다. 허나, 이혁공파라면 이야기가 달라진다. 그것은 법의 문제가 아니니. 알아들었을 거라 여기고 긴말 않겠다."

또다시 침묵이 흘러갔다. 이젠 숙분에게서도 아무런 소리가 새어 나오지 않았다. 주한도 입을 다문 채였다.

'할아버님. 하나라도 덜어 주셔서 고맙습니다. 이젠 사흘거리로 오겠습니다.'

이레 간격에서 닷새로, 이제 사흘로, 그다음은 매일이 될 것이었다. 주한은 마음을 단단히 먹으며 혹시 다음 말이 또 있을까 잠자코 기다렸다. 하지만 한참 뒤에 나온 말은 주한을 향한 말이 아니었다.

"여보."

"네."

"주한이 든든히 먹여 보내시오."

"네."

숙분이 손짓했다. 주한은 그 손짓의 의미를 알아들었기에, 유학을 향해 절하고 물러 나왔다.

대문을 등지고 서서 주한은 심호흡을 했다.

'이제 여섯 번. 아니, 다섯 번.'

주한이 고개를 돌렸다. '민유학'이라는 문패가 눈에 선명하게 들어찼다. 거기에 한동안 시선을 두고 서 있던 주한이 몸을 돌려선 담 가장자리에 세워 둔 차로 향했다.

'오백 번을 더 무릎 꿇어야 한대도 괜찮아. 하아, 처음부터 꿇었으면 지금쯤은 오백 번을 채우고도 남았겠지. 아니, 천 번은 거뜬히 넘겼으려나.'

어머니 주은의 말마따나 성인이었다. 그냥 식 올리고, 내처 혼인 신고 하고, 그럴 수 있었다. 하지만 주한은 절대 그러고 싶지 않았다. 그러면 정금의 입장이 아버지 찬기의 둘째 마나님 태란의 처지와 다를 게 없다는 생각이었다.

물론 정금은 태란과 완전히 같지는 않았다. 민주한의 명실상부한 배우자로 서류에 올라갈 것이었으므로. 그렇다 해도 반쪽짜리일 수밖에 없었다. 시가 모임에 얼굴 한번 내비치지 못하는, 시집 어른들로부터 덕담 한마디 듣지 못하는, 말 많은 이들로부터 뒤에서 무슨 흉이 잡힐지 모르는, 그런 반쪽짜리. 그런 서글픈 인생으로 정금을 끌고 들어가고 싶지 않았다.

'정금이가 얼마나 귀한 사람인데. 정금이가 나한테 어떤 여잔데. 정금인 그에 걸맞은 대접을 받아야 해. 홀대받는 건, 결코 있을 수 없어. 무슨 일이 있어도 내가 바꿔.'

차에 올라 시동을 걸려던 주한이 핸드폰을 들어 1번을 눌렀다. 이젠 당당하게 입력해 둔 정금의 단축 번호였다. 누르고 싶으면 언제든 눌러도 괜찮은 번호였다.

— 형님. 갔다 왔어요?

입이 절로 벌어졌다. 목소리만 들어도 하늘을 나는 기분이었다.

"아직. 지금 나왔어. 이른 저녁이라도 먹고 가라고 하셔서. 우리 정금인 퇴근했어?"

— 응. 막. 그럼 형님은 카페로 다시 들어가나?

"그래야지. 오늘은 기범이 한 시간이라도 일찍 들여보내려고. 지금 혼자 바쁘니까."

— 아. 사장님이 연애하면 직원이 힘든 거구나.

"푸웃!" 하고 웃음이 튀어나왔다. 안 그래도 기범이 한 소리 한

참이었다.

'시간 외 수당으로 때울 생각 마세요. 나중에 저 연애하면, 사장님 한 대로 고대로 다 할 건데, 그때 구박하지 마시라고 저축하는 거예요. 그렇게만 알아 두세요.'

"알바 구하자 했더니, 그건 싫다네."

— 왜?

"알바는 공으로 쓰냐고. 그럴 돈 있으면 자기 달라고."

이번엔 정금이 "푸웃!" 하고 웃었다.

"아, 우리 정금이 보고 싶다."

— 이따 보러 오면 되지.

"그래도 돼?"

— 왜 안 되는데?

"내가 좀 들볶는 거 같아서."

— 아니야.

"아니야?"

— 아니야.

"그래. 그럼 이따가 갈게. 피곤하면 자고 있어."

— 응.

같이 살고 싶다는 말이, 아침저녁으로 보고 살았으면 좋겠다는 말이, 입술에서 맴돌았다. 하지만 주한은 참았다.

"정금아."

— 응?

"예뻐."

— 민주한도 예뻐.

"사랑해. 처음부터 사랑해."

— 응.

"정금인 사랑한다고 안 해 줘?"

— 나는 이따가 할래.

"그래. 내 토끼."

종료 버튼을 누르자 액정에 정금의 사진이 떴다. 그 사진이 마치 현실의 정금인 양 주한이 손가락으로 살살 어루만지기 시작했다.

"정금아. 사랑해. 늦은 만큼, 늦어질 만큼, 더 많이 사랑해. 내 토끼, 내 갑돌이. 정말정말 사랑해."

주한이 시동을 걸었다. 차가 출발했다. 그 모습을 2층 난간에서 바라보고 있던 숙분이 유학에게로 향했다.

"갔어요."

유학이 고개를 끄덕였다. 바로 안 가고 차에서 무얼 했을지 훤히 그려졌다.

숙분이 유학을 부축해 일으켰다. 운동 시간이었던 것이다. 아니 어도 움직여야 했다. 그래야 잠들 수 있을 테니까.

주한이 정금을 잡아끌어 제 옆에 앉히자 승욱이 경악을 금치 못하겠다는 표정을 지었다.

"하, 갑돌이 옆자린 내 차지였는데. 하, 세상에 만상에. 아, 가슴 허전해. 아, 옆구리 시려."

"내가 옛날부터 이 말 하고 싶었는데, 너 앞으론 건강 상담 반으로 줄여라. 우리 정금이 힘들다."

"허. 임상이 어떻고 저떻고 하더니, 그게 다 갑돌이 스트레스받을까 봐 그런 거였냐? 기가 차서 말이 안 나오네. 이보세요, 민주한 씨. 지금까지 갑돌 군 케어하고 산 건 저거든요? 근데 이제 와 소유권 주장이세요? 와, 이거 보게. 진심 깽판 치고 싶네."

"봐줘라, 좀."

"꼴 보기 싫어 새끼야."

"그것도 그래. 서른이 넘었는데 새끼가 뭐냐, 새끼가. 우리 예쁜 정금이 듣는데. 언어 순화 좀 하자."

"허. 허어…… 언어 순화? 미꾸라지 대서양에서 잠수 타는 소리하고 있네. 갑돌아, 너도 얘랑 같은 생각인 거냐?"

"아니에요. 하던 대로 해요."

"거봐. 들었지, 민주한? 역시 갑돌이는 내 편이라니까. 신뢰의 역사는 내가 더 높이 쌓았다는 거 명심해라. 알았냐?"

주한이 두 손을 들어 정금의 볼을 감싸고는 제 얼굴 쪽으로 돌렸다.

"진짜 그렇게 생각해? 우리 예쁜 정금이?"

정금이 고개를 끄덕였다. 주한이 정금의 입술에 쪽, 하더니 이마까지 서너 번 '부비부비' 하고 나서야 손을 내렸다. 아까는 과장된 경악이었다면 이번엔 진짜배기 경악이 승욱의 얼굴에 나타났다.

"알았다. 정금이 괜찮다니까 별수 없지. 우리 정금이가 너무 착해서 그런 걸 내가 어쩌겠냐. 살던 대로 살아라. 근데 이거 하난 명심해라. 신뢰의 역사고 나발이고, 정금인 이제 내 거라는 거."

승욱이 좀처럼 입을 다물지 못하자 주한이 손을 뻗어 턱을 위로 쳐 올렸다.

"침 떨어질라."

"허. 허. 허어…… 허어어……."

"오래 살고 볼 일이네. 김승욱이 내 앞에서 말문 막힌 걸 다 보고."

"너 지금 일부러 더 그러는 거지? 내가 저번에 그 말 했다고, 그래서 그러는 거지?"

"아니. 이게 요즘 내 일상이다."

승욱이 정금에게 향했다.

"갑돌. 정말이냐? 민주한이 진짜 늘 저런다고? 밖에서도?"

"네."

"흐어어……."

승욱이 한숨에 한숨을 더해 가며 알아듣지 못할 말을 한참 동안 구시렁거렸다.

"이제 난 어쩌고 사냐. 갑자기 외로워지네."

"너도 연애해."

"이 나이에 연애하면 십중팔구 결혼 얘기 나올 텐데, 난 자신 없다."

"왜?"

"우리 집 보스가 웬만해야지. 고부 갈등 생겨서 1년 내 이혼한다는 데 내 꼴난 퇴직금 건다."

"좀 덜하시다며."

"하아…… 나이 들어도 계룡산 호랑이는 계룡산 호랑이고, 힘 빠져도 아마존 악어는 아마존 악어지."

"결혼 못 할 정도인 줄은 몰랐는데, 힘들어서 어쩌냐."

"그러니까 나하고 계속 놀아 줘야 한다고. 나 왕따 시키지 말라고. 아, 갑돌이가 내 옆에 앉아서 선배님, 선배님, 할 때가 천국이고 극락이었다는 게 뼈저리게 느껴지누나."

정금이 울상이 돼서는 승욱을 달랬다.

"달라질 게 뭐 있다고 그래요. 지금까지처럼 하면 되지. 걱정 마요. 그리고 선배 인연도 어디선가 열심히 다가오는 중일 거예요. 조금만 더 기다려 봐요. 그때까진 내가 놀아 줄게요."

"약속했다?"

"네."

"그럼 이거……."

승욱이 새끼손가락을 내밀었다. 정금이 웃으며 제 새끼손가락을 걸어 주고는 애들처럼 도장도 찍고 복사에 코팅까지 해 준 다음 화장실에 간다며 일어섰다. 정금이 모습을 완전히 감춘 것을 확인한 승욱이 주한을 보고 씨익, 웃었다.

"아이 원! 넌 나한테 안 돼, 새끼야. 키만 멀대같이 큰 어깨 바보가 어디 전두엽 미남을 이길라고."

어이가 통째로 없어진 주한이 자리로 돌아온 정금에게 승욱이 한 말을 토씨 하나 안 틀리고 그대로 옮겼지만, 정작 혼이 난 건 주한이었다. 애처럼 굴지 말라, 그게 핵심이었다. 승욱이 정금 몰래 승리의 브이 자를 그려 보이며 해맑게 웃었다.

하지만 주한과 승욱의 실랑이는 거기서 끝나지 않았다. 주차장에서 다시 시작된 것이다.

"나 혼자 가는 거야? 진짜야?"

"그래, 진짜다."

"셋이 만난 날 갑돌이 없이 혼자 가는 거, 처음이야. 으아, 이상해."

"이상하긴 뭐가 이상해. 얼른 가라 좀."

"싫어. 갑돌이 내가 데려다줄 거야. 살던 대로 살라며."

그러면서 승욱이 정금의 팔을 붙잡으려고 하자, 주한이 승욱을 잡아채서는 우격다짐으로 차 안에 밀어 넣었다.

"가라, 좀."

"사람 살려. 민주한이 김승욱 잡네. 야, 이 들짐승 새끼야. 곱게 안 만져? 우리 회사 여직원들한테는 나름 아이돌이시라고. 나 뭉개진다니까. 아! 야!"

하지만 주한은 승욱을 상체로 찍어 누르면서 안전벨트까지 채워 주고는 문을 쾅, 닫아 버렸다. 그러자 승욱이 잽싸게 차창을 열더니 정금을 향해 손을 내밀었다. 정금이 맞잡았다.

"갑돌아. 엉아와 보낸 수많은 시간을 절대 잊으면 안 돼. 특히 빵빵은 절대 까먹으면 안 돼. 그때 넌, 정말 감동이었어."

주한이 승욱에게 잡힌 정금의 손을 억지로 떼어 냈다. 결국 승욱은 "은혜를 원수로 갚는 나쁜 새끼!"까지 하고서야 마지못해 차를 출발시켰다.

"너무 그러지 마요."

"안 돼. 정금인 내 거야."

그리고 물었다.

"빵빵이 뭐야?"

"아……."

승욱이 첫 승용차를 장만했을 때였다. 2백만 원 주고 산 중고 소형차였다. 사고 칠 만큼 치고 새 차를 뽑겠다는 생각에서 굴러만 가면 된다고 큰 고민 없이 들여놨는데, 채 두 달도 되지 않아 이런저런 말썽이 시작되었다.

하나 바꾸고 나면 또 하나 고칠 게 나오는 나날 속에서 승욱의 스트레스 수치가 점점 높아지던 어느 날, 정금을 만나게 되었다. 그래도 나름 차가 있다고 전철역과 버스 정류장에서 꽤 떨어진 곳이었고, 다른 날보다 유난히 화기애애한 시간이 흘러갔다.

그런데 차에 오르고 보니 이런, 클랙슨이 먹통이 되어 있었다. 운전하는 데 지장이 있는 부분도 아니고 설마 별일이야 있겠냐 싶어 조심스럽게 큰길 쪽을 향해 나오자니, 중간 지점에서 그만 하굣길의 고등학생 무리와 한데로 섞여 버렸다. 와글와글, 야단법석, 그야말로 전진 불가였다. 클랙슨이 절실하게 필요한 순간이었던 것이다. 승욱의 얼굴이 벌겋게 달아올랐다.

그때, 정금이 창문을 내리고 밖을 향해 외치기 시작했다.

'빵빵. 비켜 주세요. 거기 멋진 남학생, 예쁜 여학생, 우측으로 조금만이요. 저기요, 진달래색 조끼 아주머니. 왼쪽으로 살짝만 움직여 주세요. 고맙습니다. 빵빵. 자동차 지나갑니다. 빵빵. 다들 비켜 주셔서 고마워요. 복받으실 거예요. 빵빵.'

그때 승욱은 정말로 감동을 받았다. 내심 창피한 중이었던 것이다. 그냥 새 차로 시작할걸, 하는 데서부터, 망할 놈의 똥차 확 버리고 갈까, 하는 데까지 오만 가지 생각이 머릿속에서 보글보글 끓어오르고 있었는데, 정금이 정말 아무렇지 않게 상황을 정리해 준 것이다.

그날 승욱은 정금의 손에 최고급 티라미수를 들려 집으로 들여보냈다. 자린고비 승욱으로서는 엄청나게 큰 지출이었다. 물론 정금의 입으로 들어가는 것을 두고 벌벌 떤 적은 없었다지만, 그래도 그 조그만 덩어리 하나에 몇만 원 지출은 승욱의 인생에 있어 분명 예외의 사건이었다.

"그런 일이 있었어?"

고개를 끄덕이는 정금을 주한이 끌어안았다. 그런 앙증맞은 추억이라니. 날카로운 도구에 찔리기라도 한 것처럼 속이 아팠다. 자신이 정금의 바깥을 떠도는 동안, 정금은 승욱과 함께 이런저런 이야깃거리를 만들고 있었던 것이다. 자신은 전혀 들어 있지 않은 두 사람만의 이야기에 주한은 가슴이 욱신거려 죽을 것 같았다.

"적당히 좀 해요."

"말 놔야지."

"어지간히 좀 하지 말입니다."

속은 타는데도 정금의 옛 말투에 저절로 웃음이 터져 나왔다. 순간, 주한의 주머니에서 핸드폰이 진동했다. 발신자를 확인한 주한의 얼굴에 대번 걱정이 서렸다.

주담은 주한에게 전화를 자주 하는 편은 아니었다. 출판사와 카페가 바로 붙어 있기도 했지만, 그렇다고 카페를 무시로 들락거리며 감 놔라, 배 놔라 하는 성격도 아니었다. 결혼 전 함께 살던 시절이나 결혼 후 데리고 살던 시절에야 유일한 보호자라는 생각에 말부터 앞선 적이 여러 번 있었지만, 주한이 독립하면서는 정서적으로도 독립을 시켜 준 상태였다.

그런데 그 주담이 밤 9시가 넘은 시간에 전화를 걸어 온 것이다. 응급 상황이라는 생각밖에 들지 않았다.

"누나가 이 시간에 웬일이야?"

이후로 주한은 '어.' 만 한 대여섯 번쯤 하다가 핸드폰을 귀에서 떨어뜨렸다.

정금이 불안한 얼굴로 물었다.

"왜요? 무슨 일 났어요?"

"종손이 다쳤대. 자전거 타다가 페달을 놓치는 바람에 굴러서 달리는 차에 부딪쳤다는데, 안 좋은가 봐. 근데 수혈할 피가 모자란대. 비상 연락망 가동된 거야."

"네?"

"큰일 났어. 종손 그거거든. RH-AB."

"형님. 얼른 가요. 내가 그거예요. RH-AB."

"뭐?"

"가면서 얘기해요."

주한이 말하는 종손이란, 유학의 큰아들인 찬범의 손자이자 찬범의 큰아들인 주혁의 아들, 영후였다. 주혁이 원체 결혼이 늦은 탓에 나이가 곧 있음 쉰인데도 이제 아들이 유치원에 다니고 있었다. 집안의 떠받듦이 대단했고, 특히 유학의 총애가 말도 못 했다. 온 집안 통틀어 유학에게 거리낌 없이 다가가 온몸으로 비비적거리는 인물이 바로 영후 하나일 정도였다.

"혈액원에 피가 없을 수가 있어?"

"그럼요. 일단 급한 대로 내가 하고, 혹시 더 필요하다 해도 구할 수 있을 거예요. 나 〈RH-봉사회〉에 가입돼 있거든요. 거기서 도와줄 거예요. 나도 전에 수혈하러 청주 다녀온 적 있어요. 근데 아직 어린데도 벌써 알고 있네요?"

"유치원 입학 앞두고 할아버지가 체크하셨어. 집안에 모르는 사람이 없어. 할아버지가 다 알고 있어야 한다고."

"정말 대단하신 분이다."

"정금아."

"네."

"몰랐어. 미안해."

"뭘요? 내가 RH-인 거요?"

"어."

"별소리를 다 해. 당연히 모르지. 내가 말을 안 했는데 어떻게 알아요?"

"그러니까 내가 너한테 그런 말을 해 줄 만한 사람이 아니었다는 게 미안하고 속상하다고."

"형님."

"아, 진짜 속상해."

수술실 앞에서 주한과 정금을 맞이한 사람은 찬범과 주혁이었다. 저녁 바람 좋다고 아들을 데리고 놀러 나왔다가 눈앞에서 사고를 치른 영후의 엄마는 응급실에 도착해 혼자 동동거리다가 시아버지와 남편을 보자마자 기절했다고 했다. 이런저런 격식이 모두 생략된 채로 정금이 수혈을 위해 간호사와 사라졌다. 이후로는 아무도 입을 열지 않았다.

특히 주한은 마음이 복잡해서 주변이 눈에 들어오지 않았다. 어린 영후가 걱정되는 거야 인지상정이었지만, 정금이 희귀 혈액이라는 사실이 보다 더 충격으로 다가왔다. 말로만 듣던 RH-였다. 게다가 일반 혈액형 중에서도 비율이 가장 낮은 혈액형이 AB형이었다. 적은 가운데 더 적은 피가 정금의 몸속에서 흐르고 있다는 사실이 주한에게 공포를 불러왔다. 정금이 사라진 쪽을 뚫어져라 쳐다보며, 주한은 바짝 말라 버린 입술을 쥐어뜯었다.

'왜 이렇게 안 나와. 뭐가 이렇게 오래 걸려.'

몇 분인지, 몇 시간인지, 계산조차 되지 않는 시간이 한참 흐르고 나서야 드디어 정금이 나타났다. 주한이 한달음에 달려가 와락, 끌어안았다. 그 모습을 찬범이 물끄러미 바라보았다.

"사람들 봐요, 형님."

"정금아."

"네."

"안 어지러워?"

"수혈일 뿐이에요."

"정금아."

"네."

"넌 다치면 안 돼."

"네."

"정말 다치면 안 돼. 피 흘릴 일 생기면 안 돼."

"네."

"또 까먹었지, 말 놓는 거."

"응."

주한이 정금을 더 꼭 끌어안았다.

'그냥 수혈인데, 하아…… 지옥에라도 끌려갔다 온 거 같아.'

간호 장교 될 거라며 호언장담하던 정금이 일반 간호대에 입학한다고 했을 때, 그때 물었어야 했다는 후회와 자책에 주한은 잠을 이루지 못했다.

'간호 장교 포기한 게 혈액형 때문이에요. 간호 장교도 엄연한 군인이라 군사 훈련 다 받거든요. 그래서 엄마가 안 된다고. 다치면 큰일 난다고. 아빠가 희귀 혈액형이 병역 면제가 아닌 건 다 이유가 있는 거라고 괜찮다고 했다가, 엄마한테 엄청 혼났어요. 그게 아빠가 돼서 할 소리냐고 계속 울고. 거기다 대고 어떻게 우겨요. 나, 엄마 눈물에 엄청 약하단 말이에요. 그래서 포기했어요.'

결국 주한은 눈에 보이는 대로 대충 걸치고 차를 몰아 정금의 집으로 향했다. 오피스텔에 도착하니 새벽 2시 15분이 지나가고 있었다. 아무래도 놀라게 하지 싶어 잠시 망설이다가 키를 대고 들어섰다. 서둘러 신을 벗고 올라서서는 현관 센서 등이 꺼지기를 기다렸다. 곧 어둠이 찾아왔다.

암막으로 가린 오피스텔 안은 정말 어두웠다. 주한은 머릿속으로 거리를 가늠해 가며 가림 벽 너머의 침대 쪽으로 천천히 향했다. 그러곤 침대 옆에 서서 조용히 옷을 벗고는 이불을 들추고 조심스럽게 비집고 들어가 정금을 끌어안았다.

"으으음…… 형님?"

"미안해. 깨워서 미안해."

"우리 같이 잤었나?"

"응."

"그랬나?"

입맞춤이 시작됐다. 입술이 가는 대로, 입술이 닿는 대로. 정금이 꿈틀거렸다.

"정금아."

"응?"

"얼굴 보고 싶은데."

"응."

주한이 고개를 돌려 손을 휘젓자 취침 등에서 연한 빛이 퍼져 나왔다.

"정금아."

"응?"

"사랑해."

"응. 나두."

"정금아. 다치면 안 돼."

"그 말 한 번만 더 하면 백 번인데?"

"안 다칠 거지?"

"응."

"내 피랑 바꾸고 싶다."

"괜찮다니까 그러네."

"정금아."

"응?"

"사랑해. 정말 사랑해."

"응."

"정금아."

"응?"

"이어지자."

정금이 배시시 웃으며 주한의 목을 끌어안는 것으로 대답을 대신했다. 주한은 그 웃음에 눈을 고정한 채로 손을 부지런히 움직여 정금을 알몸으로 만들었다. 그러곤 부풀 대로 부푼 분신에 콘돔을 입히고 정금의 몸 안으로 부드럽게 밀어 넣었다. 순간적으로 소름이 오소소 돋아 올랐다.

주한은 가만히 있었다. 마음 같아선 정금의 몸속으로 들어가 장기 전부를 건드리면서 돌아다니고 싶은데, 그러면서 자신의 피와

다 바꿔 놓고 싶은데, 그게 불가능하다는 사실이 견디기 힘들었다.

허리에 힘을 주자 저절로 몸이 밀착되었다. 정금의 다리가 더 벌어졌다.

"힘들어? 안 아파? 쉬어야 하는데 무리시키는 거야?"

"아니야."

아니라는 걸 확인시켜 주기라도 할 것처럼 정금이 다리를 거의 수평으로 벌려 주었다. 주한은 밑으로 푹 꺼지는 기분에 현기증이 일었다.

"아, 우리 예쁜 정금이. 아, 내 야한 정금이."

주한이 상체를 단단히 고정하고 허리를 흔들어 하체만 움직여 갔다. 마치 물결이라도 치듯이. 그리고 자신이 만든 물결에 휘말린 들짐승처럼 크고 작은 원을 엉덩이로 그렸다. 그럴 적마다 자극되는 부분이 달라졌고, 그럴 적마다 경련하는 지점도 달라졌다.

정금도 다르지 않았다. 주한의 무게가 실리는 부분마다 신경이 움찔거렸고, 주한의 무게가 옮겨 앉는 부분마다 살갗이 쿨쩍거렸다.

그렇게 서로에게 매달려 있기를 한참, 정금의 입이 조금씩 벌어지며 팔이 스르르 미끄러져 내렸다. 계단을 오르기 시작한 것이다. 그것도 둥둥 떠서.

"정금아. 나 봐 봐. 응?"

계단에 집중해 있던 정금의 열띤 눈이 천천히 주한에게 와 멈췄다.

"나 누구야? 응?"

"형님…… 민주한이."

"그래, 맞아. 정금아. 내가 어떻게 해 줄까. 느껴지는 대로 얘기해 봐. 응? 어떻게 해 줬으면 좋겠어?"

"그, 하…… 그대로……."

"이대로? 힘 더 주지 말고 딱 이대로?"

"응."

주한이 페이스는 페이스대로 지키며 정금을 뚫어져라 쳐다보았다. 까만 눈동자가 기이하게 반짝였고, 흰자위와의 경계가 점점 흐릿해져 갔다.

'정금이가 이런 얼굴도 하는구나. 아, 정말 예쁘다.'

주한은 질주 본능을 억누르며 정금이 요구한 리듬과 박자를 충실히 유지했다. 정금의 눈이 스르르 감겼고, 호흡이 조금씩 가빠졌다. 계단의 꼭대기에 올라서기 직전이었다.

"정금아. 해 달라는 대로 다 해 줄게. 느끼게 해 줄게. 아, 정금아. 다 올라갔어?"

순간, 정금이 입 모양으로만 '아윽!' 하더니 주한의 팔을 움켜쥐고 부들부들 떨었다. 너무나도 고요한 절정이었다. 주한이 따라 올라가기 시작했다. 쿵쿵쿵쿵, 거침없이 뛰어 올라가기 시작했다. 드디어 정금의 옆에 나란히 섰다.

"흐윽…… 흑…….."

분출, 그리고 분출. 주한이 시트를 움켜잡고 몸을 비틀었다.

"정금아. 우리, 어디든 같이 가자."

정금이 팔을 들어 주한의 등을 감싸 안으며 속삭였다.

"응. 빼지 마요. 하나이고 싶어. 그러니까 그냥, 그냥 있어."

"그래. 그러자."

잠시 후, 두 사람은 그렇게 하나로 이어진 채로 잠 속으로 떨어졌다. 순식간이었다. 이를테면 수직 낙하였다.

3

"따발총이라도 메고 오지 그랬냐?"

"아버지도 참."

"기선을 제압하려면 그 정도는 갖추고 있어야지."

효엽에게 있어 따발총은 힘의 상징이었다. 한국 전쟁 당시에 북한군 선도 부대가 사용한 총이 PPSh-41이었는데, 연사가 어찌나 어마무시하던지 국군들이 '따발총'이라고 불렀던 것이다. 아닌 게 아니라 PPSh-41은 그 강력한 위력 탓에 한국 전쟁을 상징하는 대표적인 무기가 되었다.

"정말 괜찮으시겠어요?"

"난, 네 엄마만 집에 얌전히 있어 주면 다 괜찮다. 어째 기운도 안 빠지는지. 내가 찾으러 다니는 데 도가 터서, 죽으면 저승사자될 생각이다. 빠릿빠릿하게 일 잘한다고 아마 금세 승진하고도 남지 싶다."

"아버지도 참."

"맞는 말 아니냐. 수신제가치국평천하가 헛말이 아니다. 집 안이 평온해야 집 밖이 수월한 법이다."

"그래도 작은아버님, 만만치 않으실 건데요."

"나라고 모르겠냐. 그 꼴통머리. 허나, 꼭 나쁘다고 할 것만은 아니지."

"예?"

"종중에서 목청 제일 큰 인사가 그건데, 그 주둥이만 막으면 다음은 일사천리 아니겠냐."

"아버지도 참, 작은아버님 연세가 몇이신데 주둥이라고⋯⋯."

"연세? 그래 봐야 내 밑이다. 아직 칠십도 못 벗어난 애송이 아니냐. 하고 주둥이 맞지. 백날천날 말만 앞서는 시끄럽고 미련한 놈. 내가 생각해 둔 수가 있다. 걸려들게다."

"어떤 수요?"

"그런 게 있다."

"그래도 저는 걱정이 됩니다, 아버지. 특히 조상님 유지는⋯⋯."

"이번 일만 아니라면, 다들 까맣게 잊은 채로 무덤에 들어갔을 게다. 지금껏 따로 되새기며 살아온 것도 아니지 않냐. 금이야 어렸을 적에 네 할아버지한테서 하도 들어 알고 있었던 거지, 정호만 해도 아예 모르는 일 아니냐. 고작 11년을 사이에 두고도 그러한데, 앞으로는 더하겠지."

"그렇긴 하지요."

"내 대에서 끝내는 것이 맞다. 이장하기 전의 묘지만 해도, 후손 중에선 내가 마지막 목격자 아니냐. 그러니 매듭도 내가 지어야지. 죽기 전에 다리 뻗고 잠도 자 보고. 우리 금이가 큰일 한 게다. 내가 잘 키웠어."

"반은 누나가 키웠는데, 무슨 아버지가 다 키우신 것처럼."

"꼬우냐? 그럼 다 같이 키운 걸로 하자꾸나."

그러는 동안 학창의로 의관을 정제한 노인들이 하나둘 정자에 모여들었다. 무슨 날인 건 아니지만 아주 중요한 회의가 있으니 알아서들 하라는 효엽의 엄포가 사전에 있었던지라, 다들 긴장한 기색이 역력했다. 하지만 그들의 표정은 곧 당황으로 바뀌었다. 효엽으로부터 뜻밖의 말을 들은 것이다. 성격과 가치관에 따른 발언들이 번갈아 이어졌다.

"하늘이 무너져도 있을 수 없는 혼인입니다. 동성동본이라니."

"그게 문제가 아니잖아요. 문찬공파라는 소리 못 들었어요? 절대 안 됩니다."

"하지만 법적으로는 아무 문제가 없지요. 정확한 연도는 기억이 안 나는데, 90년대 중엽인가 말엽인가, 암튼 그때 뒤집어졌거든요. 8촌 안쪽으로는 근친혼이라서 안 되지만, 9촌부터는 나라에서도 안 막아요."

"나라 법이 그렇다 해도 안 되는 건 안 되는 거지. 뭘 그런 걸로 회의까지 소집하고, 쯧…… 아니 정금이 그 아이는……."

효엽이 손 하나를 들어 말을 끊었다.

"경고."

발언자가 대번에 숙어 들었다. 효엽은 어른들이 모여 자손들을 직접적으로 지칭하며 흉잡는 일을 대단히 혐오했다. 누워서 침 뱉기에 불과하다, 그것이었다.

"어쨌거나, 안 되는 일입니다. 자네는 왜 입 다물고 있어?"

"저는 기권표 던질랍니다. 아시다시피 제 처가에 동성동본 부부가 있어서요."

"아, 그랬지. 거긴 조용히 넘어갔다고 했던가?"

"예. 양가 어른들이 워낙 독실한 분들이셔서 종교만 같으면 된다고 하셨던 걸로 압니다."

"신식이구만."

"그렇게 말하면 안 되지. 그럼 우리가 구식이란 소리가 되잖아."

효엽이 다시 말을 끊었다.

"경고."

말꼬리 잡지 말란 뜻이었다.

"그러고 보니, 그때 동성동본금혼법 폐지한다고 했을 때요. 전국에서 유림들이 들고일어났었잖아요. 효엽 형님도 시위하러 가시지 않았어요?"

효엽이 대답했다.

"갔지."

"아니 그럼 형님도 반대하시는 거면서 굳이 뭘 우리까지 모으십니까. 그냥 형님 선에서 안 된다고 못 박으면 되실 일을."

"이제 와 하는 소리다만, 그때 걸음은 내 개인적인 뜻이 아니었다. 집안의 종손으로서 돌아가신 아버님 모시고 간 거였지."

"예? 아니 그럼 형님께선 동성동본 혼인을 찬성한다는 말씀이세요?"

"찬성이고 반대고 간에, 그런 걸 가지고 시끄럽게 군다는 것 자체가 다 내키지 않았다, 나는."

"그게 무슨 뜻이십니까?"

"동성동본이라는 게 사내들 위주 아니냐. 헌데 그 사이에 그 사내들만큼 많은 여인들이 있다 이거거든. 헌데 우리가 말하는 동성 동본은 어머니 성씨는 염두에 두지 않지. 그러니 거기서 본을 따지는 게 무슨 의미가 있겠는가 싶었다. 동성동본 간의 혼인은 같은 핏줄이라 안 된다니, 거 이상하잖아. 어머니 조상님 쪽으로는 누가 엮여 있을지 모르는데. 거긴 핏줄이 아니고 물줄이냐?"

그 말에 침묵이 내려앉았다. 심정적으로야 완전히 받아들여지지 않는다 해도, 틀렸다고 비난할 의견은 아니었던 것이다. 하지만 곧 걸걸한 목소리가 엄청 크게 튀어나왔다. 그때까지 잠자코 있던 효엽의 친아우 무엽이었다.

"형님. 그건 궤변이에요. 그러다 벌받아요. 조상님들이 가만히 계시겠어요? 집안 망한다, 이겁니다."

말이 끝나기가 무섭게 효엽이 무엽을 향해 약과 하나를 던져 어깨를 맞췄다. 효엽의 돌발행동에 그 누구보다 놀란 것은 학철이었다.

'잘 드시지도 않는 약과를 계속 들고 계시길래 왜 저러시나 했더니, 작은아버님 언성 높일 때를 기다리고 계셨던 거예요?

무엽이 버럭, 화를 냈다.

"아, 형님."

"그래, 말 잘했다. 내가 네 형님이다, 이놈아."

"아니, 형님은 내가 나이가 몇인데 이놈 저놈……."

약과 하나가 또 날아갔다.

"너, 부모님 살아생전에 너한테 뭐 해코지하신 적 있더냐?"

"예? 무슨 그런 망발을 입에 담으시는 거예요?"

"네가 방금 한 말이 바로 그 망발이다, 이놈아."

"예?"

"넌 네 새끼가 뭐 좀 잘못하면 인생 망쳐 주는 애비냐?"

"아니, 형님은 무슨……."

"근데 넌 왜 그런 소릴 하는 거냐? 집안이 망해? 넌 우리 부모님이 우리 망하게 할 분이셨다, 이거냐?"

"예? 그게 그런 소리가 아니잖습니까. 제 말은……."

"엎어 치고 메쳐 봤자 결국 한 소리지, 아니긴 뭐가 아니라고. 우리 부모님, 생전에 어떠셨냐? 당신들 생각하고 달라도, 나나 너나 먼저 간 아우가 이는 이렇고 저는 저렇고 하면서 조곤조곤 설명해 드리면 납득해 주시는 게 태반이었다. 살아 계셨다면 아마 이번 일도 신중하고 사려 깊게 고민하신 다음, 최고의 방책을 찾아내셨을 게다. 당신 뜻 좀 어겼다고 자식 지옥 불에 떠미는 그런 악랄한 분들이 아니셨다, 이거다. 도대체 너는 왜 그런 생각을 하고 사냐? 부모님이라는 존재가 생전에만 부모님이시고, 돌아가시고 나면 부모님이 아니고 원수가 된다던?"

사방이 조용했다.

"난 말이다. 나 죽고 나서 설사 학철이가 내 뜻에 반하는 일을 한대도 뭐라 안 한다. 다 생각이 있으니 그리하겠지. 물려받은 것만 고집하고 살면 그건 사는 게 아니고 죽은 거라고, 난 그렇게 가르치면서 키웠다. 혹 잘못된들, 저든 다음 대에서든 다시 잘되게끔 고치겠지. 결단코 '이놈아, 너 내 말 안 들었지? 벼락이나 맞아라.' 그런 짓은 안 한다 이거다. 집안이 망해? 이게 어디서 부모님 욕을 보이고 있어? 왜 부모님을 한낱 잡귀로 만들어? 더 할 말 있으면 떠들어 봐, 어디."

학철은 새삼 감탄했다. 어려서부터 합리적인 아버지이긴 했다. 종가의 종손이라 하면 누구나 가지게 되는 선입견이라는 게 있게 마련이었다. 어쩐지 세상과의 불화도 무릅쓰고 옛것만 고수할 것 같은. 하지만 효엽은 달랐다. 무엇보다도 효엽은 사람을 중심으로 하는 인본주의자였다. 바로 그 힘으로 중학교 교장 선생님을 거쳐 교육청 교육장으로 은퇴하기까지 존경과 공경을 받아 온 것이었으리라.

또 바로 그 힘으로 말 많고 자존심 센 한 집안을 그 긴 시간 동안 평탄하게 이끌어 온 것이었으리라. 이상이니 이념이니 주의니 하는 것을 뛰어넘는 진심.

학철은 효엽의 반의반도 안 되는 자신의 그릇이 걱정되었다. 그러면서 문득, 유학의 장남 찬범의 존재가 궁금해지기 시작했다. 그도 자신과 비슷한 고민을 안고 살고 있을 거라는 직감이었다.

효엽이 목소리에서 힘을 덜어 냈다.

"피를 나눴다지 않더냐. 위급하던 그 집 아이를 우리 금이가 살렸다 하지 않더냐. 난 그걸 우리 조상님들께서 화해하신 거라고 본다. 아니면 그 희귀한 피가 하필 이 예민한 시점에 양쪽 집안에 하나씩 있을 리가 없지."

이번엔 무엽도 무어라 토를 달아 오지 않았다. 하긴, 누군가와 척을 지고 산다는 건 분명 피로한 일이라고, 자손에게 물려줄 만한 유산은 아니라고, 그런 생각 정도는 그도 하고 있었던 것이다. 다만 지금껏 지켜 온 조상님의 뜻에 반한다는 것이 걸렸을 뿐.

하지만 그 조상님들이 화해하고자 하는 의미로 뜻을 모으겠다면 굳이. 그래도 찜찜하긴 한데. 그렇다고 끝까지 반대하기엔 내세울 논리에 힘도 부족하고. 막무가내로 소리만 질렀다간 체면이 말씀이 아니게 될 거도 분명하고. 생각할수록 개운치가 않은데. 처가에 동성동본 있다는 저놈은 아프다고 매번 빠지더니 이번엔 왜 나타나 가지고 분위기를 흐리나 몰라. 누가 도와주면 좋겠구만 다른 입들은 왜들 조용한 건지. 이를 어쩌나.

"이대로 혼사 추진할 거니까 그리들 알고, 해산. 거, 총무야. 오늘 빠진 것들, 벌금 잊지 말고 송금하라고 연락하고. 빠진 주제에 이러쿵저러쿵했다가는 족보에서 파 버린다는 말도 더불어 전하고. 비싼 밥 얻어먹고 사돈 면전에서 쌍심지 돈을 생각이면 혼삿날 아예 오지들 말라고, 그 소리도 빼먹지 말고. 그리고 무엽이 너. 너는 이놈아, 집에 가거든 당장 소학부터 다시 훑어라. 성리학이 뭔지 기본도 모르는 놈."

그 말을 마지막으로 벌떡 일어난 효엽이 학창의 자락을 펄럭이며 빠른 속도로 정자를 빠져나갔다. 그 모습에 남아 있던 어른들도 머뭇거리며 일어서기 시작했다. 누구도 입을 열지는 않았지만, 여러 말들이 마구 뒤섞여 들리는 것 같은 분위기였다. 시끄러운 침묵이라고나 할까. 그러자 제일 먼저 일어나 신을 신고 있던 기권표 어른이 마무리를 지었다.

"너무 걱정들 마세요. 혹시라도 나중에 조상님이 뭐라 하시거든, 효엽 형님한테 다 미루시면 돼요. 알아서 하실 겁니다."

얼렁뚱땅 번갯불에 콩 구워 먹듯 지나간 회합 자리를 보면서 학철은 효엽의 노련함에 혀를 내둘렀다. 시종일관 진지한 토론이었다면 효엽도 쉽지 않았을 것이었다. 누가 옳고 누가 그르다, 그리 판결 내려 했다면 끝내 얼굴을 붉히고 말 사안이었다. 그 누구의 생각도 틀리다고 할 수 없는 게 이번 일이었다.

그러니 감정을 움직여야 했던 것이다. 당장 오늘 저녁에 내가 왜 그랬지, 하고 후회하게 된다 하더라도, 바로 지금 여기서는 마지못한 긍정의 반응이라도 끌어내야만 했던 것이다.

그런데 효엽은 자신의 아우 무엽을 너무 잘 알았다. 그리고 그런 무엽을 너무도 잘 활용했다. '어어······.' 하는 사이에 그렇게 돼 버리도록 상황을 밀어붙인 효엽이 학철은 신기하고 존경스러우면서도 한없이 부러웠다.

학철에게서 한숨이 흘러나왔다.

'아버지 돌아가시면 남을 것이 없겠구나. 나는 아버지처럼은 절대 못 할 테니.'

주한이 앉았던 자리에 이번엔 정금이 무릎을 꿇고 앉았다.

"내 아가에게 이를 말이 있어 오라 했다."

"예, 할아버님."

"내 지금부터 이를 말은 자손들 중에 맏이 찬범 말고는 아는 이가 없으니, 내 아가를 각별히 여기게 되었음을 알아주었으면 하고."

"예, 할아버님."

유학의 말이 이어졌다. 단어 한 개, 문장 한 줄마다 힘이 들어 있었다.

"주한이 그 녀석이 부모 사랑을 옳게 받지 못하고 자란 것이 늘 심장에 박힌 가시 같았다. 한동안 방황하기로 제 아비의 전철을 밟으려나 염려한 적도 있었으나, 저리 제 할 몫을 잘하며 살고 있으니 갸륵하기 그지없다."

옆에 앉아 있던 숙분이 한숨을 길게 내쉬었다.

"각설하고, 나는 장자가 아니다. 허나 장자이셨던 내 형님께서

요절하셨기에 그 의무와 권리를 내가 모두 떠안게 되었다."

유학이 잠시 짬을 두었다.

"자살이셨다. 내 형님께서는 나를 무척 싫어하셨다. 어려서부터 병약하여 원대로 할 수 있는 게 많지 않았던 형님 입장에서, 밖으로 자유롭게 도는 내가 마땅치 않으셨던 게지. 해서 내가 겨레대에 입학했다고 아버님이 잔치를 벌이시던 날, 스스로 목숨을 끊으셨다. 총명한 듯하니, 골자만 듣고도 그 행간이 어떠했을지 짐작하리라 여긴다."

정금이 허리를 숙였다가 다시 바로 앉았다.

"나는 여말선초에 문찬공과 이혁공 사이에 있었던 일을 '충'의 문제로만 여기지 않는다. 뜻은 다를 수 있다. 형제라고 해서 같은 길을 가야만 하는 것도 아니다. 허나, 문찬공께서 고초를 겪으실 때, 이혁공께서 외면하신 일만큼은 용납되지 않았다. 설사 그것이 몇백 년 전의 일이라 해도 나는 용서할 수 없었다."

그럴 수 있었다. 시간도 어쩌지 못하는 일들도 있는 법이니까 말이다.

"그러한 연유로 난 조상님들의 유지를 충실히 지켰다. 화해가 필요하다는 생각도 하지 않았고, 해 오던 대로 하면서 살면 된다고 여겼다. 과거에 붙들려 사는 내가 옹졸하고 편협해 보인다는 것을 스스로 잘 알면서도, 바꾸지 않았다. 어차피 내가 죽으면 달라질 거 아는데, 굳이 미리 나설 필요 없다, 그리 작정했었다. 헌데 내 대에서 일이 벌어져, 당혹스럽기가 이루 말로 할 수 없다."

정금이 고개를 숙였다. 상처는 어른 아이를 가리지 않는다는 것, 흉터 또한 그렇다는 것. 잘 아는 바였다.

"맏이 찬범에게 미루려다가 결국 내 몫으로 떨어졌으니, 내가 매듭을 지어야 할 터. 사실 이번 일을 겪기 전에 내가 먼저 마음을 열었다면 어른으로서 면이 섰을 것이기에 안타까운 맘도 있다. 주한이 그 커다란 녀석이 무릎 꿇고 앉아 송아지 눈을 하며 나를 볼 때, 나라고 속이 쓰리지 않았겠느냐."

정금이 고개를 더 숙였다. 송아지 눈을 하고 무릎 꿇고 앉아 있었다던 주한이 상상되면서 눈물이 핑, 돈 것이다.

"그러니 인연이었던 게다. 영후와 아가가 같은 피라는 것이 나는 예사로 받아들여지지 않는다. 이제 와 말이다만, 오래전에도 기회가 한 번 있기는 했다. 내가 버렸지. 허니 이번 기회마저 놓친다면 아니 되겠다고 판단했다. 주한이 그 녀석더러 더 이상 무릎 꿇으러 올 것 없다 전해라."

정금이 고개를 들면서 유학과 눈이 마주쳤다. 정금이 다시 고개를 숙였다.

"내 한 가지 미안한 것은 찬기, 즉 네 시부 자리가 온전치 못하다는 것인데, 그 일에 대해서는 나는 아무것도 강요할 마음이 없다. 내리사랑이라 했거늘, 내리받은 것이 없는 주한이 녀석더러 올리사랑을 행하며 살라 하는 건 가혹한 일이지. 허니 그 문제는 너희 둘이 서로 상의하여 알아서 할 일이다. 내 할 말은 여기서 끝이다. 내게 할 말이 있느냐?"

"부족한 점이 많아 무엇을 어찌하겠다, 약속드릴 자신은 없습니다. 하지만 주한 혀, 주한 씨에게만큼은 마음을 다하겠습니다."

"오냐. 무조건 잘하겠다, 하는 것보다 낫구나. 이제 나가 보거라."

정금이 절하고 방을 나갔다. 정금이 나간 문에서 눈을 떼지 못하는 숙분에게 유학이 말했다.

"내 이리 길게 말한 것이 몇 년 만이오?"

"안 세 봤어요."

"잘하시었소. 그깟 거 세 봐야. 이러나저러나 오늘이 마지막이 겠지. 이젠 어른 노릇도 힘에 부쳐서 원. 총기도 전 같지 않고. 엉 뚱한 소리 할까 겁도 나고."

"애쓰셨어요. 당신은 늘 옳으셨어요."

"당신이 늘 그리 말해 주니 내가 기가 살아서. 내가 하는 건 다 맞는 줄 알고."

"맞아요. 틀린 적 없으셨어요."

"글쎄…… 이번 일 겪으면서 보니, 집안에서 영후보다 어린 사 람이 나였다는 생각이 드는 게……."

말꼬리를 흐리는 유학의 손을 숙분이 잡고 쓰다듬었다.

"그런 말씀 마세요. 당신은 언제나 최고셨어요."

"고맙소. 허면 이제 숨어서 우실 일은 없어진 게요?"

"네."

숙분의 주름진 얼굴에 햇발 같은 미소가 부드럽게 내려앉았다.

주한과 정금은 여전히 부둥켜안은 채였다. 아니, 정확히 표현하 자면 주한의 품에 정금이 푹 파묻힌 채였다. 정금의 얼굴은 눈물범 벅이고, 주한은 그저 쓰다듬고 또 쓰다듬을 뿐이었다.

시간을 거슬러 올라가면 이랬다. 번호를 어찌 알았는지, 유학이 정금에게 직접 전화를 걸어 왔다. 좀 다녀가라고. 정금은 더럭 겁 을 집어먹었다. 물론 유학은 굉장히 정중했다. 오라 가라 하는 게 예가 아닌 건 알지만, 자신이 밖으로 나올 처지가 못 된다며 양해도 구했다.

그래도 무서웠다. 영후에게 수혈해 준 데 대한 인사는 영후의 부모와 조부모로부터 이미 넘치도록 받은 터였기에, 부른다면 주한 일일 게 뻔했다. 가슴이 사정을 두지 않고 벌렁거렸다. 그렇다고 차마 주한에게 말할 수는 없었다. 주한에게 비밀로 하라고 한 건 아니었어도, 주한을 끌고 간다는 게 너무 모양이 나지 않아 보였다.

'송주 민씨 이혁공파 32대손 민정금. 육군 민학철 준장 장녀 민정금. 후회 없고 후퇴 없다. 오직 전진하고, 오직 승리할 뿐이다. 으악!'

그렇게 씩씩하게 갔고, '내 아가에게 이를 말이 있어 오라 했다.'에서 '오냐. 이제 나가 보거라.'까지 혼자서 겪었다. 듣던 대로 유학은 대단한 아우라의 노인이었다. 젊어서는 어떠했을지, 상상도 가지 않았다.

반면, 노인의 고백은 전혀 예상하지 못했던 진심이었다. 그만한 이력의 노인이 보잘것없는 어린 여자를 상대로, 그만큼 자신을 있는 대로 드러낸다는 건 쉬운 일이 아니었다. 사회생활 하면서 배운 점이었다. 늘 상대하는 학교 교감 선생님만 해도, 아랫사람 대하는 게 안하무인이었으니까 말이다.

안 그래도 마음이 무겁던 차였다. 혈액형은 자신이 노력해서 얻은 것도 아니고 그저 타고난 몸의 한 조건일 뿐인데, 마치 자신이 무슨 대단한 일이라도 한 것마냥 돌아가는 상황이 부대꼈던 것이다.

'금아, 내 새끼. 그 희귀한 피가 하필 이 시대에 양쪽 집안에 하나씩 있다는 것은 예사가 아니란다.'

그래서 효엽이 그렇게 말해 주었을 때도 깊이 받아들이지 못했다. 그런데 유학도 그 점을 짚어 주고 있었다. 긴장이 풀렸다. 〈프롤로그〉까지는 어찌어찌 왔는데, 카페로 들어서서 주한의 얼굴을 보자마자 울음이 터져 버렸다. 다리에 힘이 풀려서는 자신도 모르게 그 자리에 주저앉았다.

주한은 주한대로 기절초풍했다. 들고 있던 토마토를 내던지고 달려가 정금을 안아 들고선 정신없이 301호로 데려갔다. 그리고 얼기설기 이어지는 정금의 말을 들으며 촘촘하게 재구성했다. 결론은 유학의 허락이었다.

"정금아."

그때부터 안기 시작해서 지금까지였다. 두 사람이 시간을 몰라서 그렇지, 거의 50분이 지나가고 있었다.

"정금아. 더 울면 병나."

"응."

대답과 동시에 정금이 주한의 품 안으로 더 파고들었다.

"정금아. 형님 큰일 났다."

"응?"

"정금이 눈물이 할아버지 눈빛보다 몇 배는 더 무섭다는 거 알아 버렸거든."

"흐응……."

"정금아."

"응?"

"형님이 너무너무 미안해."

"왜?"

"결국 난 한 게 하나도 없어서. 내가 너무 못나서 미안해."

"아니야."

"아니야?"

"아니야. 하지 마. 흐웅······."

"알았어. 아니야, 아니야. 쉬이······."

토닥토닥······ 토닥토닥······.

"정금아, 나 사랑해 줘서 고마워."

"응."

"결국 내 거 돼 줘서 정말 고마워."

"응."

"아이고, 울 애기."

주한이 정금을 보다 힘껏 끌어안았다.

"정금아."

"응?"

"지금까지 정금이 아프고 애쓴 거 헛되지 않도록, 내가 잘할게."

"응."

"정말정말 잘하고 잘하고 또 잘할게."

"응."

"최선을 다해서 사랑할게."

"응."

"민주한 색시 된 게 세상에서 제일 행복한 일이 되게 해 줄게."

"응."

"세상에 대고 자랑할 일 많이많이 만들어 줄게."

"응."

"우리 예쁜 토끼, 우리 예쁜 갑돌이는 형님한테 해 줄 말 없어?"

"흐어어……."

다시 시작된 정금의 울음소리를 들으며 주한의 눈시울이 조금씩 붉어졌다.

도대체 몇 년 만인지. 주한과 정금은 방명록에 이름과 전화번호, 방문 사유를 적고 신분증까지 맡기고 나서야 학교 안으로 들어설 수 있었다. 번잡스럽게 변한 시스템의 변화가 놀라웠다. 하지만 이제 기하고등학교는 주한과 정금이 속한 세계가 아니었다. 다른 세계로 들어갈 땐, 갖추어야 할 예의와 절차가 필요한 법이었다.

두 사람은 손을 꼭 잡고 아무 말 없이 걸었다. 그렇게 정말 딱한 바퀴를 돌고 난 후 운동장 스탠드에 앉았다. 주한이 들고 있던 가방에서 미니 돗자리를 꺼내선 정금의 엉덩이에 대 주었다. 조금 있으면 텀블러가 나올 것이었다. 주한은 정금과 나들이할 때 그냥 빈손으로 나오는 법이 없었다. 깔 거, 덮을 거, 마실 거, 씹을 거가 다 기본이었다.

"형님 보따리는 진짜 만물상이야. 안 무거워요?"

"이게 뭐라고 무거워."

"형님 정말 대단하지 말입니다."

정금이 엄지까지 들어 올리며 진심으로 감탄했다. 주한은 겨을

수록 자상한 남자였다. 사내아이처럼 살던 시절에 대한 보상이기라도 하듯이 주한은 정금을 정말 공주 보필하듯, 그렇게 대했다. 섬세하기는 또 어찌나 섬세한지 생각지도 못한 부분에서 배려가 튀어나오곤 했다. 남자와 여자로 엮이지 않았다면 결코 알지 못했을 모습이었다.

정금은 가슴이 또 뭉클해져서는 괜히 주한의 새끼손가락을 잡고 흔들어 댔다. 주한은 정금이 손가락 하나하나 따로 만져 주는 걸 아주 좋아했다. 물론 주한이 그렇다고 말해 준 적은 없었다.

"좋을 때다."

주한이 운동장 한편의 남학생 무리를 보고 말했다. 휴일인데도 농구 삼매경이었던 것이다.

"우리 정금이 응원 소리 들리는 거 같다. 멸공의 횃불……."

"에헤헤…… 하잉……."

주한이 정금을 돌아보았다. 손에 얼굴을 파묻고 몸을 배배 꼬며 새실거리는 모습이 보고 또 봐도 신기했다. 정금은 의외로 애교가 많았다. 수줍음도 많았다. '천생 소녀'라더니 정말이었다. 여자와 남자로 엮이지 않았다면 결코 알지 못했을 모습이었다.

주한은 가슴이 또 뻐근해져서는 정금의 짧은 머리를 헝클어트렸다. 정금은 주한이 머리카락 만져 주는 걸 아주 좋아했다. 물론 그 또한 정금이 그렇다고 말해 준 적은 없었다.

"정금아."

"응?"

"하지 마."

"뭘?"

"하잉, 그런 거 하지 말라고."

"왜? 흥해?"

"나 녹아. 하고 싶어진다고. 그러니까 밖에선 부추기지 말라고."

"아 몰라. 하잉……."

주한이 정금의 어깨를 끌어 어깨동무를 했다.

"정금아."

"응?"

"갑돌."

"응?"

"내 토끼."

"응?"

"예뻐."

"응."

"그때……."

"그때? 언제?"

"해부루시절 신입 인사했을 때."

"응."

"그때 반했어."

"어? 뻥."

"진짜야. 난 이미 그때부터 여기저기가 간지럽기 시작했었어."

"정말?"

"근데 우리 정금이는 한참 더 있다가 간지럽다 그랬지. 서운했어."

정금이 눈을 동그랗게 뜨고 주한을 쳐다보았다.

"우리 정금이가 생고생하라고 혼내기 훨씬 전부터 난 벌써벌써 생고생 중이었다고."

정금의 눈에 순식간에 눈물이 그렁그렁 맺혔다.

"정금아."

"응?"

"가자."

"집에?"

"응."

"누구 집에?"

"우리 들어갈 집에."

"아까 들렀는데 또 가?"

"응. 가자. 수리할 거 또 없나 더 확인하자."

"살기도 전에 문지방 닳겠다."

주한이 정금의 겨드랑이에 손을 넣어 일으켰다. 그리고 돗자리를 탈탈 털어 가방에 넣고는 정금의 손을 잡고 하늘을 보며 중얼거렸다.

"행복해서 머리가 어떻게 될 거 같아."

그러자 정금이 주한의 손을 가져가 쪽, 하고 입을 맞췄다.

"나두."

주한이 웃으며 정금의 이마에 답 뽀뽀를 하는 순간, 휘파람 소리가 요란하게 들려왔다. 두 사람을 향한 남학생들의 환호였다. 주한이 농구 코트에 몰려 있는 그들을 향해 손을 흔들었다. 휘파람 소리가 더 짙어졌다.

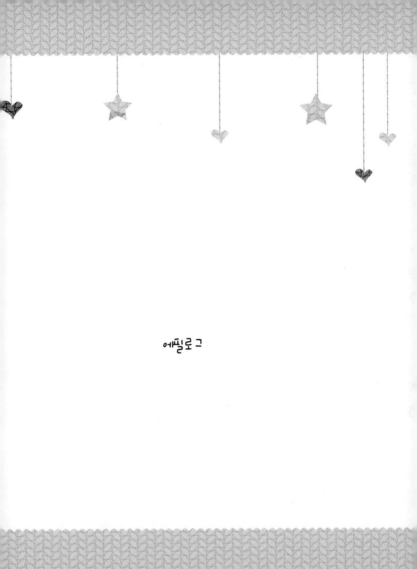

에필로그

이야기 속의 이야기
— 나무 간판의 뒷면

배롱산 앞자락 언덕배기에 자리한 장자빌딩에서 가장 눈에 띄는 건 1층 북카페 〈프롤로그〉의 나무 간판이었다. 자작나무 판에 한글과 알파벳, 두 가지 모양의 글씨를 조각칼 삐치는 대로 자연스럽게 새겼는데, 조경사 고춘호 실장의 솜씨였다.

그리고 그 나무 간판을 틈틈이 한 번씩 물끄러미 바라보다 들어가는 〈프롤로그〉의 주인은 민주한이었다.

— 본문 중에서

"정말이지?"

춘호가 손가락을 우두둑거리며 재차 확인했다. 글자를 새기고 오일스테인을 비롯한 후처리까지 마감해 온 나무 간판을 보고 주한이 부탁을 하나 더한 터였다.

"네."

"농담 아니지?"

"그럼요."

"사연은 안 묻는다."

"네."

춘호가 칼을 들었다. 그리고 뒷면의 귀퉁이에 한 자 한 자 새기기 시작했다. 앞면 글자에 비해 훨씬 작고 훨씬 옅고 훨씬 가는 필체였다.

"예쁘게 새겨 주세요."

"오냐."

춘호는 주한이 기하고등학교를 졸업하고, 열두 달 동안 열두 개의 지역에서 열두 개의 직업을 가졌을 때 만난 일곱 번째 사람이었다.

"일자리 찾나?"

작은 식당에서 백반을 시켜 놓고 지역 신문을 뒤적이며 일거리를 뒤지고 있는데, 옆에서 굵은 목소리가 들려왔다. 돌아보니 푸근한 인상의 중년 남자였다.

"아, 예."

"여기 사람 아닌 거 같은데."

"예."

"나이가 어찌 되는지 물어도 되나?"

"이번에 고등학교 졸업했습니다."

남자는 거기서 고개를 한참 끄덕였다. 그러곤 아예 자리를 옮겨

선 주한의 맞은편에 앉았다.

"그럼 자네, 한 스무날 정도 나 좀 도와주려나?"

"무슨 일인데요?"

"짐꾼. 내가 얼마 전에 허리를 삐끗해서 영 힘이 들어 말이지."

그는 '고춘호'라고 이름을 먼저 말한 후, 서울에 있는 한 조경 회사의 실장이라고 자신을 소개했다. 그리고 지금은 전국의 고택을 돌아보며 굴뚝을 조사하고 있다고 했다.

"그렇다고 굴뚝만 보고 다니는 건 아니고. 두루두루 다 챙겨 둬야 나중에 자료로 쓰니까."

"예."

"잘 데는 정해졌고?"

"아직."

"그럼 나하고 같이 가지 뭐. 연락하고 자시고 번거로우니까, 지금부터 같이 움직이자고."

이번엔 주한이 고개를 한참 끄덕였다. 그런 주한을 지그시 바라보던 춘호가 혼잣말처럼 말했다.

"그래요, 그래. 살아 봅시다, 어디."

그렇게 춘호와의 생활이 시작되었다. 들었던 대로 짐꾼 역할이었다. 춘호는 정말 허리를 앓고 있었다. 치료를 다 마무리하지 못한 터에 갑자기 일이 생긴 바람에 내려와 돌아다니다 보니, 악화된 모양이었다. 그래서 주한은 밖에서뿐만 아니라 안에서도 짐꾼이되었다. 온갖 수발을 들게 된 것이다. 그렇다고 해서 딱히 힘들다거나 불쾌하다거나 하지는 않았다. 춘호는 속도 깊고 정도 많은, 아주 좋은 아저씨였던 것이다. 아버지 찬기에 비하면 백 배 이상이었다.

그렇게 스무날이 지나 춘호와의 생활이 끝나던 날이었다. 술잔이 오고 갔다. 그 자리에서 일어나면 춘호는 서울로, 주한은 다른 곳으로 제 갈 길을 가게 되어 있었다. 이런저런 이야기가 오고 가던 중, 춘호가 자신의 이야기를 하나둘 풀기 시작했다. 일찍 돌아가신 부모님 이야기며, 가진 게 너무 없어 헤어지게 된 첫사랑 이야기며, 아내가 바람나 이혼한 이야기며, 좀 괄괄하긴 해도 착하기 그지없는 여동생 이야기며, 그리고 세상에 둘도 없는 딸 이야기까지.

　　"우리 딸이 자네 또래야. 지금 고2."

　　'우리 정금이가 한 살 많네.'

　　"그거 네 살 적부터 엄마 없이 큰 셈이지. 나 없을 땐 우리 동생이 보살펴 주는데, 얼마나 다행인지 몰라."

　　'우리 정금이는 아예 고모랑 사는데.'

　　"내가 그것 때문에 살아. 그거 없었으면 나, 진즉에 술독에 빠져 죽었어."

　　'정금아. 나도 너 없었으면…….'

　　주한의 머릿속으로 과거와 현재가 들락날락했다. 하지만 뒤죽박죽된 시간 속에서도 변하지 않는 존재가 하나 있었으니, 바로 '민정금'이었다.

　　'그래, 정금아. 네가 없었으면 그때나 지금이나 난…….'

　　그러는 새, 어느덧 새김질이 끝났다. 글씨를 들여다보는 주한의 얼굴이 빛처럼 환하자 춘호의 얼굴에 만족감이 떠올랐다.

"개업식 때는 나 없다."

"네."

"난 다 잊었다. 내가 뭐라고 새겼는지 벌써 다 까먹었다고."

"네."

춘호가 떠나고, 주한이 혼자서 나무 간판을 걸었다. 다른 사람이 걸게 할 수는 없었으므로. 그리고 보는데, 마음에 들었다. 나무 간판 양옆에 달린 조명은 아직 작동해 보지 않았지만, 불이 켜졌을 때 간판이 어떻게 변할지 충분히 그림도 그려졌다. 한글 '프롤로그'의 삐침과 알파벳 'prologue'의 삐침이 위아래서 부드럽게 어울려 마치 한 글자처럼 보일 것이었다. 지금껏 없던 새로운 글자 말이다.

하지만 주한은 나무 간판의 뒤를 상상했다. 어둠 속에서 아무도 모르게 혼자 익어 갈 일곱 개의 글자.

'갑돌이와 갑순이. 갑돌이와 갑순이……'

한참을 그렇게 속으로 중얼거리며 서 있던 주한이 고개를 돌려 언덕 아래를 뚫어져라 내려다보았다. 움직이는 까만 점들이 죄다 정금으로 보였다.

'정신 차려, 민주한.'

주한이 손을 털며 서둘러 안으로 들어갔다. 아직 리모델링 공사 중인 북카페 〈프롤로그〉 안으로. 정금과 승욱이 나무 간판 구경을 온다고 했으니, 어느 정도는 치워 두어야 했다. 마음이 급했다.

이야기 밖의 이야기 |
— 어르신들의 감

　‘금’은 여러 가지가 있다. 번쩍번쩍 빛나는 ‘금’, 이제 지금부터 할 때 ‘금’, 그러면 안 된다 할 때 ‘금’ 그리고 또 하나, “야. 여기 넘어오는 건 다 내 거.”나 “야. 밟았으니까 넌 이제 죽은 거.” 할 때의 금. 다른 건 金, 今, 禁, 그렇게 한자도 있는데 마지막 금은 그냥 순우리말이다.

　대개의 순우리말들이 그러하듯이, 다른 나라 말로 옮기면 애매해진다는 특징도 있다. 영어로 예를 들어 보면, 먼저 ‘금을 긋다’에서의 ‘금’은 ‘line’이 된다. 하지만 ‘line’은 ‘금’보다는 ‘선’이나 ‘줄’ 쪽이 어울린다.

　결정적인 것은 ‘금이 가다’에서의 ‘금’이다. “금 갔네요.” 한마디면 될 거를 영어로 바꾼다 치면, ‘균열’이라는 뜻의 ‘crack’을 기본으로 깔고, 바위나 땅 등에 생긴 금은 ‘fissure’로, 뼈에 생긴 금은 ‘fracture’로 해야 한다. 전문적이라고 두둔하면 할 말이 없지만, 복잡하고 재미없다.

어쨌거나 저쨌거나 그 '금'이 말썽이었다. 그것도 하루 이틀 사이에 생긴 금이 아니었으니까.

송주 민씨 이혁공파 30대손 효엽과 송주 민씨 문찬공파 25대손 유학이 현실에서 처음으로 상대의 존재를 확인한 건 겨레대에서였다.

해방 이듬해 개교한 국립대 겨레대는 우수한 인재들만 입학이 가능했던 대학으로, 특히 법과대학과 사범대학은 그중에서도 어려운 축에 속했다. 그곳에서 효엽이 사범대 3학년, 유학은 법대 1학년으로 마주치게 된 것이다.

나이는 세 살 차이였다. 당시에는 명석한 아이들이 학년을 건너뛰는 '월반'이라는 제도가 있었는데, 효엽이 한 번, 유학이 두 번의 월반을 한 때문이었다. 둘 다 남들보다 빨랐던 소학교 입학에 당시의 교육 제도 등등까지 종합해, 그때 유학의 나이 고작 지금의 고1에 해당했다.

그럼에도 언뜻 보기엔 유학이 연장자로 보였다. 동안이나 노안의 차원이 아니었다. 천진무구한 인상과 생기발랄한 행동의 효엽이, 근엄한 인상과 진중한 행동의 유학보다 어리게 느껴지는 건 자연스러운 결과였다.

두 사람은 서로의 이름을 듣자마자 바로 상대방에 대해 알아차렸다. 각자의 부친들로부터 들은 바가 있었던 것이다. 두 사람은 일단 긴장과 관찰의 시기를 거친 다음, 무관심으로 넘어갔다. 어수

선하고 위태로운 시절이었다. 눈앞에 닥친 문제들이 너무 많아서 두 사람은 서로에게 집중할 시간이 없었다. 그렇게 별다른 교류 없이, 그러니까 말 한 마디 제대로 섞어 보지 못한 채 두 사람은 헤어졌다. 한국 전쟁이 일어난 것이다.

두 사람이 다시 만난 건 피난 가 있던 도시의 한 안경공장에서였다. 미군들의 영향으로 선글라스 붐이 일어나면서 전쟁 중에 때아닌 호황을 누리게 된 제법 큰 규모의 안경공장이었다. 비록 집 떠나 떠돌고 있기는 해도 멋만큼은 포기할 수 없었던 수요자가 제법 많았던 것이다.

그곳에서 같은 일꾼으로 마주쳤을 때 두 사람은 정말 놀랐다. 그나마 안전하다고 알려진 피난지가 다 거기서 거기다 보니 생긴 일이겠지만, 그래도 인연은 인연이었다. 한동네에서 수십 년을 살아도 죽는 날까지 단 한 번 스치기조차 못 하고 끝나는 경우도 있는 것이 인연이라는 거니까 말이다.

먼저 다가간 이는 효엽이었다. 효엽은 주변과의 불화를 견디지 못하는 성격이어서, 안 그래도 대를 이어 온 대립에 대해 할 말이 많은 사람이었다. 그리고 '전쟁 중'이라는 심리적인 압박감이 효엽을 더 부추겼다. 하루가 멀다 하고 폭격이 이루어지는 판에 언제 죽을지도 모르는 상황에서, 그렇게 찜찜한 상태로 생을 마감할 생각이 효엽에게는 눈곱만큼도 없었던 것이다.

"머리를 맞대 봅시다. 이러고 사는 거 부질없다는 생각 안 듭니까?"

"그건 제가 판단할 일이 아닙니다. 저는 그저 집안 어른들의 뜻을 따를 뿐입니다. 그분들이라고 생각 없이 사시는 건 아닙니다."

"하던 대로 하는 건 관성이고 나태일 뿐입니다. 이대로 가면 후손들만 맘고생할 거란 거 모릅니까?"

"후손들의 짐을 덜겠다고 조상님을 거스를 수는 없습니다. 저는 기다란 사슬의 한 고리일 뿐입니다."

똑같은 주장이 무한 반복 되던 가운데, 유치한 말씨름이 벌어진 적도 있었다.

"어르신들 모르게 우리끼리라도 가깝게 지내자고, 좀. 난 자네의 그 뻑뻑함이 맘에 든단 말이지."

"어르신들 모르게란 있을 수 없는 일입니다. 그리고 전 그쪽이 전혀 마음에 안 듭니다."

"왜? 왜 마음에 안 드나? 내가 어디가 어때서?"

"지금 그러는 게 가장 마음에 안 듭니다."

"고집통이. 게으름뱅이. 겁쟁이. 벽창호."

"그래 봐야 아무 소용 없습니다."

효엽은 1초 뒤에 닥칠지도 모르는 죽음 앞에서 잔뜩 주눅 든 자신의 두려움을 유학에게 털어놓을 생각이 없었고, 유학은 몇 년 전 자살한 형과의 관계에서 비롯된 자신의 강박을 효엽에게 털어놓을 생각이 없었다. '금'을 사이에 두고 대치할 뿐이었다.

그러다 전쟁이 끝났다. 두 사람은 각자의 가족들과 함께 각자의 터전으로 돌아갔다. 효엽은 송주로, 유학은 서울로. 그리고 조상의 묘를 이장하던 날, 다시 만났다. 하지만 그들은 혼자가 아니었다. 각자 집안의 어른을 모시고 온 수행원일 뿐이었다. 그래서 두 사람은 알은척하지 않았고, 그대로 다시 헤어졌다.

이후 자신들이 최고 어른이 되기까지의 긴 시간 동안, 두 사람은 서로에 대해 적잖은 정보를 전해 들었다. 부러운 것도 하나씩 생겼다. 효엽은 유학의 아내 숙분이 부러웠고, 유학은 효엽의 아들

학철이 부러웠다.

효엽의 아내 갑연은 역마살에다가 제멋대로인 성격에 작은 살림에도 소질이 없어, 종부는커녕 평범한 아내로도 살기 어려운 사람이었다. 전쟁 통이 아니었다면, 그 결에 맺은 양쪽 부친들 간의 인연만 아니었다면, 결코 엮이기 어려운 합이었다. 때문에 효엽은 언제나 두 사람 몫을 혼자 감당해야만 했다. 안사람 때문에 교육 공무원의 명예에 누를 입게 되는 건 아니냐는 집안 걱정이 있었을 정도로 갑연은 효엽의 근심이었다.

한편, 유학의 막내아들 찬기는 불같은 성질에 욕심도 많아서, 대체로 부드럽고 순한 편인 형과 누나들을 괴롭히는 것도 모자라 친구들하고도 늘 말썽을 달고 살았다. 그래서 유학은 단 하루도 마음 편한 날이 없었다. 아들 때문에 법복 벗는 일이 생기기라도 하면 어쩌느냐는 집안 걱정이 있었을 정도로 찬기는 유학의 약점이었다.

실제로 훨씬 훗날, 찬기의 외도를 알고 쓰러진 일로 판사직을 그만두었으니, 치명타가 된 건 맞았다. 그것도 지법원장으로의 영전 코앞에서 말이다.

물론 두 사람 다 그 부러움을 입 밖으로 꺼낸 적은 없었다. 두 사람이 그 무엇보다도 '도리'를 중시하는 사람이어서였다. 생각이야 무엇을 못 하겠는가만, 생각한 대로 다 말하거나 생각한 대로 다 행동하는 건, 서로 죽자는 소리나 마찬가지라는 사실을 아주 잘 아는 사람들이어서였다.

시간이 흐르고 또 흘러 효엽과 유학, 유학과 효엽 두 사람은 자손들의 결혼식 장소에서 휠체어를 타고 다시 만났다. 은은한 목련 꽃색 두루마기에 붉은 술띠를 두르고 갓까지 쓴 조선 선비 차림의 효엽과, 조끼가 포함된 회색 슈트에 윗주머니에는 연보라색 손수건까지 꽂은 서양 신사 차림의 유학은 많은 사람들의 시선을 끌었다. 그리고 가족사진 촬영 때는 신랑 신부 기준으로 좌우 양쪽에서 무게 균형을 확실하게 잡아 주었다.

그날, 몸의 반이 자유롭지 못한 유학이 휠체어를 타고 나타난 것이야 자연스러운 일이었지만, 정정했던 효엽이 그러고 나타난 것은 예상 밖의 일이었다. 놀라는 가족들에게 욕실에서 미끄러져 고관절을 다쳤다는 설명이 전해졌지만, 진짜 이유는 학철만 알았다. 자신보다 세 살 적은 유학 혼자서만 휠체어를 타고 돌아다니게 할 수는 없다던 효엽의 진심 말이다. 그것은 연민이자 동지애였다. 격동의 한 세기를, 같은 본관이면서도 어쩔 수 없이 원수로 살아올 수밖에 없었던 두 사람만의 연대 의식 말이다.

어쨌거나 이젠 끝이었다. 속 썩이는 마누라와 아들이야 어디로 갈 리 없겠지만, 그래도 두 사람의 마음을 채운 건 평화였으니, 이 아니 기쁠쏘냐.

이야기 밖의 이야기 2
— 어린이들의 감

'감'은 말하자면 '느낌'이다. 그리고 사람들은 타인의 생각을 종종 자신의 느낌으로 읽는다. '느낌'과 가장 비슷한 단어로는 '육감'이니 '직관'이니 하는 게 있지만, 제일 그럴듯한 건 뭐니 뭐니 해도 '촉'이다. 무언가 대단한 일이 벌어질 것 같고, 무언가 대단한 일을 밝혀낸 것 같고, 무언가 대단한 일에 얽혀 든 것 같을 때, "촉이 왔어." 한다.

사실 '촉(觸)'은 불교에서 쓰는 심오한 단어다. '주관과 객관의 접촉 감각으로, 근(根)과 대상과 식(識)이 서로 접촉하여 생기는 정신 작용'* 이라는데, 무슨 소린지 당최 알아듣기는 힘들어도 희미하게나마 감은 잡힌다.

어쨌거나 저쨌거나 이 '감'이란 게 때때로 사람을 놀라게 하는 경우가 많다. 그것도 편견이나 선입견이 아직 자리 잡지 않은 아이들에게 있어선 더더욱 말이다.

---

* 국립국어원 표준대국어사전 뜻풀이 참조

여섯 살 준수는, 엄마라면 자다가도 벌떡 일어나는 아버지를 아침저녁으로 보면서 성장했다. 엄마가 없이는 밥도 넘기지 못하는 아버지가 일반적인 거라고, 그렇게 배우면서 자랐다.

　하지만 유치원에 다니기 시작하면서, 거기서 다양한 친구들을 만나면서, 그게 아니라는 걸 순식간에 깨우쳤다. 산타할아버지가 실제로는 존재하지 않는다는 사실을 알았을 때보다 더 충격이었다.

　아버지가 엄마를 볼 때, 아버지의 눈은 눈이 아니라 별이었다. 아버지가 엄마에게 웃을 때, 아버지의 얼굴은 얼굴이 아니라 꽃이었다. 준수는 저절로 알게 되었다. 그것이 사랑이라는 걸. 그러는 동안, 그런 눈과 그런 얼굴을 알아보는 데 도가 텄다.

　그런데 그런 눈과 얼굴을 1층 카페 삼촌에게서 발견했다. 대번에 호기심이 발동한 준수는 꽤 오랜 기간 관찰에 들어갔고, 드디어 결론을 냈다. 전날, 정금과 승욱이 카페에서 시간을 보내는 내내 바로 옆에서 빨대로 아이스초코를 찔끔찔끔 마시며 집중해 분석한 결과였다. 그리고 그 결과를 두 살 많은 사촌형 찬영과 나누기로 결심했다.

　"형아. 카페 삼촌, 사랑 중인 거 알아?"

　"어. 여자 친구 있잖아. 키 엄청 큰 이모."

　"아니야."

　"뭐가 아니야?"

　"그건 사랑하는 거 아니라고."

"뭐? 그럼?"

"삼촌은 정금이 이모 사랑해."

찬영이 눈을 동그랗게 떴다.

"너 그런 말 하면 큰일 나. 그런 걸 사랑과 전쟁이라고 하는 거야. 4주 후에 뵙겠습니다."

"그게 뭐야?"

"잘은 몰라. 근데 그런 말이 있어."

"형아. 그치만 내가 하는 말, 진짜야."

"무슨 말인지는 알 거 같아."

"그치? 형아도 그치?"

"그러면 뭐 해. 삼촌 여자 친구는 정금이 이모가 아닌데."

그때였다. 북카페 〈프롤로그〉 문이 열리더니 주한이 나왔다. 준수와 찬영을 발견한 주한이 반사적으로 멈칫했다. 손님들을 위해 차양 아래 데크에 접이식 철제 의자를 몇 개 내놓았는데, 어린 녀석 둘이 당당하게 차지하고 앉아 볕바라기 중인 모습이 기가 막혔던 것이다.

"니들 앉아서 노닥거리라고 갖다 논 의자가 아닐 텐데."

"삼촌."

"왜. 곽준수."

"정금이 이모 언제 또 와요?"

"네가 정금이 녀석을 왜 찾는데?"

"삼촌. 정금이 이모 이름은 민정금이에요. 정금이 녀석이 아니고. 숙녀한테 무례하면 안 된다고 엄마가 그랬는데요."

주한이 바지 주머니에 양손을 집어넣으며 삐딱하게 섰다.

"그래, 좋아. 네가 민정금 씨를 왜 찾는데?"

"삼촌."

"왜. 곽준수."

"우리 아버지가요. 살면서 가장 후회되는 일이 엄마에 대한 사랑을 너무 늦게 깨달은 거랬어요. 그걸 문자로 쓰면 뒤늦은 각성이라고 한댔어요."

"그래서?"

"근데 삼촌도 만만치 않아요."

"뭐?"

"정금이 이모 좀 빨리 또 놀러 오라고 해 주세요. 곽준수가 보고 싶어 한다고."

어이가 없어진 주한이 마땅한 말을 떠올리는데, 찬영이 준수를 툭툭 쳤다.

"버릇없이 굴지 마."

"그게 아니고, 형아. 형아도 들었잖아. 삼촌이 정금이 이모더러 정금이 녀석이라고 하는 거."

"그건 삼촌이 잘못했는데, 그렇다고 어른한테 그러면 안 되지."

"맞지? 삼촌이 잘못한 거 맞기는 하지?"

"어. 근데 그건 제삼자가 나설 수 있는 일이 아니야. 삼촌 눈엔 정금이 이모가 정금 씨가 아니고 정금이 녀석인가 보지."

"안 돼. 예쁘게 말해야 해. 아버지가 나중에 땅을 치면서 후회할 일 만들지 말랬어. 그래서 난 유치원에서 조심해. 나중에 누구를 사랑할지 모르니까."

"그니까 너만 잘하면 돼. 삼촌이 고생하는 건 삼촌 일이야."

"보면 다 아는데 바보 같아서 그러지."

듣다 못한 주한이 나섰다.

"나 듣는 데서 내 얘기를 그렇게 진지하게 하면 될까, 안 될까?"

찬영이 벌떡 일어나더니 "죄송합니다." 꾸벅 인사하고 다시 앉았다. 하지만 준수는 주한을 빤히 쳐다볼 따름이었다.

"곽준수, 너는?"

"네?"

"너는 죄송합니다, 안 해?"

"삼촌이 걱정돼서 한 말이기 때문에 안 죄송한데요."

"그러냐?"

"네."

주한이 손을 휘젓고는 몸을 돌렸다.

"산책 가세요?"

"그래."

"오늘은 왜 수맥 얘기 안 하세요?"

주한이 대꾸 없이 멀어져 갔다. 수맥 얘기란 이거였다. 주한이 준수에게 한 번씩 휘둘릴 적마다 내뱉는 탄식과도 같은 말, 그거 말이다.

'저 꼬맹이 태어나면서부터 동네 수맥이 죄다 내 방으로 몰린 거 같다니까. 건물주 손자만 아니면 그냥……'

이야기 뒤의 이야기 1

— 알아맞혀 보시게 1

　유전은 그렇다. 부모나 조부모, 친인척 중 누구에게서 무엇을 물려받을지 절대 알 수 없다. 복불복 혹은 랜덤이랄까. 아버지의 뛰어난 운동 신경을 딸이 이어받기도 하고, 할머니의 예민한 체질을 손자가 이어받기도 하고, 이모의 독특한 예술성을 조카가 이어받기도 한다.

　그런 의미에서 주한은 자신이 부모로부터 물려받은 건 아버지 찬기의 신체 조건이 전부인 줄로만 알고 있었다. 찬기는 주한보다는 작은 190이었지만, 멀리서 보면 2미터의 위압감이 있는 사내였다.

　그런데 카페 영업을 준비하면서 주한은 어머니 주은에게서도 물려받은 게 있다는 것을 깨달았다. 그건 손맛이었다. 씹을 거리가 아닌 마실 거리 부분에서 말이다. 주한은 커피를 정말 잘 볶고 잘 내렸던 것이다.

"할머님이 어머니 술을 그렇게나 아쉬워하시더니……."

아닌 게 아니라 주은은 술을 굉장히 잘 담갔다. 집안에 제례가 있을 적마다 주은의 술이 큰 몫을 차지했음은 물론이거니와, 술고래 찬기가 두 번째 마나님 태란에게 정착하고 나서 유일하게 아쉬워했던 것이 바로 주은이 집에서 담근 술이었을 정도였다. 찬기가 태란 앞에서 자신도 모르게 "때려 붓는 건 똑같은데 맛이 달라."라고 내뱉었다가 지독하게 싸운 적도 있었다.

어쨌거나 찬기가 집을 나가고 술 담그는 일을 그만둔 주은은 몇년 뒤 교회에 다니기 시작하고부터는 완전히 차로 옮겨 갔다. 처음엔 흔한 매실차니 유자차니 모과차로 시작해 교회 식구들과 나눠먹다가 점점 지경이 넓어져 갔다. 갖은 과일이 다 재료가 된 것이다.

그리고 지금은 그 차를 주한이 가져다 쓰고 있었다. 카페를 찾아오는 손님들로부터 가장 호응이 높은 차는 청귤차와 사과차였다. 하지만 과일이라는 것이 본디 계절을 타다 보니, [이제 청귤차는 판매하지 않습니다. 다음 시즌을 기다려 주세요!] 같은 안내문을 붙이는 날이 올 수밖에 없었는데, 그럼 단골손님들의 안타까운 탄식들이 줄을 잇고는 했다.

이번에도 찬기 얘기를 덧붙이자면, 부모님인 유학과 숙분을 만나기 위해 본가에 들렀던 찬기가 숙분이 내온 청귤차를 맛보고 굉장히 복잡한 표정을 짓기도 했더랬다. 주은의 솜씨인 걸 알아챈 것이다. 특유의 맛이 있었으니까. 그것도 아주 대단히 맛있는 맛.

어쨌든, 승욱이 버릇처럼 하는 말마따나 좌우당간 우좌지간, 북카페 〈프롤로그〉에서 주은의 차를 팔게 된 건 정금의 아이디어였다. 아이디어 제공자답게 정금은 주은이 차를 담그는 날이면 열일

제쳐 두고 달려가 거들며 배우고 있었다.

"어머니 은퇴하시면 제가 도맡아 해야 하니까요. 형님은 커피만
으로도 바쁜데, 언제 이걸 담고 있겠어요. 그리고 이거, 의외로 재
미있어요. 요즘은 과일만 보면 저걸로도 차 담글 수 있나, 그 생각
이 제일 먼저 든다니까요."

시작은 그날이었다. 결혼을 앞두고 주한이 정금과 함께 주은의
집에 인사를 갔던 날 말이다. 늘 밖에서만 만나다가 주은의 정식
초대로 이루어진 만남이었다. 밥을 다 먹고 난 후, 주은이 차를 준
비했다. 생각 없다는 주한은 제외하고 두 잔이었다.

주한이 소파에 앉아 형광등이라도 갈고 가야 하는 건 아닌가,
여기저기 관찰하는 동안 주은과 정금이 찻상을 들고 거실 바닥에
깔린 러그에 앉았다.

"식탁으로 다시 갈까? 그러고 앉는 거 안 불편해?"

"안 불편해요. 할아버지 댁도 다 좌식이에요."

"그러니? 난 다리 내리고 못 앉아서. 교회에서도 예배 때마다
얼마나 좀이 쑤시는지. 저 소파도 바닥에 앉아 등이나 기대지, 올
라가 앉은 적이 없다, 내가."

"널찍하고 푹신한 게 낮잠 주무시면 되겠는데요?"

"나중에 네가 와서 자렴."

"넴! 낮잠 찬스 확보."

주은이 웃었다. 내숭이라곤 약에 쓰려도 없고, 그렇다고 되바라
진 것도 아니고, 엉뚱하고 허술해 보이는데 막상 손은 야무지고,
아이들을 상대해서 그런지 세상 유치하게 굴다가도 인생 다 산 노
인네 같은 말도 하고, 사내 녀석처럼 껑중거리다가 어느 순간 천하

에 둘도 없는 요조숙녀인 듯 조신하게 굴고, 반전에 반전을 거듭하는 정금이 보면 볼수록 묘했던 것이다.

주은이 자신을 빤히 쳐다보는 것도 모르고 정금이 투명한 찻잔에 눈을 고정했다.

"우아…… 은은한 게 색깔 참 예쁘다."

"보는 눈은 있어 가지고. 사과차야."

"사과차요?"

"그래. 왜, 혹시 사과 못 먹니?"

"못 먹지요."

"어머, 알레르기 있니?"

"없어서 못 먹지요. 우아……."

"뭐? 암튼 얘는……."

주은이 살짝 눈을 흘기자, 정금이 "에헤헤……." 하며 웃었다. 그러곤 두 손으로 찻잔을 조심스럽게 들어선 천천히 한 모금을 마셨다. 그러곤 "엉?" 하더니 다시 연달아 두 모금을 마셨다. 정금의 표정만을 살피던 주은이 '내 입맛엔 괜찮던데, 이번 건 잘 안 우러나왔나? 어째 반응이…….' 하는데, 정금이 주한 쪽으로 고개를 돌렸다.

"형님. 이 차 마셔 봤어요?"

"아니."

"한 번도?"

"응."

"왜요?"

그러자 주은이 대신 답했다.

"주한이 여기 잘 안 오잖아. 와도 금방 도망가기 바쁘고. 주담이라도 가져가서 마시면 좋을 텐데, 걔는 생수하고 커피 말고는 물처럼 생긴 건 입에 안 대. 먹을 사람 없다고 집에도 안 들고 가고. 그럼 주 서방 사무실에라도 주라 그랬더니, 거기 대표 안사람이 요리하는 사람이라 먹을 거 넘친다고 것도 안 된대."

주은의 말이 길어지고 있었다. 어디를 가도 도도한 이미지의 그녀로서는 드문 일이었다.

"아, 그렇구나. 저, 어머니."

"별다른 맛은 아니지? 그냥 따뜻한 사과주스, 그런 거지 뭐."

"우리 이거 팔아요."

주은의 눈이 휘둥그레졌다.

"이거, 카페에서 팔아요. 형님 카페는 커피 맛은 끝내주는데, 생과일주스 빼고 다른 음료는 그냥 구색 갖추기용이거든요. 제가 장담하는데요, 이거 프롤로그 대표 메뉴 된다는 데 우리 민학철 준장님 훈장 걸어요."

주은이 정금을 뚫어져라 쳐다보았다.

"물론, 어느 제품이나 그렇듯이 간 보는 시기는 필요할 거예요. 아무 데서나 파는 차도 아니고 익숙해지는 데 걸리는 시간이라는 게 있으니까. 그러니까 처음 한두 달? 그 정도는 나가는 거 봐 가면서 어머님이 그냥 서비스로 납품하시고, 그다음부터는 재료비 플러스 인건비, 정확히 계산해서 받아 가세요. 근데, 다른 차는 또 없어요? 유자차나 모과차 그런 거 말고 좀 특이한 차."

정금에게 눈을 두고 가만히 듣기만 하던 주은이 돌연 눈물을 터뜨렸다. 정금은 당황했다. 얼마나 당황했으면 주한을 쳐다보며 한다는 말이 그야말로 '아무 말 대잔치'였다.

"나 어머니 안 때렸어요."

그러더니 부리나케 책상다리를 풀고 일어나 주은 앞에 쪼그려 앉아선 손을 어쩔 줄 몰라 하며 주은에게 고개를 들이밀었다.

"어머니. 제 말씀 잘못 들으셨지 말입니다. 전 분명히 '맛있으니 팔아요.' 라고 했지, '맛없으니 아무 데나 팔아 버려.' 라고는 하지 않았지 말입니다."

많이 당황하면 옛 말투가 튀어나오곤 하는데, 정금에게 이 순간이 바로 그런 때였다. 그러니까 멀쩡히 표준어를 구사하던 사람이 흥분하면 사투리로 목청을 높이는 것과 비슷하다고나 할까. 주은의 울음소리가 더 커졌다.

"우아. 어머니 주름 늘지 말입니다. 큰일 나지 말입니다. 안티에이징 그런 거 비싸지 말입니다. 살림살이 산다고 돈 다 써서 전 못 사 드리지 말입니다."

정금이 분위기 좀 어떻게 해 보겠다고 한 마디씩 보탤수록 주은의 울음은 더 깊어져만 갔다. 안도의 울음이었다.

'내가 주한이한테 해 준 게 하나도 없잖아. 당연히 외면당할 줄 알았지. 어쩌다 전화 한 통만으로도 황송하기만 했고. 근데 어디서 토끼 같은 녀석이 튀어나와서는…… 아버님이 맨날 낙심하지 마라, 네 복이 아직 남았다, 그러시더니…….'

남편 찬기에게 다른 여자가, 심지어 아이까지 생겼다는 걸 안 건 결혼 18년째 되던 해였다. 주담이 수험생이었던 관계로 소리 없는 전쟁이 시작되었다. 참으로 '십팔' 년스럽고 '십팔' 년답고 '십팔' 년로운 해였다.

그리고 이듬해, 주담이 수능을 치르자마자 찬기는 집을 나갔다. 지극정성으로 떠받든 남자의 배신이었다. 시집에 발길을 끊고 집 안에 틀어박혔다. 똑똑하고 예쁘기로 소문이 자자하던 스스로를 하녀처럼 낮추고 살아온 인생에 대한 원망이 하늘을 찔렀다.

그래도 건물을 팔아 주지 않은 것에 대해서만큼은 후회하지 않았다. 그로 인해 부부 사이에 금이 갔다고 해도, 그것만큼은 잘했다는 생각만 들었다. 건물이란, 주은이 돌아가신 부모님에게서 물려받은 4층짜리 작은 상가를 가리켰다. 평생을 부부가 시장에서 소머리국밥 하나 팔아 세운 건물이었다. 그런데 찬기가 한창 사업한다고 돌아다닐 때, 그 상가를 내놓으라는 소릴 꽤 여러 번 했던 것이다. 주은은 결사적으로 항거했다.

'그게 어떤 땅인데. 그 건물을 우리 부모님이 어떻게 올렸는데. 공중분해 될 걸 뻔히 알면서 내가 그걸 어떻게 넘겨.'

그리고 그 건물이 지금 주은의 생활을 유지해 주고 있었다. 바로 그 건물 덕분에 찬기와 시집에 아쉬운 소리를 하지 않아도 되었던 것이다. 만약에 그 건물을 찬기에게 넘겼다면, 과연 부부 관계가 평탄하게 유지되었을까? 글쎄.

'복이 남았대 봤자 그냥 먹고사는 거, 그거 말하신 줄 알았지. 이런 토끼 같은 녀석일 줄은 몰랐지.'

주한과는 평생 그렇게 띄엄띄엄 살 줄 알았다. 업보라고 여겼다. 아니, 교회에서 배운 대로 자신이 짊어지고 가야 할 십자가라고 여겼다. 어미가 돼서, 준 것 없이 받을 생각 해서는 안 된다는 양심의 울림도 있었다.

'근데 나 주한이 보면서 살아도 되나 봐. 아들 보면서 살 수 있나 봐. 고작 차가 대수야. 더한 것도 만들어 줄게. 다 체념하고 살던 늘그막에 이게 웬일이니.'

"어어…… 어머니. 방금 콧물 나왔다가 도로 들어갔지 말입니다. 곧 떨어지지 말입니다. 제 앞에서 이건 아니지 말입니다. 저 민주담 아니지 말입니다. 딸 같은 며느리는 없지 말입니다."

주은의 무방비한 울음과 정금의 필사적인 유머가 묘한 조화를 이루었다. 물끄러미 지켜보던 주한이 소파에서 일어나 두 여자에게 다가갔다. 그리고 쪼그려 앉은 정금의 바로 뒤에 똑같은 자세로 쪼그려 앉았다. 그리고 이마를 정금의 등에 댔다. 정금에게서 미세한 떨림이 느껴졌다. 주한이 팔을 뻗어선 정금의 허리를 뱅 둘러 끌어안았다. 꼭, 아주 꼬옥.

'정금아.'

그날 밤, 입고 있던 흰 블라우스를 벗어 세탁 바구니에 넣던 정금이 옷의 등 쪽에서 희미한 얼룩 몇 개를 발견했다.

"어? 뭐가 묻은 거지? 무슨 자국이지?"

그러게. 그게 대체 뭐가 묻어 생긴 자국일 거나.

이야기 뒤의 이야기 2
— 알아맞혀 보시게 2

소문은 단계를 밟아 서서히 퍼져 나갔다. 말을 옮기는 사람의 특성에 따라 앞뒤로 따라붙는 묘사는 조금씩 달랐지만, 핵심만큼은 단순명료했다.

'연리초등학교 보건 교사 민정금은 남편이 출퇴근을 시켜 준다. 그것도 매일.'

진실로 그러했다. 주한은 정금을 매일 데려다주고 데려왔다.

'그 남편, 뭐랄까. 자발적이고 능동적이고 적극적인 머슴이랄까.'

주한과 정금은 그들의 신혼집을 북카페 〈프롤로그〉 옆에 장만했다. 장자빌딩 옆의 뒤에 있는 5층 빌라의 5층이었다. 창을 열면 배롱산 자락의 산딸나무가 시야를 가득 채우고, 운이 좋으면 다람쥐도 볼 수 있는 그런 집이었다. 정금이 손뼉을 치며 좋아했다.

"전원주택이 따로 없네."

"봄 되면 환상이래. 장자빌딩 뒤쪽 라인 식구들이 매일 자랑했어."

〈프롤로그〉에서 그 집까지 주한의 경중 걸음으로 약 37초 정도, 정금의 총총 걸음으로 약 52초 정도가 걸렸다. 아침 7시에 문을 여는 주한을 배려해 내린 선택이었다.

문제는 정금이었다. 직장에서 더 멀어진 것이다. 언덕을 내려가 전철과 버스를 환승해 가면 거의 한 시간이 걸리니, 학교에서 15분 거리의 오피스텔에서 생활하던 예전에 비한다면 손해가 이만저만이 아니게 된 때문이었다.

하지만 정금은 단 한 번도 대중교통을 이용해 출퇴근한 적이 없었다. 주한이 실어다 주고 실어 온 덕분이었다. 승용차로는 채 20분도 걸리지 않았기에, 주한은 하루 두 번의 왕복 40분을 기꺼이, 아주 즐거운 마음으로 정금을 위해 사용했다.

"아침에 갈 때, 더 걸렸으면 좋겠어. 너무 금방 가. 몇 마디 안 했는데 교문 보이면 황당해."

자연스럽게 〈프롤로그〉의 시스템에도 변화가 왔다. 기범의 출퇴근 시간이 조정되면서 파트타임 직원이 따로 채용된 것이다. 〈프롤로그〉 벽면에 단정한 꽃미남 진우의 사진이 하나둘 추가되기 시작했다. 기범의 어머니가 운영하는 미용실 직원의 막냇동생이라고 했다.

그리고 건물 뒤로 향하는 전면 유리창을 폴딩 도어로 바꾸고 바깥쪽에 야외 테라스도 꾸몄다. 이후로 야외 테라스는 반려견을 데리고 산책하는 동네 주민들이 즐겨 찾는 자리가 되었다.

하지만 가장 많이 달라진 건 역시 주한이었다. 얼마나 잘 웃는지, 어디 한 군데 나사라도 풀린 것처럼 보일 지경이었다. 덩치도 큰 사람이 그렇게 환하게 웃으며 돌아다니다 보면, 조명 없이도 카페 안이 환하게 밝아지는 것 같은 착시마저 일고는 했다.

그런 주한이 해거름, 역시 싱글거리며 카페를 나섰다. 그리고 여지없이 37초 만에 집 안으로 들어섰다.

"색시야."

"어어? 이 시간에 왜? 또 나 보고 싶어서 왔어?"

"응."

쪽 쪽 쪽……. 얼굴 뽀뽀가 한참 계속되었다. 어쩜 그리 볼 적마다 예쁜지, 주한은 정금을 거의 빨아 먹을 기세였다.

"색시 결재받을 일 있는데."

"뭔데?"

"방금 누나가 그러는데, 혹시 카페 확장할 생각 없냐고 하네?"

"갑자기 왜?"

"누나 자리 옮긴대. 그럼 지금 출판사 자리 비니까."

"옮긴다고? 왜? 어디로?"

"매형이 서점도 같이 하자고 하나 봐. 독립 출판 더하기 동네 서점 그런 거."

"와, 근사하다. 진짜 잘 어울린다."

주한의 매형이자 주담의 남편 주길현은 번역가였다. 〈트라두코〉라는 번역 사무소 멤버인데, 주한이 늘 '괜찮은' 남자라고 할 만큼 '괜찮은' 사람이었다.

"우리 색시 생각은 어때?"

"음…… 난 그냥 지금이 좋은데. 더 커지는 거 좀 그런데."

"역시 우리 색시야. 일심동체라니까."

"뭐야. 안 내켰으면 안 내킨다고 말하지, 나한테는 왜 물었대?"

"아니지. 나한텐 우리 색시 의견이 더 중요하지."

"그럼 내가 넓히자고 하면 넓히려고?"

"어."

"형님아."

"전에도 말했잖아. 난 내가 좋은 거 할 때보다 우리 색시가 좋은 거 할 때가 더 행복하고 안심되고 편안하고 그렇다고. 근데 색시랑 내가 좋아하는 게 늘 같아서 신기해. 민주한은 남자 민정금이고, 민정금은 여자 민주한이라니까."

"그러다 다른 거 생기면 엄청 실망하려고?"

"왜 실망해. 그건 그거대로 재밌지. 다른 거도 생겨 봤으면 좋겠다."

그러는 새, 들어오면서 신발장 위에 올려 둔 주한의 핸드폰이 부우우, 하고 흔들렸다. 주한이 들고 읽더니 웃음부터 터뜨렸다.

"왜?"

"이현 씬데, 푸웃⋯⋯."

이현 씨, 그러니까 곽이현은 〈프롤로그〉가 세 들어 있는 장자빌딩 건물주의 작은아들로 준수 아빠였다. 나이는 이현이 더 많았지만 나름 죽이 잘 맞아서, 종종 만나 이런저런 이야기를 하는 사이로 발전한 터였다. 그 또한 정금과 잘되면서부터 달라진 관계였다. 예전의 주한은 그저 인사 정도만 하고 지났을 뿐이었다.

"왜?"

"옥상에서 바비큐 파티 할 건데 오라고. 소문난 부부 얼굴 좀 비치라고."

"바비큐? 오⋯⋯."

"요즘 준수 녀석이 부쩍 점잖아져서 부담이 덜 되긴 하지."

"푸읏! 곽준수는 진짜…… 후유……."

정금과 주한이 동시에 낄낄거렸다.

"그럼 우리도 뭐 준비해 가야겠네?"

"입만 가져가면 돼."

"아, 뭐야."

"다 있다고 그냥 오래. 진짜 그냥 가면 돼."

"그래도 미안한데."

"나중에 청귤차 선물하지 뭐. 준수 어머니가 엄청 좋아하는 거 알잖아."

"구러까?"

"응."

"언제 오래?"

"6시까지 오랬으니까 아직 한 시간 남았어."

그 말을 하면서 주한이 정금에게 조금씩 다가갔다. 눈에서 햇무리인 듯 달무리인 듯 은근 그윽 보드레하면서도, 강정에 바를 엿물인 듯 호떡에 넣을 설탕물인 듯 달짝지근 질척한 기운이 한데 섞여서 일렁였다. 정금이 자신도 모르게 뒷걸음질 치면서 말을 더듬었다.

"왜 왜, 왜 끄 끈적이고 그러세요, 아저씨."

"한 번 하고 가자, 색시야. 시간도 완벽하게 비는데."

정금이 눈을 흘겼다.

"이런 날 흔치 않잖아. 우리 색시 홀딱 벗은 거 밝을 때도 좀 봐야지."

"뭐가 홀딱이야, 창피하게……."

"창피하기는. 이리 와."

정금이 그래도 쭈뼛거리자 주한이 양손을 내밀었다.

"절대 도망 못 가. 민정금 토끼가 뛰어 봤자 민주한 손바닥이지. 얼른. 이리 와."

결국 정금이 "하잉……." 하면서 엉덩이를 뒤로 빼고는 종종걸음으로 주한에게 향했다. 주한이 정금을 잡아선 번쩍 안아 들었다.

"웃쌰! 토끼 잡았다."

"까아아!"

'웃쌰.' 와 '까아.' 라. 그럼, 그러고 나서 이어진 감탄사와 의성어로는 무엇무엇이 있었을 거나.

몰라도 되는 이야기
— 평주 누에촌에 전해 내려오는 설화

　　"평주 누에촌은 전설의 땅입니다. 기록에 의하면 양잠이란 것이
단군조선 때부터 있던 것으로 나오고 있는데, 평주가 거기에 맞는
설화를 몇 개 가지고 있습니다. 평주가 양잠을 전문으로 하게 된
시기는 조선 들어와서이고, 그전에는 등나무가 많은 평범한 역참
이었습니다. 여기서 양잠으로 돈을 좀 만진 사람들이 지금 저 아래
송주로 내려가 자리를 잡았다는 이야기가 있습니다. 물론 현재 송
주에는 양잠의 흔적이 전혀 남아 있지 않습니다. 일제시대를 거치
는 동안 서서히 줄어들다가, 수몰되면서 완전히 사라진 것으로 전
해지고 있습니다."

— 본문 중에서

I. 등나무 시대

평주에는 등나무가 많았다. 죽은 세대로부터 전해 오는 얘기나, 살아 있는 세대의 경험을 통틀어 등나무가 없던 때가 없었을 정도로 평주는 곧 등나무의 역사이기도 했다.

나이를 먹을 만큼 먹거나, 거기서 한참 더 먹은 등나무들이 빼곡하게 마을을 둘러쳤다. 등나무가 끌어안은 평주는 퍽 아늑했고 살짝 따뜻했다.

초여름이면 등나무에 연자줏꽃이 치렁치렁 늘어졌다. 등꽃 아래가 밤낮으로 바빴다. 낮엔 낮대로 한 끼가 아쉬운 아낙들이 뭐라도 뜯을까 싶은 마음으로 바구니를 들고 헤맸고, 밤엔 밤대로 한때가 아까운 청년들이 맘에 둔 처자의 치맛자락을 걷어 올리고 그 안을 헤집었다.

희한했다. 아무리 바구니를 가득 채워도 식구들 배는 금세 꺼질 뿐이었고, 아무리 치마 속을 통째로 가져도 원하는 아이가 생겨난 적 또한 없었으므로. 그래서 다들 하는 말이 있었다. '등꽃에 귀신 붙었다'는.

한낮의 등나무 그늘은 늙은이들 차지였다. 팔팔한 늙은이들이 팔팔하게 자란 등나무 줄기를 뜯어내 지팡이로 다듬었다. 서로 등을 대고 앉은 늙은이들은 서로에게 뚱했다. 해야 할 말은 더 이상 만들어지지 않았고, 하고픈 말도 더 이상 남아 있지 않았다. 그렇다고 귀 기울여 듣고 싶은 말이 따로 있는 것도 아니었다. 그저 부지런히 손만 놀릴 따름이었다. 그렇게 공들인 지팡이들을 장에 늘어놓으면, 옆 마을 어부들이 그 솜씨를 칭찬하며 생선 한두 마리와 바꿔 갔다.

등나무에는 혹이 사방에 돋아 있었다. 볼록볼록한 혹을 째면 십중팔구 노란 벌레가 기어 나왔는데, 노란 벌레는 벌레로서 충분히 징그러웠다. 그 벌레를 손가락 두 개로 집어 들고 사내아이들이 계집아이들을 쫓았다. 사내아이들은 추격에 집요했고, 계집아이들은 비명에 집요했다. 그래도 먼저 지치는 쪽이 있게 마련이어서, 중간에 돌아서는 건 번번이 사내아이들이었다.

사내아이들은 무모하기도 했다. 서로 누가 더 용감무쌍한가를 겨루기 위해 벌레를 먹었다. 승자의 법칙은 단순했다. 표정을 바꾸지 않고 최대한 많이, 최대한 오래 씹어 먹는 것이었다. 그런 밤이면 사내아이들은 영락없이 배를 앓았다. 깨물어 삼킨 벌레의 양과 배의 통증이 비례하는 건 아니어서, 한 마리로도 아파 죽는다고 방바닥을 구르는 아이들은 어느 때나 나오게 마련이었다.

그날도 그런 날이었고, 그런 밤이었다. 식은땀을 흘리며 끙끙거리는 아들의 신음 소리에 잠이 깬 어미가 아들의 등짝을 후려갈겼다.

"꼭 그걸 처먹었어야 했더냐."

하지만 어쩌랴. 아픈 아들의 어미인 것을.

"말도 오지게 안 듣는다. 내가 못 산다."

뜯어 말려 둔 등나무 새순을 끓는 물에 삶는 동안에도, 물러진 그 새순을 약이라고 강제로 먹이는 동안에도, 어미들의 푸념은 끊어지지 않았다.

"배고프다고 그리 아무거나 주워 먹고 돌아다니다가는 쥐도 새도 모르게 뒈질 거다. 까마귀 밥 되고 싶지 않거들랑 엔간히 좀 처먹어라."

좁아터져서 모든 게 빤한 집구석이었다. 한밤중의 소동에 잠을 뺏긴 아비가 침침한 눈을 비비며 드러누운 채로 역성을 들었다.

"뒤라. 평주 사내는 그래야 큰다."

그러고는 일을 보랬다.

"움직인 김에 술도 좀 내와라."

아비들은 대체로 염치가 없었다.

"꼭 지금 자셔야 하나."

하지만 어쩌랴. 출출한 사내의 아내인 것을.

"말을 말아야지. 내가 못 산다. 싱싱한 술이 웬수다."

평주의 술들은 잘 쉬지 않았다. 등나무 덕이었다. 등나무 열매의 모가 난 부분을 깨면 씨가 들어 있는데, 그 씨를 볶아 술에 넣으면 술이 쉬지 않았다.

"새끼 대신 아프기라도 해 주면."

나무 국자 가득 술을 떠 나무 그릇에 옮기는 동안에도, 그 술에 손가락을 첨벙 담가 휘휘 젓는 동안에도 아내들은 푸념을 멈추지 못했다.

"섭한 소리 마라. 내 아프면 당장 눈물 바람부터 할 사람이."

평주는 그랬다. 등나무 때문에 배가 아픈 사내아이들과, 등나무 때문에 목이 쉰 계집아이들과, 등나무 때문에 술독에 빠진 지아비들과, 등나무 때문에 일복이 터진 지어미들과, 등나무 때문에 등이 꼿꼿한 늙은이들이 있는, 그런 아주아주 가난한 곳이었다.

평주에 왕후가 납시었다. 예고되지 않은 행차였다. 왕후는 미리 알리는 것 없이 외방의 마을들을 차례로 거치는 중이었다. 반나절 전 간편한 차림의 낯선 무사들이 조밀한 등나무 아래를 잠시 살피다 가긴 했으나, 역참인 평주에선 워낙 흔한 일이었기에 눈여겨본 사람은 없었다. 어쨌거나 왕후의 행차는 특사를 상대로 한 어명에서 비롯되었다. 추위를 앞두고 대대적으로 시행된 특사 파견 말이다.

그날, 왕은 당부에 당부를 거듭했다.

"중하고, 중하고, 또 중한 일이다."

그 중한 일이란 구휼이었다. 홀아비와 과부, 고아 그리고 자식을 두지 않은 노인들에게 곡식을 주어 보살피는 구휼 말이다. 나라를 훑고 있는 추위의 기세가 날이 갈수록 등등해지는 터에 배까지 곯는 그들의 신세라니, 겹겹으로 위태로웠다.

왕은 절실했다. 그 누구보다도 왕실의 편에 두어야 하는 것이 백성이었다. 백성들이 나서서 두둔해 주는 왕이 된다면 더할 나위 없을 것이나, 그것이 어렵다면 적어도 백성들이 두고 봐 주는 정도는 돼야 했다. 백성들이 그마저도 해 주지 않으면 그 틈을 누군가는 노리게 되어 있었다.

자신이 대표적인 예였다. 틈을 구멍으로 벌리고, 결국엔 그 구멍을 문으로 뚫어 낸 자신 말이다. 아비를 쫓아내고, 형을 죽이고, 그렇게 얻어 낸 피의 보위에 오르면서 왕이 내세운 명분이 바로 그것이었다.

"백성을 굶기는 왕은 왕이 아니다."

그러니 이유를 막론하고 무조건 먹이는 것, 그것이 중요했다. 하지만 엄밀히 말해 구휼은 무리였다. 백성들 중의 대부분이 홀아비였고 과부였고 고아였고 자식 없는 노인네였다. 그러니 모자랄 것이었다. 그 무엇을 싸 들고 가든 턱없이 부족할 것이었다. 그래서 생각해 낸 것이 바로 양잠이었다.

"중국도 양잠의 덕을 크게 보았다 하니, 우리라고 못 할 것 없다."

왕은 세심한 준비와 철저한 시행을 거듭 강조했다. 하지만 특사들이 미덥지 못했다. 어쩔 수 없는 책상물림들, 종이에 박힌 글자 말고는 아는 게 없는 무식꾼들, 그것이 특사들에 대한 왕의 평가였다. 과연 명한 대로 잘할 것인지, 즉위 1년의 왕은 의심스럽기만 했다. 맘 같아서야 하나에서 열까지 다 참견하고 싶었지만, 고작 왕 노릇 1년 차에 궐을 비울 수는 없는 노릇이었다.

그때, 왕후가 나섰다.

"제가 가지요."

왕이 대놓고 반색했다.

"장하고, 장하고, 또 장한 일이다."

왕에게 있어 왕후란, 정치의 변덕을 볼 줄 아는 전략가였고, 왕의 머리와 심장을 꿰는 최측근이었고, 무엇보다도 창을 제대로 쓸 줄 아는 장수였다. 그리고 그보다 더 중요한 사실은 왕후가 자신을 배신하지 않을 유일한 신하이자, 자신이 보호해 주지 않아도 앞가림이 가능한 유일한 여인이라는 점이었다.

물론 왕도 때때로 느끼는 바가 있기는 했다. 바로 왕후의 반감이었다. 혹은 불만이거나 혹은 불평이거나. 어쨌거나 그들은 부부였으니까 말이다. 그래도 왕은 왕후를 믿어 의심치 않았다. 어쨌거나 그들은 동지였으니까 말이다. 서로를 부러뜨리거나 부서뜨리지 않을 만큼의 충돌, 늘 그 수준을 유지해 오는 동지. 어쨌거나 왕과 왕후는 적이 아니었으니까 말이다.

왕이 냉큼 명했다.

"왕후가 직접 확인하고 마무리할 것이다."

당연히 이의가 제기되었다.

"특사들의 사기가 꺾일 수도 있나이다."

그 이의는 지당했다. 소식을 들은 특사들이 한입으로 신경질을 냈던 것이다. 신하를 믿지 못해 그 뒤를 쫓는 왕이라니. 자신의 아내를 거친 외방으로 보내는 왕이라니. 그러나 어찌할 것인가. 체념할 밖에. 다른 누구도 아닌 왕이 그러겠다지 않는가. 틈을 구멍으로 벌리고 그 구멍을 문으로 뚫어, 피로 물든 왕위를 차지하고야만 살기등등한 왕이.

"할 수 없지. 알아서 피해 다닐 밖에."

하지만 생각보다 빠르게 따라오는 왕후 때문에 특사들은 허둥거렸다. 왕후와 맞닥뜨리는 일, 그건 정말 싫은 일이었다. 특사들이 속도를 냈다.

사실 왕후는 평주가 처음이 아니었다. 하지만 주민들이 그 사실을 알 리 없었다. 아주 오래전 왕후가 평주를 지날 당시, 왕후는 왕후가 아니었다. 유모 등에 업혀 홀쩍이던 작은 계집아이를 그 누가 신경이나 썼겠는가. 하긴 그게 아니었대도 주민들은 기억해 내지 못했을 것이었다. 그땐 전쟁 중이어서 사람이 같은 사람도 몰라볼 지경이었다.

완전 무장을 하고 말 등에 앉은 왕후는 컸다. 은제 갑옷을 비늘처럼 둘러 흡사 거대한 물고기처럼 보이기까지 했다. 다른 물고기를 잡아먹고 살지만, 정작 자신은 너무 커서 어느 것에도 잡아먹힐 수 없는 물고기 말이다.

왕후가 투구를 벗었다. 얼굴이 드러났다. 볕을 마다하지 않아 한껏 그을린 피부가 단단해 보였다. 틀어 올린 머리카락이 은색으로 빛이 났다. 그럼에도 왕후는 늙어 보이지 않았다. 그렇다고 젊어 보이는 것도 아니었다. 왕후에게선 나이가 전해지지 않았다.

왕후가 말에서 내렸다. 그러자마자 왕후의 말이 쓰러졌다. 노년의 흰말이었다. 행차 내내 다른 말에게 결코 왕후를 양보하려 하지 않았던 고집 센 말이었다. 그 말이 네 다리가 뻣뻣해져 마당 한가운데 쿵, 쓰러졌다. 그러자 구석에 있던 역참의 새파랗게 젊은 말이 놀라 뛰쳐나갔다. 그 순간 말의 고삐를 잡고 섰던 역졸이 줄과 하나로 엉키면서 덩달아 끌려 나갔다.

"저런……."

"저런……."

낮은 탄식만이 역참의 마당을 흐를 뿐, 그 누구도 돕겠다고 달려 나가지 않았다. 끌려간 것이 고작 역졸이기 때문이었다.

"저런……."

"저런……."

말이 엉망으로 찢어발겨진 역졸을 질질 끌고 역참으로 돌아온 때는 해 질 녘이었다. 불행하게도 역졸에겐 의식이 남아 있었다. 역참의 말을 돌보던 의원이 흘러나온 역졸의 창자를 도로 집어넣고는 실로 꿰매 막았다. 역졸은 그즈음에서 드디어 혼절했고 다신 깨어나지 못했다. 너무 하찮은 죽음이어서 노비들이 수레로 실어가 등나무 숲에 버렸다.

그 사실을 가슴 아파한 왕후가 평주에 뽕나무를 더 많이 내려주었다. 등나무가 베어져 나가고 그 자리에 왕후의 뽕나무가 심겼다. 하지만 역졸의 아내는 이미 사라진 뒤였다. 배 속에 품은 아이와 함께 평주를 떠난 것이다. 이후로도 한참 동안, 등나무 숲에서 밤새 들려오던 역졸 아내의 슬픈 곡소리가 잊히지 않아 주민들은 괴롭고 또 괴로웠다.

2. 뽕나무 시대

하늘에서 재가 떨어지고 바다가 붉어진 어느 날이었다. 길이 비었다. 마당도 비었다. 여인들 모두 지붕 아래, 벽 안에서 나오지 않았다. 누구는 헛간에 들어앉아 망사리를 손보며 팔자를 푸념했고, 누구는 축축한 흙바닥에서 늙은 홀아비의 등을 할퀴며 삼신할매를 경계했고, 누구는 좀처럼 술에서 깨지 않는 머리를 짓찧으며 고된 시집살이를 험담했다. 그저 용왕이 어서 탈진하기를, 바다를 원래대로 말짱하게 돌려놓기를, 그래야 이도저도 다 잊고 물질이나 하지. 그런 날이었다.

'오늘 바다는 내 차지니더.'

작고 마르고 느린 여인은 작고 마르고 느려서 늘 뒤처지고 밀렸다. 때문에 망사리를 가득 채워 본 적이 없었고, 당연히 위장을 든든히 채워 본 적도 없었으며, 주머니와 쌀독 또한 넉넉하게 채워 본 적이 없었다. 간혹 바다가 뒤집어진 날 밤이면 이것저것이 담긴

바구니가 부실한 싸리문짝에 걸려 있곤 했지만, 누가 그랬는지 궁금할 새도 없이 금세 다 떨어지곤 했다. 그것이 여인이 점점 더 작아지고 말라 가고 느려지는 이유였다.

'오늘 바다는 내 거지러.'

마을에선 월경하는 여인의 바다 출입을 금했다. 더럽다. 대대로 지켜 온 규칙이었다. 그런데 여인은 월경이 길었고, 이번 월경과 다음 월경의 간격마저 좁아지고 있었다. 허락된 날수가 날이 갈수록 줄었다.

역시, 그날도 여인은 월경 날이었다. 왈칵, 뭉글뭉글 그리고 찌르르. 자궁이 근육을 비틀 적마다 여인의 몸에 소름이 돋았다.

'나 먹고 살아야 하니더. 오늘은 내가 가져가게 해 줘서.'

남편은 바다에서 돌아오지 않은 사백 일 전 그날 이후로 여인에게 폐만 끼치는 중이었다. 아니, 그 전에도 다를 것은 없었다. 남편은 대체로 강압적이고 폭력적이었다. 바다로 들어가며 여인은 죽었을 게 분명한 남편에게 말을 걸었다.

'차라리 데꼬 갑서. 어차피 때려죽일 거였단 거, 내 다 알지러.'

바다는 미지근했다. 재가 떨어지고 난 후의 바다는 언제나 그랬다. 월경포도 덧대지 않은 여인의 가랑이 사이로 검붉은 피가 흘렀다. 한 번도 솔직하게 내비치지 못한 정념처럼, 사실대로 말할 수 없는 지난 사백 일의 편안했던 어둠처럼 그렇게 질질.

순간, 파도 한 자락이 밀려오더니 게거품을 뿜으며 여인을 끌어안았다. 그러곤 물속으로 끄집어 내렸다. 힘이 달랐다. 숱하게 드나들던 그 바다가 아니었다.

'그예 데려가겠다, 이거지러. 좋니더. 맘대로 합서.'

여인이 가라앉기 시작했다. 여인은 움직이지 않았다. 남편이 품을 때마다 늘 그랬듯이 얌전히, 가만히 있었다. 캄캄한 바닷속으로 세상과의 이별을 위해 미끄러져 내려가는 동안, 여인은 지루했다.

하늘에서 재가 떨어지고 바다가 붉어진 어느 날이었다. 길이 비었다. 마당도 비었다. 사내들 모두 지붕 아래, 벽 안에서 나오지 않았다. 누구는 뒷간에 쭈그리고 앉아 담배를 꼬나물고는 가난을 푸념했고, 누구는 축축한 구들에 배를 깔고 엎드린 채 가랑이 사이를 훑으며 첫정을 추억했고, 누구는 밥물 끓는 아궁이 모서리에 고개를 박고 집 나간 아내를 저주했다.

그저 시간이 화살 같기를, 일어나 보니 온몸의 털이 죄다 허옇기를, 그래야 이도저도 다 포기하고 몸에 맞는 관이나 짜지. 그런 날이었다.

'오늘 바다는 내 차지야.'

크고 단단하고 빠른 사내는 크고 단단하고 빨라서 늘 앞장서고 양보해야 했다. 때문에 사내의 무리에 속하면 어망이 가득 찼고, 사내의 수완을 따르면 이문이 남았지만, 정작 사내의 수중에 들어오는 것이란 찌꺼기뿐이었다. 그것이 사내가 점점 더 커지고 단단해지고 빨라지는 이유였다.

'오늘 바다는 내 거라고.'

마을에선 바람과 비가 난폭한 날의 바다 출입을 철저히 금지했다. 위험하다. 누구나 다 아는 이치였다. 하지만 사내는 바람과 비가 난폭하지 않으면 혼자 바다로 나갈 기회를 가질 수 없었다. 그런데 바람과 비가 동시에 난폭한 날은 너무나도 들쭉날쭉했다. 잦았다가, 드물었다가, 몰렸다가, 뜸했다가. 그래서 사내는 다음을 기약하는 일 따위 하지 않았다. 사내에게는 다만 그날만 있을 뿐이었다.

'다 뜯어 가 버리면 나더러 어쩌란 거야.'

바다는 미지근했다. 재가 떨어지고 난 후의 바다는 언제나 그랬다. 사내가 드러낸 알몸의 근육이 울퉁불퉁했다. 한 번도 솔직하게 내비치지 못한 이기심처럼, 있는 그대로 내색할 수 없어 묵묵히 삭여 왔던 지난 사천 일의 정념처럼 그렇게 울퉁불퉁.

'가진 거 다 내놔. 오늘은 더 챙겨 갈 거야. 그 사람 몸이 자꾸 줄어. 많이 줘야 해.'

친구가 바다에서 돌아오지 않은 사백 일 전 그날 이후로 친구는 그 여인에게 폐만 끼치는 중이었다. 물론 그 전에도 다를 것은 없었다. 친구는 대체로 무능력했고 무책임했으며 무신경했다. 바다로 들어가며 사내는 죽었을 게 분명한 친구에게 말을 걸었다.

'내가 손쓰기 전에 가 줘서 고맙다.'

순간 부글거리는 허연 파도 한 자락이 물속에서 작은 형체 하나를 뽑아 올리더니 멀리로 내동댕이쳤다. 사내는 한눈에 알아보았다.

'그 사람이다.'

사내가 주저 없이 뛰어들었다. 두 번째였다. 아주 오래전, 사내가 소년이고 여인이 소녀였던 시절, 첫 물질에서 소녀가 물의 힘을 견디지 못하고 혼절한 채 가라앉은 적이 있었다. 그때 소년이 물로 들어가 건져 내 왔었다. 캄캄한 바닷속으로 그녀를 데리러 달려 내려가는 동안, 사내는 설레었다.

하늘이 뻥 하고 뚫리기라도 한 듯, 비가 억수로 쏟아지던 날이었다. 도롱이를 걸친 한 사내와 한 여인이 평주에 나타났다. 주민들은 바다 냄새를 진하게 풍기며 한눈 한 번 팔지 않고 길을 지나가는 사내에게서 말에 밟혀 몸이 터져 죽은 역졸의 모습을 기억해 냈지만, 알은척하지 않았다. 비참한 과거는 묻어 두는 게 모두에게 좋은 법이었다.

　"스무 해 만일세."

　"그래도 고향이라고 찾아왔나 보네."

　"고향은 무슨 고향. 평주서 태어난 것도 아니고, 평주가 버린 거나 마찬가진데."

　"그래도 아비어미 고향이니, 제 고향이 될 수도 있다는 거지."

　"조용히 살게 둬. 입들 다물라고. 그저 쉿!"

　사내와 여인은 한동안 동굴에서 머물며 역참에서 가장 멀리 떨어진 곳에 작은 집을 짓기 시작했다. 커다란 사내는 손이 어찌나 빠른지, 볼 적마다 단단해져 가는 집의 모양에 사람들마다 혀를 내둘렀다. 그리고 그런 사내를 그림자처럼 따라다니는 작은 여인을 보면서는 절로 흐뭇한 웃음을 지었다.

　드디어 집 안으로 사내와 여인이 몸을 들였다. 그리고 매일 해 오던 일인 양 익숙한 손놀림으로 주변 가득 뽕나무를 키우고 누에도 길렀다. 극진한 보살핌 덕에 토실토실하게 살이 오른 누에들이 열심히 실을 흘렸고, 그럼 여인이 그 실을 들고 베틀에 앉아선 달 캉달캉 밤을 새워 천을 짰다. 마침내 여인이 천 한 필을 다 마무리하고 베틀에서 내려오면, 여기저기 결리고 쑤셔 하는 그 작은 몸을 사내가 정성껏 주물러 풀어 주었다.

장날, 이제는 귀해진 등나무 지팡이 옆에 여인이 짠 고운 천이 함께 놓였다. 여인의 천은 순식간에 팔려 나갔다. 한눈에 품질을 알아본 왜인들이 환장을 하며 사 간 것이다.

"스바라시이, 스바라시이……."

그 말이 찬사임을 알아들은 사내가 여인을 업고 둥개둥개 어르며 집으로 돌아갔고, 여인은 가는 내내 사내의 등 뒤에서 무슨 말인가를 쉴 새 없이 종알거리다가 한 번씩 까르르 넘어갔다. 세상에 오로지 둘밖에 없는 것처럼, 주변 그 누구도 개의치 않는 모습에 모두가 입을 벌리고 쳐다보았다.

그게 아니어도 사내와 여인은 어디든 손을 잡고 다녔다. 마을 사람들 가운데, 사내와 여인이 따로 혼자 다니는 걸 본 사람이 아무도 없을 정도로 두 사람은 언제나 붙어 다녔다. 사내와 여인은 머잖아 평주의 진기한 구경거리이자 야릇한 뒷소문의 주인공이 되었다.

"밤이면 밤마다 누에가 뽕잎 갉아 먹는 소리를 들으면서 둘이 섞고 또 섞는다드만."

"베틀 소리가 끝나면, 그다음부터는 몸 소리가 시작이라던데."

"실 구멍에는 실이 들락거리고 몸 구멍에는 육방망이가 들락거리고."

"그 집 누에가 유난히 실한 것이 다 음양의 기운을 고루고루 얻은 덕분일 거를."

"어미아비 실컷 재미있으라고 아이도 늦게 올 모양이지."

그러던 어느 날이었다. 사내와 여인이 사라졌다. 왔을 때처럼 소리 소문 없이, 흔적도 남기지 않고 감쪽같이. 빈집에는 일부러

꼼꼼하게 부순 듯한 베틀의 잔해만이 남아 있었다.

"결국 떴고만. 기어이 가고야 말았고만."

"마을에서 한사코 떨어져 산 이유가 다 있었던 게지."

"살겠다고 왔을 텐데 끝내 맘 못 붙이고. 딱해 어쩌나."

"모른 척 버려둔 게 걸려서. 말 한 번 안 걸어 본 게 얹혔어서."

"가시버시 금슬이 하늘 아래 둘도 아니니 어딜 가든 잘 살 터. 걱정들 말자고."

그로부터 달포 뒤, 거기서부터 한참 아래 남쪽의 한 마을. 왜구인지 오랑캐인지 정체 모를 사마귀 떼가 썩은 물 쏟아지듯 밀고 들어오던 날, 갓 지은 작은 집을 뒤에 두고 사내와 여인이 마을 가장자리의 가파른 벼랑으로 도망했다. 그리고 시퍼런 물이 훤히 내려다보이는 끄트머리에 서로의 몸을 붙들고 마주 섰다.

"내가 괜히 내려오자 해서는. 미안해."

"아이지러."

"아니야?"

"아이지러. 내도 거기 싫었니더. 여가 더 좋니더."

"죽게 생겼는데도?"

"죽든 살든 내 혼자 아이지러. 임자가 있지러."

"그래. 우린 혼자 아니야. 다음 세상에서도 내 반드시 데리러 갈게."

"응. 꼭이지러. 반다시 꼭."

"혹 내가 길 못 찾고 헤매느라 시간이 걸린대도 기다려야 해."

"응. 내 어디 안 갈 거이. 여 송주에서 기둘리고 있을 거이. 임자도 나 까묵지 맙서."

"내가 당신을 어떻게 잊어. 당신, 언제든 어디든 나하고 함께란 거 잊지 마."

"응. 잊을 리가 없지러. 잊을 수가 없지러."

"그래. 그럼, 가자."

"응."

사내와 여인이 서로를 끌어안았다. 풀리지 않도록, 떨어지지 않도록, 팔을 단단히 두르고 손가락도 엮었다. 그러곤 몸을 기울여 그대로 떨어져 내렸다. 그런 두 사람을 물이 급히 숨겨 주었다. 세상 그 누구도 발견하지 못하도록 아주 꼭꼭.

(아주 오래된 설화이기만 하겠는가. 어느 누군가에겐 전생이기도 한 이야기…….)

— *fin*

[참고]

「몰라도 되는 이야기」에서 여인이 쓰는 사투리는 어느 지역의 것도 아닙니다.

www.b-books.co.kr